Hoch oben im Norden Schwedens regnet es schon fast den ganzen Herbst. Und dann zeigen sich im obersten Staudamm des Lule älv tatsächlich Risse. Keiner kann sich vorstellen, dass er brechen könnte. Doch dann geschieht genau das – die Katastrophe nimmt ihren Lauf. Das Wasser kommt in gigantischen Massen. Ein Tsunami im eigenen Land. Inmitten des Infernos eine Gruppe von Menschen, die unterschiedlicher nicht sein könnten und die nun aufeinander angewiesen sind, wollen sie überleben: Der Hubschrauberpilot, der kurz vor einem Selbstmord stand. Die Künstlerin, die mit ihrer Malgruppe in den Wäldern umherstreift. Die Schwangere, die an einen Schornstein geklammert um ihr Überleben kämpft und von einem anderen Schiffbrüchigen ins Boot gezerrt wird. Zwei Ingenieurinnen, die schon lange vor der Gefahr gewarnt haben. Sie alle stehen vor einer gewaltigen Herausforderung: Sie kämpfen nicht nur ums Überleben, sondern auch um ihre eigene Menschlichkeit ...

Mikael Niemi, Jahrgang 1959, wuchs im hohen Norden Schwedens in Pajala auf, wo er heute noch lebt. Im Jahr 2000 erschien sein erster Roman »Populärmusik aus Vittula«, für den er den renommiertesten Literaturpreis seines Landes, den Augustpreis, bekam. Es war das spektakulärste Debüt, das Schweden je erlebt hatte. Das Buch stand monatelang auf Platz 1 der Bestsellerliste, verkaufte sich über eine Million mal, wurde in 24 Sprachen übersetzt und ebenso erfolgreich verfilmt.

MIKAEL NIEMI

DIE FLUT WELLE

Roman

Aus dem Schwedischen
von Christel Hildebrandt

btb

Die schwedische Originalausgabe erschien 2012 unter dem Titel
»Fallvatten« bei Piratförlaget.

FSC
www.fsc.org
MIX
Papier aus verantwortungsvollen Quellen
FSC® C014496

Verlagsgruppe Random House FSC® N001967
Das für dieses Buch verwendete FSC®-zertifizierte
Papier *Lux Cream* liefert Stora Enso, Finnland.

1. Auflage
Genehmigte Taschenbuchausgabe November 2015,
btb Verlag in der Verlagsgruppe Random House GmbH, München

Umschlaggestaltung: semper smile, München
Umschlagmotiv: © John Lund/Getty Images
Druck und Einband: GGP Media GmbH, Pößneck
LW · Herstellung: sc
Printed in Germany
ISBN 978-3-442-74992-8

www.btb-verlag.de
www.facebook.com/btbverlag
Besuchen Sie auch unseren LiteraturBlog www.transatlantik.de

Denn siehe, ich will eine Sintflut kommen lassen auf Erden, zu verderben alles Fleisch, darin Odem des Lebens ist, unter dem Himmel. Alles, was auf Erden ist, soll untergehen.

1. Mose 6:17

Die Flut schoss von den Felsen herab
Das Wasser strömte von den Bergen

Antti Keksis Ballade über die Torneälven-Schmelze 1677

Wozu brauchst du Auto und Haus,
Wenn es dir doch so verdammt dreckig geht?

Peps Persson,
schwedischer Reggae- und Bluessänger

1

ADOLF PAVVAL WÜRDE einen richtig schlechten Tag erleben. Tatsächlich sollte der Tag schlimmer werden, als er es sich je hätte vorstellen können. Noch ahnte er nichts und war deshalb guter Dinge und zugleich ein wenig wehmütig, als er in seinem Arbeitsgerät saß, einem Saab 9000 Coupé mit allerlei Sonderausstattung und getönten Seitenscheiben. Der Fahrersitz war ein Traum: ein Sportsitz, der für seinen Körper maßgeschneidert zu sein schien und mit seinem glänzenden schwarzen Kalbsleder gleichzeitig klassische Eleganz ausstrahlte. Seine Hände verschmolzen mit dem Lenkrad; Mensch und Maschine bildeten eine organische Einheit. Genau dieses Gefühl hatte ihn damals den Kredit aufnehmen und zuschlagen lassen.

Im Augenblick fuhr er ein paar Kilometer westlich von Gällivare durch die Landschaft seiner Kindheit, eine der weitläufigsten Wildnisse Nordeuropas. Die Verbindungsstraße wurde »der Weg in den Westen« genannt, aber Adolf Pavval war momentan in östlicher Richtung unterwegs. Die Nacht hatte er oben in seinem *goahte* bei Kirjaluokta verbracht, er hatte Feuer gemacht, Kaffee gekocht und die Londoner Hektik langsam von sich abfallen lassen. Freunde von ihm nannten das »die

Akkus aufladen«. Er selbst meinte, es verhalte sich eher umgekehrt: Ziel war es doch, die Akkus zu *ent*laden, all die angestaute Energie wieder loszuwerden, die Tag und Nacht die Stadt durchpulste. In die Berge zu gehen war, als wüsche man seine Seele. Als spülte man die eigene Unruhe mit dem letzten unbelasteten, reinen Wasser der Erde fort.

Mit einer fließenden Bewegung bog er auf einen Parkplatz mitten in der riesigen Waldlandschaft ab. Hoch gewachsene Kiefern mit herabhängenden Flechten, feuchtes Moos, Findlinge, dahinter das *Stuor Lulejaure* oder Stora Lulevatten, wie die Schweden es getauft hatten: eine Wasserader, die sich durch die weitläufige Provinz Norrbotten bis zu den zerklüfteten Fjorden der Bottenwiek schlängelte. In aller Ruhe löste er den Sicherheitsgurt, öffnete die Tür und entstieg der angenehmen Wärme der Fahrgastzelle.

Draußen regnete es leicht, fast wie Nebel - eher dunstige Feuchtigkeit, die herumwaberte, als einzelne Tropfen. Er machte ein paar Schritte auf den Randstreifen des Parkplatzes zu und öffnete den Hosenschlitz. Eine zerdrückte Coladose lag halb versteckt im Gras. Adolf pinselte sie mit seinem Strahl, und es klimperte leise, als er versuchte, die Dosenöffnung mit der eingedrückten Lasche zu treffen. Gleichzeitig stieg ein wenig Dampf im Regen auf. Als er fertig war, holte er die Thermoskanne mit dem frischen Kaffee heraus und schenkte sich einen Becher voll ein. Die schwarze heiße Flüssigkeit rann in ihn hinein wie Öl, direkt in seinen Motorblock. Welch ein Genuss, verglichen mit der gefilterten Brühe, die er sich in der City kaufen und durch ein Loch in einem Plastikdeckel schlürfen musste. Das war unwürdig. Aber dort war nun mal das Geld. Noch ein paar Jahre, dachte er, dann hab ich's geschafft. Dann kann ich anfangen zu leben.

Inmitten dieses Gedankens hört Adolf Pavval das Geräusch. Zuerst meint er, es wäre ein Lkw. Ein dumpf brummender Schwertransporter, der sich nähert. Dann nimmt er an, der Regen würde stärker. Vielleicht ein herannahender Schauer, der auf die Baumkronen niedergeht. Verwundert sieht er sich um. Das Geräusch kommt immer näher. Hinten an der Straßenbiegung sieht er, wie die Kiefernwipfel schwanken, obwohl es windstill ist.

Dann hebt sich die Straße. Nein, es geschieht über der Straße. Ein braungrauer Bergrücken. Er zischt. Schwere, zähflüssige Finsternis. Sie kommt mit irrwitziger Geschwindigkeit auf ihn zu. Wälzt sich heran, verschlingt alles.

Erst jetzt erkennt er die Gefahr.

Adolf Pavval rennt zu seinem Wagen. Er schafft es kaum, rutscht auf den warmen Sportsitz und zieht die Tür hinter sich zu. Der Motor springt an. In einer einzigen eingeübten Bewegung legt er den Gang ein, reißt das Lenkrad herum und gibt Gas. Die Räder drehen durch. Der Berg, voll mit allem Unrat des Waldes, nähert sich wie ein Albtraum. Die Reifen suchen kreischend nach Halt. Als er in den Rückspiegel sieht, ist es hinter ihm vollkommen dunkel.

2

EIN STÜCK NÖRDLICH von Porjus saß Vincent Laurin in seinem Büro in der schlichten Holzhütte, die er vor vierzehn Jahren hatte bauen lassen, als alles noch lief wie geschmiert. An der Front hing immer noch das »Helitours«-Schild. Er hatte davon gelebt, Touristen zu den abgelegensten Gebirgsseen und den Bächen mit den Lachsforellen zu fliegen. Im Herbst waren die Schneehuhnjäger dran. Und das ganze Jahr über die Samen: Transporte zu den Sommerweiden, zur Kälbermarkierung und zum Schlachten. Manchmal war er sogar mit einem frisch erlegten Elch an den Landekufen geflogen. Freiberufler. Freie Zeiteinteilung. Und wenn das Wetter es zuließ, die schönsten Aussichten, die Nordeuropa zu bieten hatte.

Das Schild würde bald abmontiert werden, dafür hatten Hennys Anwälte und Handlanger gesorgt. Aber Vincent Laurin hatte ohnehin nicht vor zu bleiben, um das mit anzusehen. Bald würde er sich auf seinen letzten Flug begeben, der ihn zum Pårtemassiv führen sollte, einem Ort, der ihm viel bedeutete. Dort gegen eine der steilen Felswände würden die Rotoren schlagen und zerbrechen, während er in dem empfindlichen Flugkörper saß. Dieses Ende war das beste, das er sich hatte ausdenken können. Das schönste. Wie ein Königsadler aus den Wolken stürzen, ein Ikarus. Ein paar Sekunden Angst, ja, er würde eine brennende Angst verspüren. Mehrere hundert Meter trudelnden Falls zwischen den Felsen. Dann würde es um ihn herum schwarz werden, eine Lampe, die gelöscht wurde, und alles, was blieb, war eine mit Schrott übersäte Felswand. Rettungsleute in Overalls würden irgendwann dort herumklettern und Spuren sichern. Aber sie würden keine Antworten auf ihre Fragen finden. Kein technisches, kein menschliches Versagen. Kein Alkohol im Körper des Toten. Vielleicht Seitenböen. Oder schlechte Sicht. Sie würden mit ihren Thermoskannen im Schutz der Felsklippen sitzen und überlegen, wie es sich hatte zutragen können. Ein paar Sekunden Unaufmerksamkeit, und dann war er zu nahe dran. Dass ausgerechnet ihm so etwas passieren konnte! Bei seiner Erfahrung!

Es waren bestimmt solche Worte, die bei der Beerdigung fallen würden. Seine Erfahrung. Die unzähligen Flugstunden bei Wind und Wetter. »Die Luft war sein Zuhause.« Die Todesanzeige mit Foto sowohl in der *Norrländskan* als auch im *Kuriren.* Und dann all die Zeitungsartikel in Zusammenhang mit dem Crash. »Der bekannte Gebirgspilot Vincent Laurin verunglückte bei einem Hubschrauberabsturz im Pårtemassiv. Seine Leiche wurde gestern geborgen, die Angehörigen sind mittlerweile informiert.«

Die Angehörigen. Lovisa. Sie würden Lovisa anrufen.

Vincent spürte die Kopfschmerzen wie ein pochendes Geschwür direkt unter dem Stirnbein. Am Ballpunkt – genau über dem Augenbrauenbogen, dachte er, mit dem man nach einem präzisen Eckstoß das Leder unhaltbar an Notvikens dümmlich grinsendem Torhüter vorbeiköpft. Es war Jahre her, seit er zuletzt Fußball gespielt hatte – und das längst unter

Vereinsniveau. Jetzt war es der Schlafmangel, der dort festsaß. Alte, graue Erschöpfung; Stunden, in denen er sich in dem leeren Doppelbett gewälzt und auf das Morgengrauen gewartet hatte, bis er aufstehen und sich einreden konnte, dass ein neuer Tag begann. Obwohl der alte doch nie ein Ende genommen hatte. Wenn man nicht schlief, gab es keine Zeichensetzung im Leben. Der Tag ging einfach so weiter – ein unendlich langer Satz, der nie unterbrochen wurde. Ein dahinströmendes Wasser, das einfach nur weiterfloss, das niemand aufzuhalten vermochte. Wenn er in sich nur einen Damm hätte bauen können. Die Schleusentore des Nachts schließen. Damit es still wurde.

Die wenigen Momente, in denen es ihm gelang einzudösen, waren göttlich. Wie eine sanfte Nonnenhand auf seiner Fieberstirn. Eine Kühle, die ihm einige Minuten lang Trost spendete. Bis er wieder hochfuhr, ganz so als wäre er verflucht. Ein gefauchter Befehl während eines Wintermanövers, jemand, der herumrannte, der gegen sein Zelt trat, trampelte und herumschrie.

Ab und zu musste man doch aufhören können zu denken. Diese Flut stoppen. Den Film anhalten, einen Punkt setzen, einen Hauch dessen empfinden, was Gnade genannt wurde. Sonst wurde man … ja, verrückt.

Der Schmerz pochte und brummte. Vielleicht sollte er eine Tablette nehmen. Oder sich einen ordentlichen Schluck genehmigen. Oder losschreien, den Mund zu einem Brunnen werden lassen und alles herausspeien, bis der Druck nachließ. Oder bis irgendetwas passierte. Irgendeine Veränderung, was auch immer – nur nicht noch eine weitere Stunde dieser Art.

Henny würde keine Ruhe geben, bis sie ihm alles genommen hatte. Er würde das Haus verlieren. Er würde es sich nie leisten können, sie auszuzahlen, er würde ausziehen und es verkaufen müssen. Ihr Anwalt hatte ihm das erklärt, mit knarrender Stimme, und es war so gewesen, als schnitze man ein Scheit Holz. Stück für Stück war zu Boden gerieselt. Das Auto sollte geteilt werden. Wollte er es behalten, musste er dafür bezahlen, ebenso für die Möbel, den Computer, den Fernseher, die Ferienhütte. Das Schlimmste hatte er sich bis zum Schluss aufgehoben. Die Firma. Henny sollte auch die halbe Firma bekommen. Alles, was er sich aufgebaut hatte, würde sie ihm wegnehmen, wenn sie ging. Noch bevor er überhaupt anfing zu rechnen, hatte er es bereits glasklar vor Augen. Liquidation. Er würde die Firma verlieren und mit ihr sein Leben.

Draußen regnete es, wie es schon den ganzen Herbst geregnet hatte. Es war schon lange kaum möglich gewesen zu fischen. Die Gebirgsbäche waren fast wie zur Frühjahrsschmelze angestiegen. Sie waren reißend und trüb geworden, und die Fische wollten nicht beißen. Auch die Wanderer blieben angesichts des Wetters fort. Im strömenden Regen zu zelten war nun mal kein Vergnügen, wenn man überdies noch nicht einmal die Aussicht genießen konnte. Die Bergkämme lagen hinter tief hängenden Wolken, die Herbstfarben waren verwaschen und grau.

Vincent Laurin trat aus der Holzhütte, stellte sich neben den Hubschrauber, der startbereit am Ufer stand, und schaute über den Luleälven. Er führte Hochwasser – ungewöhnlich viel für den Herbst. All dieses Wasser, dachte er, würde das denn nie ein Ende nehmen? Dann überlegte er, ob er nicht wieder anfangen sollte zu rauchen. Etwas Warmes in der Hand zu halten. Glut. Gesellschaft.

Er holte sein Handy heraus, zögerte aber noch. Lovisa. Er musste einfach ihre Stimme hören. Ein letztes Mal.

»Hallo, ich bin's«, sagte er, als sie sich meldete.

»Papa! Bist du nicht in der Luft?«

»Doch, gleich. Was machst du gerade?«

»Ich lerne. Wir haben bald Prüfungen.«

»Betriebswirtschaft, oder?«

»Rechnungswesen. Und du, was machst du?«

»Ich bin draußen in der Firma. Ich stehe gerade am Fluss.«

»Ich hab gehört, dass er immer noch ansteigt. Sie machen jetzt sogar die Staubecken auf.«

»Wirklich?«

»Das müssen sie, aus Sicherheitsgründen. Damit es kontrollierbar bleibt.«

»Lovisa ... Du solltest wissen ...«

»Ja?«

»... dass ich ... dass ich so glücklich bin, dich bekommen zu haben.«

»Ach ...«

»Dass du zur Welt gekommen bist. Genau du.«

»Das hast du schön gesagt, Papa.«

»Und ich wünsche dir alles Gute und viel Glück. Mit allem.«

»Also ... Ich dir auch. Dir auch, Papa.«

So schnell er konnte, beendete er das Gespräch. Sie sprachen normalerweise nicht so miteinander. Womöglich glaubte sie, er wäre betrunken. Erst hinterher, wenn sie die Nachricht erhielt, würde sie sich an ihr Gespräch erinnern. Dann würde sie jedes einzelne Wort wiederholen können und in sich aufbewahren. Weil es seine letzten Worte an sie waren.

»Er hat mich lieb gehabt. Trotz allem. Er war mir nicht böse.«

3

LOVISA LAURIN LEGTE das Telefon beiseite und versuchte, sich wieder ihren Büchern zu widmen. Vielleicht hätte sie es ihm sagen sollen, da er ja ohnehin schon angerufen hatte. Aber sie und Ole Henrik hatten beschlossen abzuwarten. Es war noch zu früh. Es konnte noch zu viel passieren; es könnte sich ablösen. Herausfließen. Es war besser, noch ein paar Wochen zu warten. Sich die Zeit zu nehmen, sich an das Wunder zu gewöhnen.

Jetzt aber zusammenreißen. Kontierungen. Rumpfgeschäftsjahr.

Der Küchentisch war übersät mit Lehrbüchern, Schreibblocks, einer Obstschale und einem Hundekalender. Sie glaubte an eine Art multisensorische Lerntechnik. Je mehr Stimuli, umso mehr Rezeptoren, an denen sich das Wissen festsetzen konnte. Zuerst Querlesen, mit Textmarkern in verschiedenen Neonfarben. Die Schlüsselbegriffe laut in unterschiedlicher Tonlage vor sich hersagen. Sie mit etwas Angenehmem verbinden – Rückstellungen beispielsweise waren ein frisch geschorener Pudel mit weißen Fellpuscheln. Bei Wirtschaftsprüfern sah sie Lapphunde vor sich: wie sie die Rentiere bewachten, an einem Knochen nagten, von einem Schwarm Schneehühner abgelenkt wurden, am Feuer lagen und schliefen, die Pfote über der Schnauze, das Fell nach einer Fahrt hinten auf dem Schneescooter nach Abgasen stinkend. Bei richtig schwierigen Themen schälte sie eine Mandarine, hielt sich die Schale unter die Nase und schnupperte daran. Oder sie biss in eine Banane, am besten in eine richtig überreife: braun und weich mit malzigem, gärigem Geschmack. Oder der Duft, wenn man in einen Rucksack hineinschnuppert: dieses vielschichtige Aroma aus Ruß, Leder, Nadelhölzern, Butter und Fleisch, das in der Frühlingssonne getrocknet wurde.

Verdammt, jetzt bekam sie Lust auf einen Kaffee. Es war der Gedanke an den Rucksack, der Duft einer geöffneten Kaffeepackung, das weckte Erinnerungen. Sie musste eine Kanne Kaffee kochen. Sie konnte gar nicht anders.

Mit einer fließenden Bewegung kippte sie den Rest vom Morgen aus und stellte den Kessel an.

Während sie darauf wartete, dass das Wasser zu kochen begann, dachte sie noch einmal über das Telefonat nach. Der gute alte Papa. Dass er trotz allem angerufen hatte. Auch wenn sie ihm anhören konnte, wie es ihm ging. Mama war wirklich zu hart zu ihm gewesen. Aber auch er selbst hätte es anders angehen müssen, er hätte sich nicht derart darin verrennen dürfen. Das Leben geht weiter, Papa. Es gibt andere Frauen. Du kannst die Welt bereisen, dich wieder dem Leben öffnen. Steig aus diesem verfluchten Hubschrauber.

Erst recht jetzt, da er Großvater wurde. Vielleicht hätte sie es ihm trotz allem sagen sollen. Aber dann wäre Mama sauer gewesen, weil sie es nicht als Erste erfahren hätte. Sie musste vorsichtig zwischen all dem Hass hindurchmanövrieren, mit lang ausholenden Schlittschuhschwüngen die tiefen Furchen im Eis vermeiden. Die Scheidungsfurchen. Sie durfte für keinen der beiden Partei ergreifen.

Wie immer trank sie ihren Kaffee schwarz. Die dunkle Oberfläche glänzte von den Kaffeeölen wie von einer hauchfeinen Dieselschicht. Das Koffein strömte in ihren Körper, und ihre Sinne schärften sich. Warum hatte er überhaupt angerufen? Nur um ihr zu sagen, dass er sie lieb hatte? Sonst nichts? Warum sagte er ihr das ausgerechnet jetzt, wo er es doch nie zuvor gesagt hatte?

Da war irgendetwas nicht in Ordnung. Das Gefühl wurde immer stärker. Irgendetwas stimmte da nicht.

Ich muss zu ihm, dachte sie. Ins Büro. An den Fluss.

4

DAS LETZTE, WAS Henny Laurin in ihrer Ehe getan hatte, ihre allerletzte hausfrauliche Tätigkeit: Sie hatte Salzschnecken gebacken. Zuerst wie üblich ein Teig aus Milch, Butter, Zucker und Weizenmehl. Gehen lassen, ausrollen, mit Butter bestreichen und Zimt darüberstreuen. Und dann, als Tüpfelchen auf dem i, eine ordentliche Handvoll grobes Meersalz darauf. Zusammenrollen und in Scheiben schneiden, als wäre alles wie immer, die Scheiben wie Zimtschnecken aufs Blech legen und mit Ei bepinseln. Dann noch ein bisschen Salz obendrauf. Es sah richtig gut aus, genau wie Hagelzucker. In den Ofen damit, die richtige Backzeit, sie mussten perfekt aussehen, goldene Meisterwerke, sodass einem das Wasser im Mund zusammenlief. Der Schneckenduft verbreitete sich im ganzen Haus, und siehe da, schon kam mit einem Dackelblick der Gatte angetrottet.

»Hast du gebacken?«, murmelte er, obwohl er das ja sehen konnte.

Kein Lob, kein Dankeschön, nichts, was ihr Selbstwertgefühl hätte stärken können. Sie schob das noch heiße Backblech mit den Schnecken neben seinen Kaffeebecher. Lovisa war auch gekommen, sie streckte sich danach, aber Henny hielt sie zurück. »Zuerst Papa.«

Maul auf, Maul zu. Knirschen. Der Duft von Schnecken in der Nase. Es dauerte einen Moment. Dann schienen die Kiefer zu erstarren.

»Aber was zum ... Henny?«

Der Blick zum Backblech. Zu Henny. Er suchte nach einer Erklärung, dann nach einer Möglichkeit auszuspucken. Keine Chance, es blieb nur die Handfläche. Seine Miene, sein Hundeblick, einfach unbezahlbar. Und Lovisa, die dasaß und nicht die Bohne verstand.

»*Good bye*«, sagte Henny.

Das war ihre Abschiedsformel. Auf Englisch. Es war nicht so geplant, es ergab sich einfach. *Good bye. The end.* Und dann hinaus in die Garage, in der die Taschen bereits fertig gepackt bereitstanden. Sie rief Einar an, er kam mit dem Pick-up, es dauerte nur eine halbe Minute, er hatte hinter der nächsten Ecke gewartet. Eine weitere halbe Minute, dann lagen die Taschen auf der Ladefläche, während Vincent am Küchenfenster stand und zusah. Wie in einem Film, einfach perfekt. Inklusive Abschiedsformel.

»*Good bye*«, zitierte sie sich selbst immer wieder gern für Einar, und dann lachte er, dass sein Bauch bebte.

Sie teilten den gleichen Humor, Einar und sie. Es war anders als mit Vincent. Dem war so etwas vollkommen fremd. Was immer Leben für ihn war – auf jeden Fall kein Vergnügen. Und an so einem sollte sie kleben bleiben, an einer fleischfressenden Pflanze mit klebrigen Tentakeln.

Sie musste noch ihre Pfingstrosen holen. Die gehörten ihr. Sie war es gewesen, die Kataloge gewälzt und lange Fahrten zu den Großgärtnereien gemacht hatte. Die sie ausgesucht, gekauft und eingepflanzt hatte. Hier oben am Polarkreis konnte man schließlich nicht irgendwelche Pfingstrosen pflanzen, auch wenn sie einen besonders gut geschützten Standort für sie ausgesucht hatte. Die Sarah Bernhardt hatte es leider nicht geschafft. Shirley Temple und die Sibirische hingegen schon. Die Coral Flame überlebte den Winter nur mit Müh und Not, ebenso wie die schwefelgelbe Kaukasuspäonie. Und auch ihr ganzer Stolz, die tapfere, dunkelrote Schmalblättrige Pfingstrose. Ihr hatte sie Jahre ihres Lebens gewidmet. Sie wuchs aber auch grässlich langsam. Es konnten Jahre vergehen, ehe sie überhaupt anfing zu blühen, aber dann wurde sie immer nur noch größer und kräftiger. Königinnen des Gartens, daran bestand kein Zweifel. Pfingstrosen waren sogar schöner als Rosen. Eine gerade erst erblühte, schäumende Pfingstrose, die aus dem seidenfeinen Gewimmel von Blütenblättern nach frisch aufgehängter Wäsche und Honig duftete, während die Ameisen sich an den noch nicht geöffneten Knospen festsaugten. Sie liebte sie wie Kinder. Sie durften nicht kaputt gehen. Vincent war der Pfingstrosen nicht würdig. Das Einzige, was er von Gartenarbeit verstand, war Rasenmähen.

Henny fuhr langsam am Haus vorüber, für den Fall, dass er daheim war. Aber es stand kein Wagen in der Einfahrt, sicher war er an diesem Vormittag zur Arbeit gefahren. Sie musste es riskieren, schnell sein. Käme er doch nach Hause und beschwerte sich, würde sie damit drohen, Einar anzurufen, das wirkte immer. Auch wenn Einar im Augenblick nicht wirklich zu sprechen war. Aber das konnte Vincent ja nicht wissen.

Henny parkte vor der Garage und holte das Werkzeug aus dem Kofferraum. Spaten, Handschuhe, Eimer. Ein Blick zum Küchenfenster – alles schien still zu sein. Sie spähte in die Garage. Kein Mercedes, die Luft war also rein.

Der Regen kam und ging, ein dichter, dunkelgrauer Nebel lag über Porjus. Es war ein elender Herbst gewesen.

Henny betrachtete den Garten. Er war regenschwer und nass. Der Rasen war seit Wochen nicht mehr gemäht worden, jetzt da niemand sich mehr darum kümmerte. Nicht ihr Problem. Der Verfall war nur weiter fortgeschritten.

Sie begann mit den Beeten an der Südseite, den besten, wo es die Pflanzen bis Winterhärte 5 schafften, manchmal sogar bis Winterhärte 4. Überall stand Unkraut und verteilte seine Samen. Wie schnell man doch ein Beet zerstören konnte. Im nächsten Jahr würde das hier eine Wiese mit Vogelmiere und Löwenzahn sein. Mit Feuerkraut und Vogelwicke und ihren unausrottbaren, tiefen Wurzeln. Vincent hatte die Invasion geschehen lassen, ohne einen Finger zu rühren. Noch sahen die Eindringlinge klein und ungefährlich aus, aber schon zum Frühling hin würden sie sich festbohren.

Das Unkraut verhinderte, dass sie das Drama sofort entdeckte. Ihre Augen waren darin nicht geübt. Doch dann blieb sie abrupt stehen. Sah noch einmal hin, verstand es nicht.

Dann schrie sie. Nein, es war kein Schrei, eher ein Wimmern, das Gefühl unerträglich. Wie eine Klinge in den Eingeweiden, die immer wieder gedreht wurde. Ihr sackten die Knie weg, sie streckte die Hände aus, wühlte in der Erde. Ein Friedhof. Verwüstung. Er hatte sie alle getötet.

Der Schmerz war überwältigend. Ihr war schwindlig, sie bekam keine Luft. Das Beet war leer. Keine einzige Pfingstrose war mehr da. Ausgegraben, deportiert, hingerichtet.

Oder gab es noch ein Fünkchen Hoffnung? Konnte er sie tatsächlich alle weggeschafft haben? Sie durchsuchte den ganzen Garten, aber er hatte auch die anderen ausgegraben. Nicht eine einzige Pfingstrose war mehr da. Lagen sie vielleicht auf dem Kompost? Sie wühlte vergebens im Gartenabfall, aber er hatte wohl geahnt, dass sie dort suchen würde. Er musste sie in den Wald geschafft, sie neben einem Waldweg weggeworfen haben. Und jetzt lagen sie dort und starben.

Ihr Körper wurde von Krämpfen geschüttelt, sie schlug die Arme um sich, als wäre ihr eiskalt. Wenn er ihr hatte schaden wollen, dann war ihm das gelungen. Dieser Teufel … Sie waren doch ihre Kinder! In den letzten Jahren hatte sie den Pfingstrosen mehr Zeit gewidmet als Lovisa. Jahre der Fürsorge, der Liebe. Er hatte sie alle niedergemetzelt.

Oder … Vielleicht ja doch … Es war Herbst, die Ruhephase der Pfingstrosen hatte begonnen. Außerdem hatte es ja reichlich geregnet, an Feuchtigkeit mangelte es also nicht. Wenn er sie irgendwo in einen Graben geworfen hatte, hatte sie noch eine Chance. Einige konnten es geschafft haben. Zum Beispiel die English Royal. Sie lag jetzt irgendwo und litt. Verwundet, aber noch nicht tot. Vielleicht lagen sie ja alle beisammen und raunten einander zu: »Haltet durch! Haltet durch! Bald kommt Henny, gebt nicht auf …«

Sie musste sie nur finden, bevor der Frost kam. Bevor die Kälte sie zerbrach. Pfingstrosen waren zäh, es gab noch Hoffnung. Sie musste aus ihm herauspressen, wo er sie hingeworfen hatte.

Zitternd vor Wut setzte sie sich in den Pick-up und drehte den Zündschlüssel um. Vincent war garantiert im Büro. Sie würde verdammt noch mal aus ihm herauspressen, wo sie waren. Sonst würde sie sich rächen. Irgendetwas kaputt schlagen, was auch immer. Seinen geliebten, verfluchten Hubschrauber.

5

BARNEY LUNDMARK DRÜCKTE den Hebel der Pumpthermoskanne herunter und füllte seinen Plastikbecher zu drei Vierteln mit Kaffee. Sobald er morgens zur Arbeit kam, kochte er sich immer eine große Thermoskanne, die den ganzen Tag halten sollte. Den Mythos von dem Kaffee, der ganz frisch sein musste, hatte er bereits als Schüler während seines ersten Ferienjobs in einem Café als Irrtum verworfen. Der Cafébesitzer war ein Geizkragen gewesen und hatte Barney angewiesen, den Kaffee, der am Ende des Tages noch in der Maschine war, am nächsten Tag einfach wieder aufzuwärmen und auszuschenken. Über Nacht abgestandener Kaffee, und die Gäste merkten keinen Unterschied. Im Gegenteil: Sie hatten Stammkunden, die ihren Frühstückskaffee nur deshalb in diesem Café tranken, weil sie meinten, er schmecke dort besonders gut. Dabei ging es eigentlich nur um das Porzellan. Wenn die Tassen nur teuer genug aussehen und mit scheißuntertäniger Miene hinausgetragen wurden, dann ging sogar die Brühe vom Vortag ohne Proteste runter.

Hier bei Vattenfall trank er Kaffee aus einem Plastikbecher. Die Zentrale in Luleå hatte ihnen Recycling und Porzellantassen verordnet, die nach irgend so einer Umweltauflage gespült werden sollten, aber das war ihm egal. So etwas konnten sie seinetwegen in der Stadt machen. Aber im Fall eines Außeneinsatzes konnte er die Thermoskanne problemlos in seinem Transporter mitnehmen. Im Türfach befand sich ein Stapel mit Bechern für ihn selbst und irgendwelche dankbaren Streckenarbeiter. Kein Herumgerede. Volle Kraft voraus. »Willste'n Kaffee?«, konnte er dann fragen. »Der ist mit dem frischesten Strom in ganz Schweden gekocht.«

Und in gewisser Weise stimmte das ja. Der Strom wurde aus den Wassermassen im Suorvaspeicher gewonnen und kam über die Turbinen in Vietas bis in die Steckdose im Aufenthaltsraum. Dort draußen lag es, das riesige Wasserkraftwerk. Einen winzigen Tropfen Elektrizität hatte er für seine Kaffeemaschine abgezapft, als hätte er einen Teelöffel voll Wasser aus den Niagarafällen geschöpft. Der Rest der Kraft rauschte durch die mächtigen Leitungen, die von einer paradierenden Soldatenreihe von Strommasten in schnurgeraden Trassen hochgehalten wurden, bis hinunter in die fernen Ballungsregionen Südschwedens.

Bald würden sicher die Mädchen kommen und Kaffeepause machen. Wie hießen sie noch, Carina und Carolina, oder war es Carola und Catrin? Sie blieben lieber für sich. Typisch, da hatte er endlich mal Damengesellschaft hier draußen, und dann waren sie sich zu fein, um mit gewöhnlichen Arbeitern zu verkehren. Sie trieben sich oben am Staudamm herum und steckten Röhrchen mit irgendwelchen Kabeln in die Erde, telefonierten mit ihren Handys und tippten auf ihren Laptops. Zugegeben, momentan war es ein bisschen kritisch. Dieser Regen. Jedes Gebirgsbächlein rauschte gerade kräftiger als beim schlimmsten Frühlingshochwasser, obwohl es doch schon Mitte

September war. Der Speicher war randvoll, obwohl sie nach und nach die Überlaufschleusen im ganzen Tal geöffnet hatten. Was wirklich ärgerlich war, schließlich war es verdammt viel Elektrizität, die da einfach rausgelassen wurde. Damit hätten im Winter ganze Vororte beheizt werden können. Aber das war früher schon vorgekommen und würde immer wieder passieren. Mit so einem nassen Herbst musste man einfach rechnen. Das gehörte dazu. Jahrhundertfluten, ja sogar eine Jahrtausendflut – der Damm war so gebaut, dass er auch der schlimmsten Katastrophe standhielt. Und sobald die Herbstkälte einsetzte, würde sich alles ohnehin wieder beruhigen.

Die Tür ging auf. Catharina, oder wie immer sie hieß, kam nass wie ein Pudel herein. Es tropfte von ihrem Plastikhelm auf den Frühstückstisch.

»Es gibt Kaffee«, sagte er, »gekocht mit dem frischesten Strom …«

»Keine Zeit.«

Na klar, dachte er. Und warum bist du dann verdammt noch mal hergekommen?

Er versuchte es anders. »Regnet's stark?«

»Mhm.«

»Läuft das mit den Messungen?«

»Du, kann ich mir dein Handy leihen? Meins funktioniert nicht.«

»Liegt sicher an der Nässe«, sagte Barney.

»Ja, bestimmt. Kann ich deins haben? Ich muss Kontakt mit Luleå halten.«

»Wenn du mich ganz lieb darum bittest.«

»Entschuldigung?«

»Wenn du mich ganz lieb darum bittest.«

»Ja, ja, kann ich jetzt dein Handy haben? *Please.*«

»Nein.«

»Doch.«

»Nein«, wiederholte er. »Ich brauche mein Handy selbst, außerdem gehört es mir. Aber du kannst einen Kaffee haben.«

»Das Handy gehört Vattenfall«, sagte sie.

»Ach, scheiß doch drauf.«

»Gib mir jetzt gefälligst das Telefon. Das ist eine dienstliche Anweisung.«

Barney betrachtete sie mit wachsendem Interesse. Ha, ha, die wütende Fotze. An sich nichts Ungewöhnliches, aber hier war er offensichtlich auf ein Prachtexemplar gestoßen. »Nicht einmal, wenn du mir einen bläst«, sagte er und lachte.

»Was hast du gesagt?«

Er grinste übers ganze Gesicht. Schlürfte Kaffee und konnte es nicht lassen. »Und – machst du dir jetzt in die Hose?«

»Das werd ich melden. Sexuelle Belästigung, das wird so viel Wirbel geben, dass du eine Glatze kriegst.«

»Aussage gegen Aussage«, sagte er beiläufig.

»In so einem Fall glauben sie immer der Frau.«

»Hui, da kommt schon das Pipi. Tropf, tropf.«

Und in der Tat zitterte sie. Sie würde jeden Augenblick explodieren. Waren die heutzutage alle so empfindlich, wenn sie frisch von der Uni kamen? Lernten die dort denn gar nichts? Jeder Vorarbeiter und Gruppenleiter wusste ja wohl, dass man einen Kaffee nicht ablehnen durfte, der ihm von einem einfachen Arbeiter angeboten wurde. Man nahm sich die Zeit, zeigte sich von seiner menschlichen Seite.

»Du«, sagte sie, »draußen ist die Lage kritisch, ich muss sofort telefonieren.«

»Die Lage ist kritisch?«

»Es geht um den Staudamm.«

»Den Damm?«

Barney stellte sich dumm. Seit damals im Café hatte er sicher an die dreißig verschiedene Jobs gehabt, inklusive Bereitschaftsdiensten und sogenannte Arbeitsmaßnahmen. Er wusste genau, wie das mit den Hierarchien funktionierte. Dein Chef hat auch einen Chef. Probleme werden möglichst schnell nach oben geschafft. Er zog sein Handy aus dem wasserdichten Gürtelfutteral, hielt es in die Höhe, sie griff danach, er zog es im letzten Moment weg.

»Nimm es doch! Hol es dir doch!«

Sie griff erneut ins Leere. Dann gab sie resigniert auf.

Wenn er es schon mal in der Hand hielt, konnte er auch gleich darauf herumspielen. Keine neuen Nachrichten. Aber ein verpasster Anruf. Wer konnte das denn sein?

Wie eine Kobra schnappte sie es sich. Entwand es seiner Hand mit überraschender Kraft. Er reagierte instinktiv, konnte gar nicht so schnell denken, merkte kaum, wie er ausholte. Die flache Hand traf sie über dem Ohr, am Rand ihres Helms, sie stolperte seitwärts zur Tür, schlug mit dem Rücken dagegen, fing sich aber wieder.

»Gib das sofort zurück!«, schrie er.

Aber sie war schon verschwunden. Die Hand tat ihm weh, er hatte das harte Plastik des Helms getroffen. Verdammte Schlampe! Barney schnappte sich seine Jacke und wollte schon hinter ihr herlaufen, als er plötzlich stehen blieb. Er spürte etwas. Ein Murmeln stieg ihm die Beine hinauf. Dazu eine Bewegung, ein Ruck. Als würde etwas Großes, Schweres das Gewicht verlagern. Dann hörte es wieder auf.

Eine Person mit mehr Fantasie hätte es vielleicht als ein Erdbeben gedeutet. Es erinnerte ihn an die Zeit, als er vor ein paar Jahren in Malmberget gewohnt hatte: diese leisen

Warnlaute in der Erdkruste. Böden, die Risse aufwiesen, Kellertüren, die sich plötzlich nicht mehr schließen ließen. Grubenschächte, die zusammenstürzten trotz Ausbauten und Stützelementen.

Hätte er sein Handy gehabt, er hätte sofort Baudin angerufen und Alarm geschlagen. Verdammtes Weib, er musste sie sich schnappen. Er hatte sie ja nicht verprügeln wollen, es war eine reine Reflexbewegung gewesen. Schließlich hatte sie ihn provoziert.

Barney trat hinaus in den Nebel und machte sorgfältig seine Regenjacke zu, er hörte, wie die dicken Tropfen auf seinen Helm trommelten. Dahinten lief sie. Zum Damm hinauf, auf dem Weg, der dem Bergkamm in einem langen, sanften Bogen folgte. Sie sah über die Schulter, entdeckte ihn und beschleunigte ihre Schritte. Auch er wurde schneller, aber seine Kondition war nicht die beste. Der Sprint ging über in einen Dauerlauf, dann in einen strammen Fußmarsch. Früher oder später würde er sie erwischen. Schließlich war das sein Handy, sie konnte doch nicht einfach aus Luleå daherkommen und es ihm klauen. Genau das war es, Diebstahl. Es konnte nichts schaden, sich schon mal ein bisschen was zurechtzulegen, falls sie ihr kleines Handgemenge wirklich melden wollte.

Als er den Damm erklommen hatte, blieb er abrupt stehen. Vor ihm, quer durch den Asphalt, verlief ein gewundener Riss. Ziemlich breit, einige Zentimeter. Er war sich ganz sicher, dass der am Morgen noch nicht da gewesen war. Barney Lundmark ging in die Knie und schob einen Finger hinein. Innendrin war es trocken. Es hatte also noch nicht in den Riss hineingeregnet, er musste ganz frisch sein. Nicht gut. Ganz und gar nicht gut. Das Handy, jetzt brauchte er es wirklich. Diese verfluchte diebische Fotze!

6

DAS LEBEN, DAS Dasein an sich – was vermochte es besser zu gestalten als das Wasser. Lena Sundh ließ sich davon erfüllen, überwältigen, wurde eins mit dem Fluss. Spürte das innerste Wesen des Wassers, den immerwährenden Tanz der Wassergeister vor ihren Augen.

Stora Luleälven. Allein der Name machte sie demütig. Er stammte eigentlich aus dem Samischen, *Stuor Julevädno.* Sie spürte, wie in ihr etwas zu klingen begann, wie eine Art Resonanz entstand. Die Fasern der Wurzeln ähnelten Saiten, man konnte sie zum Klingen bringen, wenn man sie berührte. Ein inneres Instrument, das man zum Leben erweckte. Sie fühlte die Nähe ihrer Großmutter. Lena war überzeugt davon, sie konnte die Wärme spüren. Ein geistiges Wesen stand hinter ihr, die Hände erhoben wie zu einem Segen, zu einer Geste der Heilung. Die liebe, kluge, runzlige Großmutter bei dem kleinen Mädchen, das inzwischen erwachsen war. Zwei Frauenseelen an dem mächtigen Fluss. Lena spürte, wie sich das Wasser Stück für Stück in kleine, schwimmende Föten verwandelte. Ein reißender Strom schmächtiger Körper, die ihre Babyarme ausstreckten. Sie suchten nach einem Schoß, wollten in sie hinein. Kleine, ungeborene Kinder. Sie musste eine Pause einlegen. Die Sehnsucht tat einfach zu sehr weh. Vorsichtig streckte sie ihren schmerzenden Rücken.

Die Gruppe sah lustig aus unter ihren kunterbunten Regenschirmen. Ein Teil saß vornübergebeugt auf Sitzunterlagen aus Plastik, andere hatten Campingstühle dabei. Ein Stück weiter hatte Sussie sich den Regenschirmgriff um den Oberkörper geschnallt, um die Hände frei zu haben, während Madeleine mit ein paar Stöcken eine wacklige Konstruktion gebaut hatte. Die Regenschirme wehten hin und her und drohten die ganze Zeit umzukippen. Wie Pilze aus einem Buch von Elsa Beskow waren sie über das Flussufer verstreut. Darunter hockten die Kursteilnehmer mit ihren Aquarellkästen und mit Klebeband befestigten Papierbogen und versuchten, die Bewegung einzufangen.

Dies war die Aufgabe des Vormittags. Die Bewegung des Wassers. Sowohl die des Flusses als auch die des Aquarellpinsels. Wasser mit Wasser zu malen, das war wie eine Art Taufe. Ein Ritual. Als Erstes war Lena hinunter ans Ufer gegangen und hatte ihren Pinselbecher mit Flusswasser gefüllt. Sie malte den Fluss mit dem Fluss, *Julevädno* lief über ihr Papier. Und rundherum von den Rändern des Regenschirms tropfte ununterbrochen der Regen. Ein Kreis aus Regen um ihr viereckiges Aquarell, Yin und Yang, Himmel und Erde, weiblich und …

»Ein Biber!«

Die Frauen schauten auf. Natürlich war es Laban. Lena versuchte, ihn zu ignorieren, wie sie es seit Beginn des Kurses getan hatte. Jede Gruppe musste wohl ihren Laban haben, ihren Narzissten, ihre Schlange im Paradies, das hatte sie während vieler Jahre in zahlreichen Konferenzen lernen müssen. Laban wusste genau, wie man sich in Szene setzte. Zunächst einmal war er mit Abstand der Jüngste im Kurs, gerade mal Anfang zwanzig, mit langem, strähnigem Haar, das ihm am Rücken klebte. Außerdem war er ein Mann, und das ärgerte sie. Eine Gruppe, die nur aus Frauen bestand, wäre ihr lieber gewesen. Am meisten jedoch störte sie sein … Gehabe. Heute zum Beispiel lief er mit nacktem Oberkörper herum, obwohl es kühl war. Oder vermutlich gerade deshalb, um an ihre Mutterinstinkte zu appellieren. Und um sein Tribal zu zeigen, das wie ein blauer Wasserfall über seine Schulter verlief. Laban war auch der Einzige, der sich weigerte, einen Regenschirm zu benutzen. Er wollte unter freiem Himmel malen, obwohl es in Strömen goss. Dabei war doch allen klar, dass das unmöglich war, und entsprechend zerknüllte er schon bald sein Papier und warf es auf die Erde. Was er mit »Biber« hatte sagen wollen, war unklar. Hatte er einen Biber gemalt? Oder war das ein Slangausdruck, irgendwas aus Luleå? Auf jeden Fall würde sie darauf achten, dass er das Papier nicht liegen ließ, wenn sie hier fertig waren, das würde sie ihm deutlich zu verstehen geben. Man verschmutzte Mutter Erde nicht, das sollte er wissen.

Jetzt streckte Laban sich und begann mit einer Art barfüßigem Eingeborenentanz, bei dem er das Haar herumwarf und irgendetwas vor sich hin summte. In seinen Ohren steckten Stöpsel mit lautstarker Musik, als würden die Geräusche der Natur nicht genügen. Wenn er sich wenigstens im Hintergrund halten würde. Aber nein, er musste sich im Blickfeld aller befinden, die Blicke aller auf sich ziehen. Er war einer dieser Menschen, die immer nur haben wollten. Er wollte alles in sich aufsaugen wie ein Baby, ohne einen Gedanken an die Bedürfnisse der anderen zu verschwenden. Ein typischer Suchtmensch, dachte sie. Er hatte bestimmt schon diverse

Drogen ausprobiert und glaubte, sie würden helfen. Drogen stellen den Menschen schließlich ins Zentrum unseres riesigen Universums, genau in den Mittelpunkt. Aber dort stand man allein. Da war kein Publikum, das er um sich scharen konnte, sondern nur kosmische Strahlung. Er würde daran zugrunde gehen.

»Du spritzt!«, schimpfte Madeleine, die ihm am nächsten saß.

Durch seine Ohrstöpsel hörte er nichts, schüttelte einfach weiter sein nasses Haar. Madeleine versuchte vergebens, ihr Aquarell zu schützen, drehte ihm den Rücken zu, doch so konnte sie ihr Motiv nicht mehr sehen. Schließlich seufzte sie demonstrativ, packte ihre Sachen zusammen und zog zehn Meter weiter.

Typisch Frau, dachte Lena. Einfach aufzugeben. Sie selbst würde ... Ja, was würde sie getan haben? Was auch immer. Mit einem Erdklumpen nach ihm werfen. Ein lehmiger Klumpen, zack, in die Fresse. Eine Sahnetorte voll auf Labans Ego.

Aber vielleicht hätte ihn das nur angestachelt. Es hätte ihm Aufmerksamkeit beschert. Er hätte eine Szene gemacht und versucht, ihr Aquarell zu bespucken. Oder er hätte mit verzweifelter Berechnung losgeheult, bis er die ganze Gruppe gegen sie aufgebracht hatte. Womöglich hatte Madeleine es genau richtig gemacht, man sollte sich mit Idioten nicht beschäftigen. Man sollte einfach aufstehen und gehen und es von sich abprallen lassen. Dem Narzissten einen Spiegel vorhalten und sich selbst einer anderen Sache zuwenden. Sich wieder dem eigentlichen Ziel widmen, dem Wasser. Der Bewegung des Wassers. Die Schichten ineinander übergehen zu lassen. Dem Pigment Schwung zu geben, den Widerstand zu spüren, mit dem Pinsel über die Oberfläche zu streichen. Und dann die Selbstzweifel beiseitezuschieben, mit denen sie am meisten zu kämpfen hatte, seit sie mit der Kunst begonnen hatte. Dieses Analysieren, diese trockene, nagende Stimme, die ihr einredete, dass alles, was sie tat, nur eine Lappalie war. Bereits vor dem ersten Pinselstrich konnte sie es hören: »Willst du wirklich damit anfangen? Warum denn das? Warum malst du immer auf die gleiche Art und Weise? Du hast anscheinend nur eine einzige Ausdrucksform. Du versuchst nie, dich weiterzuentwickeln, du gibst dich zu schnell zufrieden, bleibst beim geringsten Widerstand stehen, du strengst dich nicht ausreichend an, das genügt niemals ...«

Papa. Oder das, was noch von ihm übrig war, sein ewiges Genörgel. Es ging darum, das Herzchakra zu öffnen. Sich von der Energie überschwemmen zu lassen und sich mit dem zu füllen, was er selbst nie zugelassen hatte.

»Hast du gekörntes Papier dabei?«

Atemlos nach seinem hektischen Tanz schob Laban sich unter ihren Regenschirm. Das Haar troff, und es gelang ihr nur mit Mühe, ihr Bild zu schützen.

»Nein«, sagte sie.

»Dann nehme ich normales.« Er schob seine nassen Finger in ihre Tasche und wühlte darin herum.

Das darf doch nicht wahr sein, dachte sie.

»Ich kann doch nicht alles Mögliche mit mir herumschleppen«, erklärte er, »nicht, wenn ich schöpferisch tätig sein soll. Dann muss man sich von allem befreien, was stört, zurück zum Körper gehen, weißt du, der Körper lügt nie.«

»Na hör mal, Vorsicht ...«

»Ich benutze nie eine Staffelei. Der Regen, der ist ein Freund, weißt du, das ist Leben geradewegs aus dem Himmel. Ich möchte das Wasser auf der Haut spüren.«

Laban riss ein paar Bogen von ihrem Block ab und drückte ihn dann zurück in die Tasche.

»Und Klebeband, meins habe ich in der Hütte gelassen. Ist es in der Seitentasche?«

Mit einer entschlossenen Bewegung riss sie die Bogen an sich, die er sich zwischen die Zähne geklemmt hatte, knüllte sie zusammen und stopfte sie in die Tasche. Verwundert hielt er inne, die Hand immer noch tief in ihrer Tasche vergraben. Sie hob den Fuß, stellte ihn auf seine nackte Schulter und drückte. Es kam für ihn vollkommen unvorbereitet. Das war das Letzte, was er erwartet hatte. Er verlor das Gleichgewicht und taumelte rückwärts wie eine Birne. Ohne sich abzustützen, schlug er einen Purzelbaum, und sie hörte es knacken, als er auf einen Stein traf. Wie ein Ei.

Lena tat so, als finge sie wieder an zu malen. Der Pinsel zitterte. Laban lag da, er rührte sich nicht. Die Lider halb geöffnet, starr. Es regnete auf das Weiße in seinen Augen. Sekunden vergingen, der Fluss stockte vor ihr, der Strom hielt inne. Nur noch Glas, graues Glas. Ultramarin. Und dann plötzlich ein leuchtender Tropfen Rot.

Er war wieder auf die Füße gekommen. Schüttelte den Kopf, Blut spritzte von den Haaren. Er würdigte sie nicht eines Blickes, sagte nichts, schwankte nur hinunter zum Fluss und watete hinein. Als er knietief im Wasser stand, blieb er stehen, beugte sich vor und benetzte sich den Schädel. Die langen, dünnen Finger umrundeten einen Punkt am Hinterkopf, kreisten den Schmerz ein. Dann richtete er sich wieder auf und breitete die Arme aus wie ein Turmspringer. Wie zu einer Sonnenanbetung, zu einem Ritual.

Mittlerweile hatten alle das Blut gesehen. Es lief über sein Schulterblatt hinab, rot und reichlich. Lena merkte, wie ein

Ruck durch die Kursteilnehmerinnen ging, alle Blicke waren starr auf die Szene gerichtet. Und dann, wie in stillschweigender Übereinkunft, zückten alle einen neuen Bogen Papier und fingen an, sie zu malen. Den Jüngling und den Fluss. Die ausgestreckten, geradezu flehenden Arme. Und dann das, was das Motiv überhaupt erst vollendete, das Blut. Er war Jesus. Er wusste es, er stand Modell. Und die Damen, die Weibsbilder waren natürlich voll und ganz in ihrem Element. Frauen und Blut. Menstruation. Abendmahl. Der Mann, der die Sünden auf sich nimmt, der sich aufdrängt und alles ausradiert, was unser Eigen war, was echt war, und der alles verdrängt.

Lena spülte den Pinsel aus und packte zusammen. Die Tasche war innen ganz feucht von seinen wühlenden Händen, sie würde sie später trocknen müssen. Den Regenschirm legte sie über die Tasche, dann fing sie an, in den Boden zu treten. Um sie herum wuchsen Kräuter und Gestrüpp, sie musste die Ferse tief in die Erde bohren, bis sie ein Loch zustandegebracht hatte. Schließlich hatte sie eine lehmige Grassode freigelegt. Entschlossen ging sie zum Fluss hinunter und stellte sich ein Stück hinter Laban. Dann löste sie einen Erdklumpen heraus und warf. Traf ihn mitten auf dem Rücken. Warf noch einen Klumpen. Und noch einen. Braune Flecken auf weißer Haut. Flecken zwischen Blutstreifen. Und jetzt, jetzt endlich wachten die Damen aus ihrer Trance auf.

»Was machst du denn, Lena?«

»Geh weg, du verdeckst das Motiv!«

»Hör auf, Lena!«

Laban hörte die Rufe. Würdevoll drehte er sich um, watete langsam und mit einem unergründlichen Lächeln auf den Lippen zurück ans Ufer. Jetzt wollte er wieder das Heft in die

Hand nehmen. Trotzig und aufgebracht ließ Lena die letzten Erdklumpen zu Boden fallen. Sie dachte gar nicht daran beiseitezutreten.

»Du verdeckst das Motiv«, wiederholte er mit einem Lächeln.

Labans nackter, magerer Brustkorb hob sich. Das Regenwasser vermischte sich mit dem Lehm und dem Blut und lief ihm wie eine Lasur über die Haut. Er musterte sie, suchte ihre Schwachstelle. Und dann schoss seine Hand vor und griff nach ihrem Handgelenk. Fest und entschlossen. Immer noch das gleiche starre Lächeln. Sein Blick war kalt, echsenhaft, und sie erkannte sofort seine Absicht. Er wollte sie in den Fluss hineinziehen. Sie hineinwerfen und untertauchen, sodass sie unter Schreien und Kreischen herumplanschen würde, als wäre dies alles ein Spiel. So würde er wieder zum Motiv werden. Und sie zu seinem Spielzeug. Ja, jetzt kam der Ruck, jetzt sollte es geschehen.

Nur mit Mühe gelang es ihr, ihn abzuwehren. Sie suchte Halt zwischen den Steinen am Ufer und lehnte sich zurück. Aber er war überraschend stark. Einen Kopf größer als sie selbst, mit der Energie eines Jünglings. Gleichzeitig lachte er laut, um den anderen zu signalisieren, wie lustig das alles sei und dass es ihm nichts ausmache. Die Frauen saßen am Ufer aufgereiht wie auf einer Tribüne. Ein paar von ihnen machten sich Skizzen und versuchten, das Schauspiel einzufangen. Laban würde sie ins Wasser zerren. Die anderen sahen zu, niemand griff ein. Sie war es schließlich, die ihn provoziert hatte. So kann es gehen, wilden Katzen wird das Fell zerzaust.

Lena wurde wie eine steife Puppe ins Wasser gezogen, ihre Gummistiefel suchten verzweifelt Halt. Sie versuchte, sich so schwer wie möglich zu machen, aber es nützte nichts. Stück für Stück zog er sie mit sich. Wohlwollende männliche Gewalt, herzenswarm und blutig. Da drehte sie den Spieß um.

Sie machte einen großen Schritt direkt auf ihn zu. Der Stiefelschaft tauchte unter die Wasseroberfläche. Eiskaltes Flusswasser umspülte ihre Wade wie Eisen. Dann beugte sie sich über sein Handgelenk, das an ihrem festgesaugt zu sein schien, öffnete die Kiefer wie eine Hündin und biss zu. Mit ihren Eck- und Backenzähnen und mit aller Kraft. Sie biss wie in Gummi, wie in ein Gummispielzeug für ein Haustier, und sie nahm den salzigen Geschmack wahr, als die Haut zerplatzte.

Mit einem Brüllen ließ Laban von ihr ab. Es klang wie der Schrei einer Frau, gellend und panisch. Es war schließlich seine rechte Hand, die Malerhand, die Wichshand. Die Zahnreihe sah aus wie ein Halbmond, und sie füllte sich mit Blut. Er bückte sich. Packte einen Stein, groß wie ein Kinderschädel, hob ihn hoch und zielte.

7

VINCENT LAURIN SAH sich ein letztes Mal in seinem Büro um. Er leerte die Kaffeemaschine, spülte die Tasse aus und wischte die Krümel vom Tisch. Die Papiere ließ er liegen, er hatte sie nur zu Stapeln zusammengeschoben, damit es ein wenig ordentlicher aussah. Und die Toilettenschüssel war schmutzig. Er kippte grünen Reiniger hinein, fuhr mit der Toilettenbürste am Rand entlang und wischte anschließend auch noch das Waschbecken aus. Es sollte nicht allzu gewollt aussehen, aber gleichzeitig auch nicht zu eklig. Sie sollten hinterher nicht behaupten können, er wäre vor die Hunde gegangen.

Und er selbst? Im Badezimmerschränkchen stand ein Deodorant. Er zog sich das Hemd aus und fuhr sich mit dem Deo über die Achseln. Die Zähne putzte er sich auch. Die Identifizierung einer Leiche geschah ja normalerweise anhand der Zähne. Irgendein besonnener Gerichtsmediziner würde die Zähne auf einem Metalltablett zusammensetzen, mit seinen Plastikhandschuhen daran herumfingern. Vielleicht wären die Überreste leicht verbrannt. Blutig. Aber zumindest ohne Essensrückstände.

Am Morgen hatte er sich eine frische Unterhose angezogen.

Merkwürdig, dass man an die Unterhose dachte, als würde ausgerechnet sie etwas über einen Menschen aussagen. Aber man wollte nun mal sauber und ordentlich sterben, so war es doch.

Und dann die Fliegeruniform. Sie bestand eigentlich nur aus einer marineblauen, leicht taillierten Jacke mit vielen Taschen. Die Hose hatte er immer je nach Auftrag ausgesucht, eine Anzughose mit Bügelfalten, wenn er Touristen zur Rundtour »Lappland von oben« mitgenommen hatte; grobe, strapazierfähige Outdoor-Hosen, wenn er zu den Lagern der Samen unterwegs gewesen war. Keine Uniformmütze, dafür aber eine Sonnenbrille. Eine getönte, entspiegelte Pilotenbrille, die er schon seit seiner Ausbildung in Florida besaß. Sie gehörte einfach dazu. Wie im Film.

Ein letzter Blick, alles sah normal aus. Als würde er das Büro für einen Routineflug verlassen, ohne zu wissen, was ihn erwartete. Ein Unfall. Erbin würde Lovisa Laurin sein, die Tochter des Verunglückten, sie war im Todesfall die Begünstigte und bekam seine Lebensversicherung samt Beerdigungskosten ausbezahlt.

Eine knappe Million. Lovisa bräuchte keinen Studienkredit mehr. Sie könnte ihm sogar einen ordentlichen Sarg spendieren. Und vielleicht auch in gewisser Weise Liebe für ihn empfinden, wenn der erste Schock sich gelegt hatte, und einsehen, dass ihr alter Papa für sie vorgesorgt hatte. Ein Foto von ihr lag in seiner Brieftasche in der Innentasche seiner Jacke, an seiner Brust. Auch das war eine Botschaft. Er hatte kein Foto mehr von ihr bei sich gehabt, seit sie ein Kleinkind war, aber jetzt wollte er eins bei sich tragen. Wenn das Wrack nicht ausbrannte, würde sie nach den Untersuchungen und Ermittlungen die Brieftasche bekommen. Sie würde sie öffnen und sehen, dass sie auf seiner letzten Reise bei ihm gewesen war. Ganz dicht an seinem Herzen.

Der Regen war inzwischen stärker geworden. Vincent nahm die Mappe mit dem Flugplan und die Tüte mit den Broten und schloss das Büro hinter sich. Alles sollte so aussehen wie immer, als hätte er geplant zu frühstücken, sobald er in Staloluokta angekommen wäre. Nils Henrik und seine Truppe hatten ihn gebeten vorbeizukommen, das war der Vorwand für den Flug. Die Samen waren jetzt im Herbst die wichtigsten Kunden, es war Schlachtsaison und Zeit für den Abtrieb. Doch bevor er dort ankäme, wollte er nach rechts in Richtung Sarek abbiegen. Eine kleine Fehlnavigation im Nebel, so etwas passierte schon mal, und dann die grausame Schönheit des Pårtetmassivs. Ein letzter Gruß an die Götter dort oben zwischen den Steilhängen und Gletschern. Die Schroffheit der Berge, die viel zu nah vor ihm aufragten – das würde der Moment sein, in dem er stark sein musste. Die in Tausenden Flugstunden trainierten Reflexe bekämpfen, die ihn dazu bringen wollten, den Steuerknüppel zu einem Ausweichmanöver herumzureißen. Einfach sitzen bleiben. Ganz still sitzen bleiben und es geschehen lassen, obwohl das Adrenalin ihn durchflutete.

Er startete und ließ den Hubschraubermotor warmlaufen. Ging die Checkliste durch, überprüfte die Instrumente, die Temperatur, den Treibstoffstand. Er setzte sich die Fliegerbrille auf. Die gelbe Tönung war bei Nebel besonders gut. Seine Flugroute hatte er dem Flugplatz Kallax unten an der Küste bereits mitgeteilt, und die Flugverkehrskontrolle war informiert. Alles in bester Ordnung. Er sah, wie sich die riesigen Rotorblätter immer schneller drehten. Sie schlugen die Regentropfen zu schimmerndem Dunst.

Gleichzeitig sah er aus dem Augenwinkel, dass sich ein

Wagen näherte. Ein Pick-up. Was war denn das? Der Wagen bremste mit quietschenden Reifen, und heraus stürzte niemand anderes als Henny. Sie kam auf den Hubschrauber zugestürmt, schrie, war wütend, rasend vor Zorn. Nein, nicht jetzt, bitte. Er schüttelte den Kopf und setzte die Drehzahl hoch.

Ein kräftiger Knall. Ein sternförmiges Muster breitete sich auf dem Cockpitfenster aus. Ein gesprengtes Spinnennetz. Sie hielt einen Hammer in der Hand, sie hatte einen Hammer im Auto gehabt! Und wieder hob sie ihn, wusste sie denn nicht, was so ein Cockpitfenster kostete? Ihr Mund schrie und kreischte. Vincent drückte die Tür auf, schob das Headset zur Seite, um trotz des Motorenlärms etwas hören zu können.

»Die Pfingstrosen!«, schrie sie, »die Pfingstrosen, du Monster …!«

Ein Schlag gegen die Kabinenwand. Und noch einer. Hässliche Dellen. War sie wirklich wegen dieses Gemüses hergekommen?

»Ich hab sie in den Wald geschmissen«, rief er.

»Und wohin? Sag mir, wo!«

Sie sah ihn drohend an, dann richtete sie den Blick auf den schnurrenden Heckrotor. Zum Teufel, dachte er. Wenn du den Hammer dort hineinwirfst, gehst du drauf. Die Rotorblätter wären wie Klingen einer Sense, wenn sie zersprängen. Oder aber der Hammer käme wie ein stählerner Faustschlag zurückgeschossen. Das war ihr garantiert nicht klar. Er sah ihr an, dass sie genau das vorhatte. Sie hob den Hammer und holte aus. Die Augen weit aufgerissen. Sie war wahnsinnig.

Das dachte er. Eine Wahnsinnige. Aber er hätte nie damit gerechnet, was dann passierte. Mit unbändiger Kraft riss sie die Kabinentür auf und warf sich über ihn. Wollte sie ihn treffen? Die Szene war beinahe komisch – sie wollte jemanden umbringen, der längst tot war. Aber sie schlug nicht zu. Sie ließ sich auf seinen Schoß fallen und kreischte hysterisch. Er verstand kein Wort.

Da hob er den Blick. Verstand immer noch nichts. Seine Augen versuchten zu deuten, was er dort vor sich sah, schafften es aber nicht. Eine Gebirgsformation aus etwas Unbeschreiblichem, eine schmutzig schäumende Felswand. Sie schoss direkt auf sie zu. Er sah den Wald, die hoch gewachsenen Kiefern, die zu Boden gedrückt wurden, die Strommasten, die Hütten. Zum Teufel, die Hütten, darin waren vielleicht Menschen. Und Henny, die über ihn kroch, die ihm blaue Flecken verpasste, um sich schlug und fauchte. Es war immer das gleiche Wort, das sie schrie, immer und immer wieder.

»Flieg! Flieg!«

Was meinte sie? Meinte sie den Hubschrauber? Ja, natürlich, er saß im Hubschrauber. Bei laufendem Motor.

Und noch ehe die Gedanken ihn wirklich eingeholt hatten, hatte der Pilot in ihm bereits den Gasknüppel gezogen, den Pitchhebel mit der Linken und den Steuerknüppel zwischen den Schenkeln seiner Ehefrau mit der Rechten ergriffen und ließ die schwankende Maschine steigen. Der Hubschrauber zog nach oben, Vincent Laurin spürte einen Stoß, als irgendetwas gegen den Unterbau donnerte, aber es gelang ihm, weiter aufzusteigen, der heranrollenden Macht, dem geifernden Raubtiermaul davonzufliegen. Hinauf in den Regen. Hinauf in den milden, kühlen Nebel.

8

BARNEY WISCHTE SICH den Regen aus dem Gesicht und setzte die Verfolgungsjagd fort. Die Frau war mittlerweile den Damm entlanggerannt, und er sah, wie sie in vollem Lauf telefonierte. Bestimmt alarmierte sie ihre Freundin. Dann wären sie zwei gegen einen. Das Wasser im Rückhaltebecken stand höher, als er es jemals gesehen hatte, über die zugelassene Höchstmarkierung hinaus. Ein Meer, dachte er. Eine Flut, die immer weiter anstieg.

Plötzlich blieb die Schlampe stehen. War sie müde geworden? Nein, sie bückte sich, schien irgendetwas genauer zu betrachten. Sie lehnte sich über die Dammkante und sah ins Wasser. Barney lief schneller. Inzwischen spürte er sein Knie. Er sollte dringend abnehmen. Weniger Snus nehmen. Er sollte eine ganze Menge tun. Und jetzt hatte er auch noch Seitenstechen. Die Frau hatte sich immer noch nicht vom Fleck gerührt, was zum Teufel machte sie da? Jetzt näherte sich jemand aus der anderen Richtung. Ja, ihre Freundin. Der gleiche blaue Regenmantel. Sie rannte, hatte aber noch ein ganzes Stück vor sich, Barney würde schneller sein. Sofern ihn das Knie nicht im Stich ließ. Oder die Milz. Dieses Seitenstechen. Trotzdem lief er weiter, spürte das Jagdfieber. Das Prickeln in den Zähnen, warmes Fleisch in greifbarer Nähe. Hatte sie ihn etwa vergessen? Oder wollte sie wieder losrennen, gerade wenn er … gerade wenn er …

»Jetzt gibst du mir mein Handy zurück!«, rief er.

Wortlos sah sie ihn an. Ihr Gesicht war kreideweiß. Sie scheute zurück wie ein Tier, lief aber nicht weg. Er streckte ihr die Hand entgegen, fleischige, kräftige Finger.

»Gib es einfach her. Gib her, dann vergessen wir das Ganze.«

Die Frau sagte immer noch nichts. Sie blickte sich zu ihrer Freundin um. Ihre Lippen bewegten sich, sie versuchte zu sprechen, aber er hörte sie nicht. Was machte sie nur, was war los mit ihr?

Dann hörte er etwas. Ein ganz alltägliches Geräusch, das es hier jedoch nicht geben sollte. Er trat zur Dammkante und schaute hinunter.

Wasser spritzte aus dem Staudamm. Ein Riss lief durch den Beton, Wasser schoss daraus hervor.

»Es ist braun!«, rief er.

Sie antwortete nicht, aber sie hatte das Gleiche gesehen. Braunes Wasser. Es waren die Baustoffe, die mit hinausschossen. Das Schüttmaterial.

»Scheiße, wir müssen weg hier!«

Mit zitternden Fingern wählte sie eine Nummer. Vertippte sich, setzte noch einmal an.

»Pass auf!«, schrie die Freundin, immer noch ein Stück entfernt.

Stromaufwärts sah die Wasseroberfläche aus wie ein nasses Blech. Regentropfen wie Nadeln pickten mit spitzem Schnabel darauf ein. Auf Suorvajaure, Akkajaure, die ganze aufgestaute

Seenkette. Millionen und Abermillionen Tonnen, die nur darauf warteten. Die gegen diesen mickrigen Damm drückten. Die jetzt, genau in diesem Moment, ein Loch gerissen hatten.

»Wir müssen weg!«, schrie er.

Wie zur Antwort fuhr ein Beben durch ihre Fußsohlen. Ein weiterer Ruck. Der Untergrund sank um einige Millimeter.

»Schnell!«

Sie presste das Handy ans Ohr. Stand reglos da, schien niemanden zu erreichen. Mit einem Satz war er bei ihr und packte sie. Hielt ihren Arm fest. Sie wehrte sich wie ein gefangenes Wildtier, aber er hielt sie fest, sodass sie sich ihm nicht entwinden konnte. Sicher würde sie hinterher blaue Flecken haben.

»Gib endlich her, verdammt noch mal«, zischte er.

Sie schüttelte den Kopf, der Helm schlackerte hin und her.

»Pass auf!«, war wieder zu hören, jetzt deutlich näher.

Und dann ein Geräusch aus dem Telefon in ihrer Hand.

»Hallo!«, schrie er. »Der Damm, er bricht…!«

Barney wusste nicht, ob ihn jemand hörte. Kräftig verdrehte er ihr das Handgelenk. Er war stärker, viel stärker, und zog unerbittlich ihren Arm an sich.

Da knickte sie ein. Spreizte die Finger, sodass das Handy zu Boden fiel. Es prallte auf, rutschte zur Seite, kippte über den Staudammrand und wirbelte wie ein aufblitzendes Auge die Dammmauer hinab.

»Verdammte Scheiße…«

Er riss sie wütend am Arm, sie wimmerte und wand sich. Ein Knacken war zu hören, als der Regenmantel der Frau zerriss, und sie fiel hin. Barney stand mit dem leeren Ärmel in der Hand da und spürte die Staudammmauer unter sich vibrieren. Unter seinen Füßen öffnete sich ein Spalt. Genau unter den Stiefelsohlen, zentimeterbreit. Jetzt kam mehr Wasser heraus, sehr viel mehr. Er stand wie versteinert da. Wie in einem Film, dachte er, der eine Fuß auf dem Anleger, der andere im Boot. Der Spalt weitete sich zu einer Kluft.

»Wir müssen weg hier!«

Jetzt war auch die Freundin da. Immer noch wimmernd versuchte die andere Frau aufzustehen.

Weitere Risse. Barney zeigte zum Ufer, von dem sie gekommen waren. »Schnell!«

Die Freundin zeigte in die andere Richtung. »Dort ist es sicherer.«

»Schwachsinn!«

»Du hast ihr wehgetan, ich hab es gesehen!«

Was für eine Idiotin. Man sollte sie ohrfeigen, ihr eins auf ihr lippenstiftrotes Maul geben. Aber er unterdrückte den Impuls. Sprang ungelenk über den Riss. Warf noch einen Blick über die Schulter zurück. Die Frauen standen unschlüssig da. Als endlich Bewegung in sie kam, wandten sie sich in die andere Richtung, diese Schwachköpfe. Das war die falsche Richtung! Ihre Beine zitterten unter einem erneuten Beben, das Wasser schoss jetzt bereits an mehreren Stellen aus dem Beton. Barney blieb stehen. Drehte sich um und lief zurück, schrie und winkte heftig: »Kommt her, seht ihr das denn nicht!«

In diesem Moment stolperten die beiden. Er hörte, wie sie schrien, sah, wie der Damm barst. Die gesamte Kuppe schwankte und kippte zur Seite. Es gelang ihm, die Frau wieder zu packen, sie schlug um sich und kreischte. Ihre Freundin zog am anderen Arm, in die andere Richtung. Er setzte seine hundert Kilo ein. Die Freundin verlor das Gleichgewicht. Unter ihnen passierte irgendetwas, der Donner wuchs an. Das Gefälle wurde größer, aber er ließ nicht von ihr ab. Sie rutschte, wurde nach unten gezogen.

»Hilf mit!«, schimpfte er. »Mit den Beinen!«

Sie strampelte mit ihren Gummistiefeln, kämpfte auf dem immer steiler abfallenden Untergrund um ihr Leben. Er zog, so gut er nur konnte, und spürte, wie sie Halt fand. »Hierher!«

Und dann liefen sie um ihr Leben. Alles schwankte, war in Bewegung. Hinter ihnen erhob sich ein brüllendes Grollen. Er warf einen schnellen Blick über die Schulter, sah, wie alles versank. Sie rasten wie Tiere über den Kamm, die Lungen brannten, ein Wolfsrudel war ihnen auf den Fersen, biss in ihre Kehlen. Die Erde zerriss, er taumelte über Spalten, musste verschnaufen, ausspucken. Kippte vornüber, weil das Knie plötzlich nachgab. Verdammt! Wieder hoch mit flackerndem Blick. Sie starrte zurück. Ihr Gesicht wurde größer, bis es den Himmel verdeckte. Er sackte in sich zusammen, kippte nach vorn, die Stirn auf den Schenkeln, hustete in einem fort.

Dann wandte er sich um.

Drei Sekunden lang konnte er gar nichts denken. Alles war still. Die Welt hing nicht mehr zusammen, sie war in Stücke gerissen worden.

Es war unbeschreiblich. Eine Welt, die in Milliarden Tonnen zerbrach. Wie ferngesteuert tastete er nach seiner Handykamera, bis er sich wieder daran erinnerte. Sie war weg. Er hatte nur noch seine Augen. Er konnte nur noch dastehen und etwas betrachten, wovon er nie gedacht hätte, dass ein Mensch es je erleben würde.

9

LABAN HOB DEN Stein und zielte. Jemand kreischte, es klang schrill und pfeifend. Doch Lena wich nicht einen Millimeter zurück, starrte den Mann nur wütend an. Der Kerl schauspielerte. Wollte die Hauptrolle behalten.

»Du traust dich nicht«, sagte sie höhnisch.

Laban verlagerte das Gewicht, damit er eleganter dastand. Eine griechische Statue, ein junger Speerwerfer. Vielleicht ein Diskuswerfer, auf eine Amphore gemalt. Am Flussufer skizzierten die Damen hektisch weiter. Diese Verräter! Keine Einzige verteidigte sie, keine unterstützte sie. Sie saßen nur da, malten und zeichneten. Es kam ihr schmerzlich bekannt vor. Das hatte Lena schon früher erlebt. All diese verfluchten Konferenzen über die Probleme an ihrer Schule, bei denen Schulleiter, Schulpolitiker und Lehrerkollegen Stunde um Stunde Mist erzählten, bis sie am Ende zu dem Ergebnis kamen, dass die Situation doch eigentlich verhältnismäßig gut war. Darüber musste dann ein Protokoll verfasst werden – dass bestimmte Dinge natürlich besser sein könnten, aber das meiste trotz allem funktionierte. Kein Schwein traute sich, den Mund aufzumachen. Verschwunden waren alle Wut aus dem Lehrerzimmer, alles Gemecker, alle früheren Uneinigkeiten zwischen Gruppierungen und Einzelpersonen. Die Fachvertreterinnen nickten lahm mit ihren Pagenkopffrisuren, und dann war immer sie diejenige, die darum bat, noch etwas sagen zu dürfen. Was ihr nur widerwillig gestattet wurde, denn eigentlich hatten sie die Debatte ja abgeschlossen, dennoch ließen sie sie gnädigerweise sprechen. Und dann sagte sie, was Sache war, geradewegs und ohne Umschweife. Was hinter vorgehaltener Hand auf den Fluren alle gesagt hatten. Und dann durchfuhr ein Schauer die Versammlung, alle zuckten zurück wie vor einer Epidemie, vor einer Erkältung, und augenblicklich war das Problem identifiziert.

Sie war das Problem.

Und damit kam endlich Schwung in die Runde. Endlich hatten sie eine Aufgabe. Natürlich auf die übliche schwedische umständliche Art und Weise. Mit neuen Treffen, Verhandlungen, Angeboten der Versetzung, Krankschreibungen, Konfliktanalytikern, Therapeuten und Arbeitsschutzgesetzverordnungen. Es dauerte fast zwei Schulhalbjahre, dann war sie vollends ausgebrannt, es war eine Erleichterung für alle. Sie durfte nach Hause.

Nur wenn man die Klappe hielt, kam man zurecht. So funktionierte die Gesellschaft. Diese Weiber, die dasaßen und mit ihren Pinseln tupften. Die sich nur dafür interessierten, wie das Licht fiel.

Lena holte tief Luft und kehrte Laban den Rücken. Sie kletterte das Ufer hinauf und ging zu ihren Sachen hinüber. Schweigend nahm sie den Regenschirm und ihre Tasche, für sie war die Arbeit hier zu Ende. Kein Malen mehr, keine Bildanalyse im Sitzkreis nach dem Essen. Sie spürte den alten, wohlvertrauten Kopfschmerz. Aber lieber Kopfschmerzen als

Depression, das hatte sie gelernt. Lieber Schmerz als dieser sich ewig hinziehende Tod unter der Bettdecke.

Sie musste weg von hier, und zwar schnell. Ihren Schlafsack im Etagenbett oben in der Hütte zusammenrollen, ihre Siebensachen packen und alles durch den Wald tragen. Wie weit war die Straße entfernt? Es würde anstrengend werden mit all den Malutensilien im Rucksack und nass und elend durch den Regen zu gehen. Aber sie hatte keine Wahl. Sie wusste genau, wie es sein würde, wenn sie bliebe. Laban würde mit seinen Zurschaustellungen weitermachen. Statt der Bildanalyse würde er eine Aussprache fordern. Er würde seine Wunde am Hinterkopf und den Zahnabdruck auf seinem Arm herzeigen. Und der Reihe nach würden alle bestätigen, wie übel ihm mitgespielt worden sei, und einander versichern, wie leid es ihnen tue. Dann würden sie Lena mit anklagenden Blicken anstarren. Und es hieße wieder: sie gegen den Rest der Welt.

Der Abhang war steil, Lena musste eine Pause einlegen und Luft schnappen. Dort unten am Ufer saßen immer noch die Damen und malten Laban. Zwölf kunterbunte Regenschirme im Herbstgras, zwölf vornübergebeugte Frauen vor ihren Staffeleien. Niemand lief ihr nach und fragte, wie es ihr ging, nicht einmal Madeleine. Künstler zu sein, das hieß, die Augen zusammenzukneifen, bis man sein Motiv fokussiert hatte. Bis die Welt zu einem kleinen, abgegrenzten Rahmen wurde, auf den man sein Zeichenpapier ziehen konnte.

Das Motiv hatte sich beruhigt und hingesetzt, nachdem es mit niemandem mehr konkurrieren musste. Dieses Mal in eine meditative Pose, zusammengekauert auf einem Fels unten am Flussufer. Die Arme kummervoll um die Knie geschlungen, den Kopf im Halbprofil, den Blick auf das ewig dahinströmende Licht des Flusses gerichtet. Eine Allerweltspose, konstatierte sie verbittert. Reiner Kitsch.

Da fing es an. Zuerst hörte sie nur ein leises Sausen. Ein sonderbares Geräusch, das jedoch immer stärker wurde. Als nähere sich aus der Ferne eine Windböe durch die Baumwipfel. Laban war der Einzige, der reagierte. Mit einem Satz war er auf den Beinen und blickte stromaufwärts. Das Geräusch schwoll an, wurde immer unangenehmer. Fast als läge Donner in der Luft, als näherte sich ein Gewitter. Es war wohl das Beste, sich ein Dach über dem Kopf zu suchen.

Und da explodierte Laban. Die nächste Theaterposse, dachte sie noch, als er mit unbändiger Kraft das Flussufer hinaufsprintete. Verblüfft richtete sie ihren Blick zur Flussbiegung. Sah, wie diese verschwand. Im selben Moment sprangen einige der Frauen auf, sie kreischten, aber ihre Schreie wurden von dem Brausen geschluckt. Lena spürte, wie ihr Gesichtsfeld sich verengte. Ihr Herz begann, wie wild zu hämmern. Weg hier! Irgendetwas unter ihr begann zu zappeln und zu treten – es waren ihre Beine. Bäume wurden geschluckt, der Uferstreifen, jede Kontur, die die Welt zusammengehalten hatte. Der Trommelwirbel ihrer Beine, die Kehle, die nach Luft schnappte, ein harter weißer Tunnel. Jetzt hob sich die Dunkelheit, türmte sich über ihnen auf. Es langt wohl nicht, nur zu leben, dachte sie noch. Womöglich gehört mehr dazu. Dann verschwand alles in dem Dröhnen.

10

SOBALD LOVISA LAURIN vom Hof gefahren war, stellte sich die Übelkeit wieder ein. Nicht jetzt, verdammt, nicht im Auto. Sie drehte die Lüftung auf Höchststufe, öffnete das Fenster und bekam Regen ab, während sie mit dem Volvo auf die Landstraße abbog. Das Auto roch merkwürdig. Eklig. Sie versuchte auszumachen, was es war. Ole Henrik musste irgendetwas transportiert haben, und der Gestank hatte sich in den Sitzbezügen festgesetzt. Oder waren es die Hormone, hatte ihr Körper sich bereits verändert, ging das so schnell? Sie versuchte, sich aufs Fahren zu konzentrieren. Nur ein paar Kilometer, dann zum Büro unten am Fluss abbiegen. Papas Toilette aufsuchen, sich das Gesicht mit kaltem Wasser waschen.

Diesel. Oder Phenol. Irgendetwas Chemisches jedenfalls, das nach Tod roch. Etwas, das dem Kind schaden konnte. Sie beugte sich vor zum Lüftungsgitter, hielt das Gesicht in den zischenden Luftstrom, der wärmer wurde, je länger sie fuhr. Und ebenfalls Übelkeit verursachte. Was hatte er nur transportiert? Sicher irgendwas für die Arbeit. Einen Heizstrahler? Oder diese stinkende Baufolie, die sie manchmal benutzten, wenn sie die Rentiere zusammentrieben? Er musste mit derlei Dingen ab sofort vorsichtig sein. Für solche Fuhren hatte er schließlich den Toyota. Er musste sich der Gifte gewahr werden, die in den Körper eindringen konnten, die der kleine Spross in ihr, ihr Wunschkind, aufsaugen würde.

Sie musste anhalten. Sie war fast da, aber es ging nicht länger. Sie parkte am Straßenrand, in der Nähe einer Hütte. Stieg an der Grundstücksgrenze aus und übergab sich. Und noch einmal. Es war der Kaffee. Der Geschmack war widerwärtig. Wie Pechöl, schwarz. Nie wieder würde sie Kaffee trinken.

Der Regen fühlte sich kalt an auf ihrem Gesicht. Typischer Herbstsprühregen. Der Fluss, der zwischen den Baumstämmen hindurchschimmerte, sah ganz fleckig aus, wie gehämmertes Metall. Sie sah zur Hütte hinüber, die Fenster waren schwarz und leer. Das Paar, das sie gekauft hatte, kam nur im Sommer. Hießen sie nicht Lagerqvist? Oder Lindegren? Irgendwas mit einem Baum, der hier oben nicht wuchs, der hier niemals einen einzigen Winter überleben würde.

Das Büro ihres Vaters war nicht mehr weit entfernt. Sie meinte, ein Motorenbrummen zu hören, wenn sie sich konzentrierte. War das der Hubschrauber? Wollte er bei diesem Wetter etwa fliegen?

Im nächsten Augenblick rauschte ein Pick-up in unnötig hohem Tempo heran, fuhr einen kleinen Bogen um den Volvo herum und raste dann weiter zum Büro hinunter. Verblüfft sah Lovisa ihm nach, bis er hinter der nächsten Biegung verschwand.

War das denn die Möglichkeit? Natürlich, das war ihre Mutter gewesen. Und bei dem Tempo konnte das nur eins bedeuten. Es gab wieder Ärger. Lovisa fuhr sich über die Lippen, wischte Galle weg. Vielleicht hatte ihr Vater am Telefon deshalb so merkwürdig geklungen. Er hatte ihre Unterstützung haben wollen. Er hatte gewusst, dass ihre Mutter auf dem Weg zu ihm und alles andere als freundlich gesinnt war. Worum es heute wohl ging? Sicher wieder um Geld. Die beiden würden keine Ruhe geben, bis sie einander in Stücke gerissen hatten.

Plötzlich kam ihr eine Idee, ein kleiner, blitzender Funke. Sie würde zu ihnen hinunterfahren. Augenblicklich, noch ehe der Streit losbrach. Und dann würde sie es ihnen erzählen. Ihr werdet Oma und Opa. Ja, es stimmt. Und ihr erfahrt es als Erste.

Das Rauschen wurde lauter. War der Hubschrauber dabei zu starten? Nein, der Lärm schien aus einer anderen Richtung zu kommen, von stromaufwärts. Oder war es ein Echo? Verwirrt ging sie über den Seitenstreifen auf einen Zementring zu, der als Grillplatz diente.

Und da sah sie es kommen.

Das Kind, dachte sie noch.

Das Kind!

Was war das… Nein, nein, nein! Sie stolperte, taumelte rückwärts in Richtung der Hütte. Und entdeckte die Leiter. Eine Feuerleiter. Wie eine Katze sprang sie daran empor, die Finger scharrten wie Klauen darüber. Und dann kam es. Dann erhob sich das Unfassbare.

11

ADOLF PAVVAL TRAT hart auf das Gaspedal seines gequälten Saab. Die Räder drehten durch und suchten Halt, die Karosserie vibrierte. Die Hände umklammerten das lederumhüllte Lenkrad, Gummi rieb sich in einem unkontrollierten Abdruck auf dem Asphalt ab. Das Sicherheitstraining saß ihm immer noch im Rückgrat. Er hatte es in England bei Rainer absolviert, einem übergewichtigen, polternden Wachmann, der seine eigene Firma gegründet hatte und Diplome mit fetten Stempeln verkaufte, die dazu dienen sollten, potenziellen Arbeitgebern zu imponieren. Rainer hatte bereits am ersten Tag klargestellt, dass Fragen zu seiner Vergangenheit tabu waren. Später jedoch, wenn es sich ergab, zeigte er auf der Rückbank wie beiläufig Fotos: vom MI5, von afrikanischen Botschaften, Befreiungsaktionen, von Madonna und Springsteen, von Terroristenzellen, die just in dem Moment, als die Bombengürtel umgeschnallt werden sollten, unschädlich gemacht wurden. Der Kurs bestand aus einer wild zusammengewürfelten Mischung aus Glücksrittern und Soziopathen, zuckersüchtigen Kleinstadttypen, die mit »Die Hard« aufgewachsen waren, und Glatzköpfen in Anzügen, die auf ihren verkratzten Handys Anrufe auf Serbisch entgegennahmen. Er war der einzige Normale. Als er erzählte, dass *the Swedish Arbetsförmedlingen* einen Teil seiner Kursgebühr übernahm, machten sie große Augen. Er nannte es eine Art *Start-It-Yourself*-Hilfe, ohne dieses Geld hätte er sich das Training nicht leisten können.

Die Fahrstunden schienen in erster Linie ein einziges Ziel zu verfolgen, nämlich Gummi zu verbrennen. Sie fanden auf einer heruntergekommenen Teststrecke außerhalb von Luton statt, und der stinkende Qualm zog über stillgelegte Fabrikgelände und verwitterte Stahlkonstruktionen hinweg. Die Handbremsenwende hatte er bereits als Achtzehnjähriger daheim auf dem unbefestigten Dorfweg gelernt, damit kannte er sich aus. Doch wie man am besten Straßensperren durchbrach oder verhinderte, von der Straße gedrängt zu werden, hatte er nicht gewusst. Rainer plärrte durchs Mikrofon, dass er im Libanon längst draufgegangen wäre. Das erste Mal, als du nicht überprüft hast, ob die Rückbank leer ist. Das zweite Mal, als du vergessen hast zu kontrollieren, ob unter deinen Reifen eine ungesicherte Handgranate steckt. Den dritten und vierten Tod hatte er vergessen, aber was tat das schon zur Sache, tot war tot. In dieser Branche machte man wohl meistens nur einen einzigen, ersten und letzten Fehler.

Was ihm jedoch von den Runden auf der Teststrecke noch gut in Erinnerung war, das war die Bedeutung der Motorstärke. Des Antriebs. Chemisch gebundene Energie in kürzestmöglicher Zeit in Geschwindigkeit umzusetzen. Unter der Haube seines Saab saß ein Ingenieurswunder von 280 Pferdestärken, das in diesem kritischen Augenblick brüllte wie ein Löwe. Das Benzin-Luft-Gemisch schoss ein, wurde komprimiert und in einem raffinierten System aus Kolben, Kurbelwellen und Getrieberädchen in unbändige, vorwärtsgerichtete

Muskelkraft umgewandelt. Adolf spürte den Sitz im Rücken, den Tritt eines Riesenfußes, kontrollierte mechanische Gewalt. Und gleichzeitig verdunkelte sich die Welt. Irgendetwas türmte sich so dicht hinter seinem Rückfenster auf, dass es das Licht verdrängte. Die Reifen quietschten und fauchten, der schwere Wagen schwankte. Im nächsten Moment hörte er ein grollendes Brüllen. Und dann senkte sich die Dunkelheit mit erschreckender Wucht über ihn.

Während er von ihr verschluckt wurde, handelten Adolfs letzte Gedanken von seinem Auto. Vom Autofahren. Einen Wagen um sich zu haben, das war wie sich anzuziehen. Der Umwelt gegenüber geschützt zu sein. Nicht mehr nackt zu sein. Die Schultern wurden breiter, das Leben bot plötzlich eine Perspektive. Wie bei allen routinierten Fahrern verwischte die Grenze zwischen Körper und Wagen, löste sich zeitweise sogar vollends auf. Die Karosserie wurde zum Teil des eigenen Äußeren. Beim Einparken spürte man förmlich, wie der eigene Lack sich dem des Nachbarwagens näherte, wie die eigene Haut einen Kratzer fürchtete. Leute, die sich nicht um ihr Auto kümmerten, achteten auch nicht auf ihren Körper. Es stimmte jedes Mal. Mit einer Frau, die ein schmutziges Auto fuhr, könnte er nie intim werden. Ebenso unbegreiflich war es für ihn, dass sich so viele mit einem minderwertigen Auto zufriedengaben. Sie fuhren in alten, heruntergekommenen Kombis herum, die Macken hatten und Schrammen im Lack, in Autos, die keine Autos mehr waren, sondern lediglich Transportmittel. So wie sich einige Leute damit zufriedengaben, die ganze Zeit in Jogginghosen herumzulaufen. Es ging nicht darum, ob sie sich nicht mehr leisten konnten, sondern um ihr Phlegma. Jeder anständige Autobesitzer sollte einen Ministaubsauger im Seitenfach haben. Er selbst hatte einen hübschen, schwarz lackierten, den er regelmäßig benutzte, den er in den Zigarettenanzünder steckte und dessen zierliches Plastikrohr mit dem kurzen Schlauch er über Krümel und Staub gleiten ließ.

Er hatte den Saab rein nach Gefühl gekauft. Es war ein seltenes Modell, unter der Motorhaube verbarg sich etwas Einzigartiges, ein Saab V8. Ende der Achtzigerjahre hatten ein paar finnische Ingenieure aus dem Valmet-Linnavuori-Werk in Nystad den Auftrag bekommen, einen achtzylindrigen Motor zu konstruieren. Unter Leitung des Chefingenieurs Mauno Ylivakeri hatte man ganz einfach zwei Saab V4er genommen, zusammenmontiert und sie unter die Motorhaube gezirkelt. Bei den Testfahrten, unter anderem auf deutschen Autobahnen, hatte man bis auf 250 km/h beschleunigt, die Konstruktion hatte sich als stark und zuverlässig erwiesen.

Der neue Motor sollte im neuen Saab-Limousinenprogramm zur Anwendung kommen. Man verlängerte einen Saab 9000, versah ihn mit einer Sicherheitszelle, schusssicheren Scheiben und ein paar James-Bond-Utensilien und hängte das neue finnische Kraftpaket hinein. Leider ging nur eine Handvoll Exemplare vom Band, bevor das Projekt wieder eingestellt wurde. Der amerikanische Autogigant GM hatte sich in Saab eingekauft und zog seine eigenen V6er vor. Adolf Pavvals Auto war folglich eine Rarität, eines der wenigen noch existierenden Autos aus jener Serie. Der belgische Botschafter in Stockholm hatte es einige Jahre lang gefahren, anschließend ein Promi-Dienst, der Popstars zwischen Grand Hotel und Globen hin und her kutschierte, und einige Nachtstunden hatte es sogar in der Taxischlange am Stureplan gestanden. Da war einiges auf die Rückbank gekotzt und gerotzt worden. Der Lederbezug war nicht mehr in allerbestem Zustand, obwohl sein jetziger Besitzer ihn eingefettet und poliert hatte, dass er glänzte. Manchmal, wenn er in der Herbstnässe die Heizung richtig aufdrehte, konnte er noch eine Spur des fernen Dufts dünner belgischer Zigarillos erahnen.

Aber das Glücksgefühl war vom ersten Augenblick an da gewesen. Es kam, sobald er den Türgriff anfasste - keine normale Saabklinke, sondern eine Sonderanfertigung, natürlich eingelassen, um die butterweichen Metallkonturen nicht zu stören. Und das Klicken des Türmechanismus, nein, ein ganz besonderes Klack, ein Geräuschdesign, ebenso exklusiv wie bei einem Rolls-Royce. Und dann der Schalensitz für den Fahrer mit dem Sechspunktsicherheitsgurt. Sechs Punkte, anfangs hatte er laut darüber lachen müssen, sich aber trotzdem angeschnallt und gespürt, wie die Sitzdaten gemessen wurden. Im Bruchteil einer Sekunde registrierten die Sensoren seine Größe, sein Gewicht und seinen Handlungsradius und stellten jedes Detail in millimetergenauer Präzision ein. Die Rückenlehne, den Sitz, den Lenkradwinkel, die Position des Schaltknüppels - bis alles optimal war. Und plötzlich verstand er zum ersten Mal in seinem Leben, welche Bedeutung eine gute Fahrposition hatte. Formel 1. Düsenjets. Oder *Star Wars* - ein wirbelnder Weltraumkampf in einer Nussschale, die prasselnden Laserstrahlen auswich.

In so einem Sitz konnte man das Universum durchkreuzen.

Diese Gedanken erfüllten Adolf Pavval, als die Welt schwarz wurde und ihn innerhalb weniger letzter bebender Sekunden verschluckte. Gleichzeitig fuhr sein Körper einfach weiter. Es geschah vollkommen instinktiv und aus dem Rückenmark heraus, der Wagen und er, sie waren eins. Über dem Wagendach schloss sich ein donnernder Schlund, Dunkelheit fiel rasend und brutal über ihn herein. Er war bereits von ihr eingeschlossen, gab trotzdem weiter Gas. Das Fahrzeug schaukelte, wurde durchgeschüttelt, er war umgeben von Schichten, von Speichel. Alles verschwand, sämtliche Konturen. Nur das Dröhnen war noch da. Etwas Schweres, eine trübe Masse, traf die Karosserie und schrammte über sie hinweg. Er würde dem Unbekannten in einer perfekten Sitzposition begegnen. Es hätte schlimmer enden können, dachte er noch und hielt das lederumspannte Lenkrad in den Händen.

Und dann tauchte er wieder auf.

Er wachte auf, es war ein Albtraum gewesen.

Nein, er war tatsächlich herausgekommen. Er fuhr, der Wagen beschleunigte auf einer regennassen nordschwedischen Landstraße. Im Rückspiegel sah er den Kamm nur wenige Meter hinter sich, vollkommene Formlosigkeit. Ein Wal. Er hatte ihn verschlungen, er hatte ihn bei lebendigem Leib verschluckt.

Aber Adolf hatte es geschafft, er war wieder herausgekommen.

12

HENNY LAG QUER über dem Schoß des Mannes, den sie am meisten auf der ganzen Welt verabscheute. Ausgerechnet auf den Schenkeln dieses Mannes lag sie und krabbelte wie ein plumpes Kind vorwärts, ohne zu begreifen, wie es dazu hatte kommen können. Der Hubschrauberlärm erstickte ihr Kreischen, die Kabine schaukelte hin und her, sie befanden sich in seinem verfluchten Spielzeug.

»Hör auf zu treten!«, schimpfte Vincent über ihr.

Dieses Schwein. Schon wieder versuchte er, ihr Befehle zu erteilen. Aber das konnte er vergessen, nie, nie wieder. Henny versuchte, sich aufzurichten, etwas Hartes stieß gegen ihre Hüfte, und sie spürte, wie sie das Gleichgewicht verlor, wieder umkippte, wie sich ihr Magen zusammenzog.

»Henny, verdammt!«

Sie sah den Ernst der Lage ein und hielt still. Der Steuerknüppel, er kämpfte darum, ihn ruhig zu halten. In Ordnung, ganz vorsichtig. Es dröhnte so laut, dass sie kaum denken konnte, die Tür stand immer noch offen, ihre Füße hingen draußen im Wind.

»Das ist ja krank!«, rief Vincent.

»Was?«

»Es ist leer, es ist alles weg…«

Henny versuchte, auf den Passagiersitz zu robben. Zentimeter um Zentimeter zog sie sich nach vorn. Vincent griff hinüber, versuchte, ihr zu helfen. Schob sie am Hintern. Dieses Schwein.

Mit einem Ruck zog Vincent die Einstiegstür zu. Augenblicklich war der Motorenlärm gedämpft, der Wind heulte nicht mehr in der Kabine. Sie drehte sich vorsichtig, als würde sie sich aus einem Kokon befreien, ruckte hin und her, bis sie endlich ihren Unterleib freibekam. Keuchend ließ sie sich auf den Sitz fallen und schaute hinaus.

Unter ihnen war nichts mehr. Nur Spucke. Eine fließende, schäumende Oberfläche.

Der Hubschrauber hing auf vielleicht vierzig Metern Höhe. Unter ihnen, wo sich das Flussbett und das Ufer befinden sollten, waren nur aufgewühlte Wassermassen zu sehen.

»Ich hab es kommen sehen«, stammelte sie.

Das ist nicht echt, wollte er erwidern. Das kann nicht wahr sein. Aber er sagte nichts, atmete nur schwer.

Henny setzte sich das Headset auf, bog das Mikrofon zurecht. Ein schriller Ton in den Hörern, ein Knacken.

»Der Fluss! Ist das der Fluss?«

»Ach du Scheiße!«

»Das kann doch nicht der Fluss sein.«

Vincent stieg höher in den Regendunst. Er wollte versuchen, sich einen Überblick zu verschaffen. Es war unmöglich auszumachen, wo sein Büro gestanden hatte. Wo immer es gewesen war, war jetzt ein schlammgrauer Strom, ein Mahlstrom. Was auch immer das war, es hatte alles mit sich gerissen.

»Dorthin«, rief sie. »Stromabwärts!«

Warum?, fragte er sich insgeheim. Aber er tat wie geheißen, schob den Knüppel nach vorn und setzte die Drehzahl hoch. Die Maschine nahm Fahrt auf.

»Schneller!«

Sie streckte den Arm aus, als wollte sie selbst den Knüppel ergreifen. Er fühlte, wie seine Hände zitterten, beschleunigte trotzdem auf hundertachtzig und sah die Landschaft unter ihnen vorbeisausen. Nein, das war keine Landschaft mehr. Es war nur noch Matsch. Schlammige Wirbel, ein Mahlstrom aus Unrat, Stöcken, Stromschnellen, Verwirrung. Er spähte zu beiden Seiten hinaus, um zu sehen, ob es irgendwo ein Ende nahm. Ja, dort drüben war immer noch Wald, aber die heranrollende Gischt war breit wie ein Kreuzzug, wie die Pest.

»Da drüben!«, rief sie.

Vincent kannte sich nicht mehr aus. Das dort unter ihm musste immer noch das Flussbett sein, aber das Ufer war wie ausradiert. Die Ferienhütten, die kleinen Wege, alles Menschliche, das er so gut gekannt hatte. Und jetzt sah auch er, was sie entdeckt hatte. Was immer näher kam und was sie bald unter sich haben würden. Ein Drache, dachte er. Eine Hydra. Etwas, das es nicht gibt.

Keiner von ihnen war in der Lage, etwas zu sagen. Vincent ging mit der Geschwindigkeit herunter, sodass sie dem Unbeschreiblichen folgen konnten. Es schien vorwärtszupressen. Sich zu öffnen wie ein Schlund, eine Finsternis. Sich über der Landschaft aufzubäumen, um dann auf sie niederzustürzen, sie zu schlucken, zu vernichten. Große, hundertjährige Kiefern knickten um wie Streichhölzer, die Erde wurde überschwemmt, das ganze Flussbett ausradiert, es verschwand.

Doch wenn er den Blick hob und nach vorn schaute, schien

alles wie immer zu sein. Das Flussbett des Stora Lule lag im stetigen Herbstregen vor ihnen. Er entdeckte ein Sommerhaus, das Haus von Nisse Palovaara, ein solides kleines Blockhaus mit Sauna und Plumpsklo. Vincent war hin und wieder dort gewesen und mit seinem Freund in die Sauna gegangen. Jetzt würde es nur noch fünf Sekunden lang existieren. Vier. Drei. Und kurz bevor das aufgetürmte Ungetüm es erreichte, entdeckte Vincent den Wagen auf dem Hof. Nisses roten Opel. Scheiße, war er in seiner Hütte, saß er dort drinnen? Verdammt, Rauch stieg aus dem Schornstein auf…

Im nächsten Augenblick wurden die Wände zusammengedrückt. Es dauerte nur wenige Sekunden. Die Gewalt der Wasserfront war so unbändig, dass die Hütte wie ein Pappkarton zusammenklappte, das Dach tauchte in den Wirbeln unter und verschwand. Vincent spürte, wie eine würgende Wut in ihm aufwallte, Eis lief ihm die Kehle und das Rückgrat hinab, kalter Stahl fuhr ihm durch die Eingeweide, eine kräftige Klinge zerschnitt alles in ihm und schabte es aus ihm heraus.

Nisse starb. Nisse Palovaara. Genau in diesem Augenblick, fünfzig Meter unter dem Cockpitfenster, geschah es.

Dann sah er etwas Weißes, ja, jetzt erkannte er es, ein kleines Boot. Darinnen saßen Menschen, zwei Personen. Vorn eine Frau. Eine alte Frau in einem dunklen Regenmantel. Ihr helles Gesicht war nach oben auf den herannahenden Hubschrauber gerichtet. Dann senkte sie den Blick und entdeckte, was sich dort außerdem näherte. Der Alte saß hinten am Motor. Er sah es gleichzeitig und fing an, mit den Armen zu rudern. Vielleicht rief er seiner Frau im Bug irgendetwas zu. Dann verschwanden die beiden. Es dauerte nur einen Augenblick, dann waren sie weggewischt, als hätte es sie nie gegeben. Von dem Boot war keine Spur mehr zu sehen.

»Mein Gott«, wimmerte Henny.

Vincent erhöhte die Geschwindigkeit, sie flogen stromabwärts. Und wieder war alles ganz normal, die Landschaft unter ihnen sah aus wie immer. Der Fluss. Der Wald. Der Regen auf dem Cockpitfenster an einem ruhigen nordschwedischen Herbsttag.

Dann entdeckten sie ein weiteres Boot. Ein Mann war dabei, ein Netz einzuholen. Vincent versuchte, den Hubschrauber zur Warnung hin und her zu schaukeln. Der Mann winkte behäbig zurück. Er war todgeweiht, hatte höchstens noch dreißig Sekunden. Sie mussten weiter weg. Damit die Leute, die sie warnen wollten, mehr Zeit hatten zu entkommen.

»Der Funk!«, rief Henny. »Ruf die Zentrale an!«

Vincent schaltete den Sender ein. Er bekam Antwort von der Flugleitzentrale in Kallax, identifizierte sich und zögerte dann. Wie sollte er das hier beschreiben? Mit welchen Worten?

»Eine Flutwelle«, stammelte er. »Ihr müsst Alarm schlagen …«

»*Please repeat.*«

»Hier ist eine riesige verfluchte Flutwelle, gleich hinter mir! Wir haben gesehen, wie Leute hineingezogen wurden, ihr müsst eine Warnung rausgeben …«

»Hast du Flutwelle gesagt?«, hörte er die Frau aus dem Tower. Auch sie ließ jetzt ihr Fliegerenglisch bleiben.

»Ja, eine Riesenwelle. Ein Tsunami, verdammt noch mal!«

»Ein Tsunami?«, wiederholte die Stimme skeptisch.

Vincent warf Henny einen hilflosen Blick zu. Und dann sagte sie es als Erste. »Suorva.«

»Ja, verdammt! Es muss der Suorvadamm sein! Der Suorvadamm … Ihr müsst das gesamte Tal warnen, im Fernsehen und Radio, schnell …«

»Einen Moment bitte. *Stand by* …«

Das Handy, durchfuhr es Henny. Ich muss anrufen! Doch dann fiel es ihr wieder ein. Es lag auf dem Autositz.

»Hast du dein Handy dabei?«, fragte sie.

»In der Tasche.«

Sie riss die Aktentasche auf und fand sein schwarzes Sony-Ericsson. Sie fummelte auf den Tasten herum, drückte dann die 112.

Die von Ihnen gewählte Rufnummer ist zurzeit nicht erreichbar. Bitte versuchen Sie es später noch einmal.

»Scheiße!«

»Nein«, stöhnte Vincent, »nicht noch einer!«

Ein Sportangler stand am Flussufer. Er trug eine grüne Regenjacke, der Fluss umspielte seine Beine, die in Wattstiefeln steckten.

»Wir müssen ihn warnen!«

»Wie denn?«

»Mach die Luke auf!«

Vincent ließ den Hubschrauber sinken. Der Wind der Rotoren peitschte über die Wasseroberfläche, der Angler blickte verwundert auf. Jetzt erst sah Vincent, dass es sich um eine Frau handelte. Jung, ziemlich schmächtig. Henny schob die Tür auf.

»Weg hier!«, brüllte sie durch die Öffnung. »Da kommt eine Flutwelle!«

Die Frau schüttelte angesichts des Motorenlärms nur den Kopf.

»Sie kann dich nicht hören«, erinnerte er sie.

»Weg hier! Hau ab!«

Henny winkte hektisch. Die Frau tastete nach ihrer Brieftasche, zog einen grünen Zettel hervor, den sie ihnen entgegenhielt. Einen Angelschein. Sie dachte, sie wären von der Angelaufsicht.

»Du musst weiter runtergehen«, hörte er Henny übers Headset.

»Wir schaffen es nicht. Wir schaffen es nicht.«

Henny brüllte so laut, dass ihre Stimme sich überschlug. »Hau ab! Weg!«

Zögerlich watete die Frau ans Ufer. Dort stand ihre Angeltasche, sie bückte sich und fing an, in ihren Ködern zu kramen.

»Nein, weg!«

»Henny, sie hört dich nicht.«

»Weg, weg, weg!«

»Es kommt!«

Henny fuhr herum. Jetzt endlich erkannte auch die Frau die Gefahr, aber es war zu spät, sie würde es nicht schaffen.

»Ich geh runter.«

Vincent drückte bereits die Maschine nach unten. Landen wäre unmöglich, das Ufer war viel zu uneben und felsig. Ein paar Meter über der Erde blieb er schweben und begegnete dem Blick der Frau. Angsterfüllt duckte sie sich zur Seite, er sah, dass sie aus Leibeskräften schrie, verstand jedoch kein Wort. Vincent gestikulierte wild und sah, wie sie panisch wurde. Mit einer unbeholfenen Armbewegung warf sie die Angel weg.

»Es kommt!«, schrie Henny. »Geh höher!«

Vincent sah, wie der schäumende Berg sich auftürmte, es ging um Sekunden. Die Frau wankte, fiel fast hin. Doch dann fand sie das Gleichgewicht wieder und sprang. Ihre Hände umfassten eine Landekufe. Die Maschine schaukelte. Vincent setzte die Drehzahl hinauf und drückte den Steuerknüppel.

Verdammt langsam begann die Maschine zu steigen. Weg, fort von hier! Die Sturzflut schoss mit einem dumpfen Grollen unter ihnen hindurch.

»Wir haben sie!«, rief Henny.

Vincent drehte über den Wald ab. Entdeckte einen Feldweg, er war zwar schmal, aber es sollte möglich sein. Vorsichtig ließ er das Fahrzeug sinken, bis es direkt über der Erde schwebte. Dann spürte er den Ruck, als das Gewicht abfiel. Ohne zu zögern, zog er wieder nach oben und ließ die grün gekleidete Person dort unten zurück, er sah, wie sie in die Knie ging und die Hände vors Gesicht schlug. Sie stand unter Schock, aber sie lebte.

Zumindest eine hatten sie gerettet.

13

BARNEY LUNDMARK HATTE die Arme um die hysterische Frau geschlungen. Wie im Rettungsgriff fixierte er ihre Ellenbogen. Ab und zu war er gezwungen, sie ein wenig vom Boden anzuheben. Das gab sicher Schürfwunden, aber er hatte keine Wahl, was sollte er denn sonst tun? Sie hatte hineinspringen wollen. Sie hatte Anlauf genommen, um in den Wasserfall zu springen, in den sicheren Tod. Im letzten Moment hatte er sie zu fassen bekommen. Sie hatte versucht, sich loszureißen, hatte um sich getreten und gebissen. Wäre er nicht so kräftig gewesen, hätte er sie kaum überwältigen können.

»Jetzt beruhige dich, verflucht noch mal!«, rief er, aber da schrie sie nur noch mehr. Ein papierweißer Schrei, scharf wie die Kanten von Porzellan, nur wenige Zentimeter von seinem Ohr entfernt. Verdammt anstrengend. Am liebsten hätte er ihr eine Ohrfeige verpasst, das durfte man bei hysterischen Menschen, das war sogar gut. Ein Klatschen mit der offenen Handfläche über die Wange, nur mit den Fingern, das war schließlich keine Gewalt. Das würde ihr helfen, wieder zu sich zu kommen. Aber jetzt gerade war das unmöglich, er hatte ihr ja beide Arme um die Taille geschlungen.

»See-ssii-lii…«

Scharfe Dissonanzen, er würde noch einen Tinnitus davontragen. Der Schrei war so unerträglich, dass er zudrückte, aus reinem Reflex. Er zog die Arme an, bis er ein Knacken hörte. Es war ein gänzlich anderes Geräusch als das Schreien, ein leises, trockenes Knacken tief inmitten all der Nässe. Auch sie bemerkte es und wurde merkwürdig still. Hielt die Luft an. Erst Sekunden später begann sie ganz leise, fast flehentlich, zu seufzen. Vorsichtig lockerte Barney seinen Griff, jederzeit bereit, wieder zuzupacken. Aber sie beugte sich nur ein wenig vor und verschränkte die Arme über einer schmerzenden Stelle. Es dauerte eine Weile, bis er begriff, dass er ihr wohl eine Rippe gebrochen hatte. Waren Frauen heutzutage so empfindlich? Wie trockenes Brot; zerbrechliche, dünne Kanten. Sie litt sicher an Kalziummangel, trank nicht genügend Milch.

»Aah«, stöhnte die junge Frau kaum hörbar. »See-ssii-lii-aaa…«

»Cecilia? Hieß so deine Freundin?«

Keine Reaktion.

»Und du wolltest hinter ihr herschwimmen?«

Irgendwo in ihr glimmte etwas auf.

»War sie deine Freundin? Schon lange? Ihr habt bestimmt zusammen studiert, oder?«

Er konnte ihr ansehen, dass es stimmte. Zwei beste Freundinnen. Klar, dass sie traurig war.

Barney ließ zu, dass die Frau sich hinkauerte, während er den Blick hob. Am liebsten hätte auch er geschrien, doch er beherrschte sich. Das war der Unterschied zwischen Frauen und Männern, er ließ den Schrei durch seine Muskeln entweichen. Das Fleisch schwitzte und krampfte sich zusammen. Die Muskelfasern wanden sich wie Schlangen um sein Skelett.

Der Anblick war unfassbar. Der gesamte See war in Bewegung. Das ganze verfluchte Rückhaltesystem. Es hatte sich aufgemacht, sich durch den Beton gezwängt. Suorvajaure, Vuoksajaure, Alemusjaure, Akkajaure, Millionen und Abermillionen Tonnen von Wasser. Es war geradewegs durch das, was einmal ein Staudamm gewesen war, hindurchgestürzt und hatte sich zu einem gigantischen, tosenden Wasserfall vereint. Die unzähligen Wassertropfen des Herbstes. Da schoss er dahin, der nasse Herbst, all die Regenwochen mit ihrem ununterbrochenen Niederschlag. Jetzt hatte er sich in Bewegung gesetzt. Es war die gesamte Jahreszeit, die er dort tosen sah, ein Kontinent aus Wasser. Barney blickte stromaufwärts und sah, wie das Staubeckensystem sich fortsetzte, bis es sich zwischen den Bergen verlor. Das Wasser schien immer noch so hoch zu stehen wie zuvor. Es würde tage-, wenn nicht wochenlang weiterströmen, bis es sich komplett in die Bottenwiek ergossen hatte.

Die Frau versuchte, den Arm zu bewegen, dessen Regenmantelärmel er abgerissen hatte. Sie winkte unbeholfen, obwohl sie Schmerzen haben musste. Barney folgte ihrem Blick. Und erst jetzt sah er, dass nicht der gesamte Damm weggespült worden war. Ein kleiner Betonrest von vielleicht vierzig, fünfzig Metern ragte aus dem Wasserfall heraus. Er sah aus wie ein einsamer Zahn in einem breiten Maul. Ein letzter aufragender Stumpf, der sich schon bald lockern würde, zu beiden Seiten von wütenden Wassermassen umströmt.

Jetzt winkte sie heftiger. Und er sah genauer hin. Dort draußen lag jemand. Jemand, der sich an den Überresten des Betons auf dem Gipfel dieser kleinen Insel festklammerte, eine Gestalt, die sich nun vorsichtig aufsetzte.

Und das Winken beantwortete.

Es war die Freundin. Auch sie hatte es geschafft.

14

LOVISA LAURIN SCHAFFTE es gerade noch auf den Dachfirst der kleinen Ferienhütte, als diese von den sich auftürmenden Wassermassen erfasst wurde. Die Gewalt war unbeschreiblich. Das Haus wurde wie von einer Planierraupe von seinem Fundament gerissen, machte eine Vierteldrehung und lief Gefahr umzukippen.

Das Kind, dachte sie und umklammerte den Schornstein. Unten im Gebäude war ein Knirschen und metallischer Krach zu hören, als der gusseiserne Ofen umkippte. Wie ein riesiger Strohhalm wurde der Schornstein ins Gebäude hineingezogen, aus ihren Armen gerissen, dann verschwand er, während das Haus hin und her schaukelte. Lovisa hätte fast den Halt verloren, konnte sich gerade noch am Schornsteinschacht festhalten. Sie klammerte sich an hervorstehende Nägel und scharfkantige Dachpappe. Die Haut riss, und sie sah das Blut, spürte aber keinen Schmerz, nur den Schrecken, die schiere Panik.

Sie befand sich mitten in einem Mahlstrom. Das war kein Fluss mehr, das war kein Wasser, es war mit nichts zu vergleichen, das sie je zuvor gesehen hatte. Erbrochenes – das war das Bild, das in ihr auftauchte. Graubraunes, tosendes Erbrochenes in wahnsinnigen Mengen.

Das Haus stieß gegen eine Birke, einen großen, kräftigen Baum. Lange Äste fegten über das Dach hinweg und versuchten, sie hinunterzuwischen. Sie hörte, wie Fensterglas zerbarst, und spürte, wie die Wände sich bogen. Das Dach neigte sich immer steiler. Sie hielt sich mit aller Kraft fest, das Blut war klebrig warm. Ein kräftiges Knacken in all dem Rauschen, und das Haus kippte wie ein riesiger Würfel zur Seite. Erneutes Knacken, die Birkenzweige rissen mit langen Klauen an ihr. Dann wich der Baum Stück für Stück zur Seite und wurde in die Wassermassen gedrückt. Das Haus drehte sich schwerfällig, fand aber langsam das Gleichgewicht wieder. Und begann, wie eine alte Karre zu schaukeln. So schwamm es weiter, sie hörte, wie Holz, Fels und Gerümpel gegen die Wände schlugen. Aber wie durch ein Wunder hielt die Hütte stand. Sie hatte den gewaltigen Kräften widerstehen können.

Hjalmar. Ja, so hatte er geheißen, Hjalmar.

War es Johansson? Nein, Nilsson. Hjalmar Nilsson.

Sie erinnerte sich an ihn aus ihrer Kindheit, ein mürrischer, alter, buckliger Kerl. Nicht leicht, mit ihm auszukommen. Es wurde viel über ihn geredet, ein gealterter Junggeselle, der in seiner grünen Lodenjacke und mit einer graukarierten Wollkappe mit einem stoffbezogenen Knopf obendrauf auf seinem Rad herumfuhr. Die Hütte gehörte zu den letzten Dingen, die er in seinem Leben zustande gebracht hatte, ein Rentnertraum, nachdem er beim Straßenbau aufgehört hatte, ein Monument. Er baute sie ohne jede Zeichnung, komplett aus dem Kopf, die handwerklichen Fähigkeiten waren von einer Generation an die nächste vererbt worden. Keine Nagelpistole, keine Kreissäge, sondern nur ein ganz normaler Hammer und ein Fuchsschwanz. Deutlich überdimensionierte Riegel. Sechszollnägel. Keine zerbrechlichen Holzlatten, sondern richtige Balken. Vielleicht ein wenig zu grob, aber wen kümmerte das schon, schließlich stammten sie aus seinem eigenen Wald. Und dann Nagel für Nagel, bis alles zusammenhielt, ein Nagelteppich, der so dicht war wie mit Kreuzstichen vernäht, bis nicht einmal der Teufel persönlich sein Lebenswerk hätte zerstören können.

Seine letzten Jahre hatte Hjalmar, der Sturkopf, es sich hier gut gehen lassen. Ein paar schöne Sommer, in denen er vor der Tür saß und auf seine solide gebaute Hütte stolz sein konnte. Dann starb er. Er hatte weder Familie noch Freunde, das Haus ging an irgendwelche Nichten und Neffen aus dem Süden, die es weiterverkauften, und das Paar, dem es mittlerweile gehörte, kannte sie nicht. Aber sie wurde immer noch Hjalmars Hütte genannt. Seine Baukenntnisse, seine dickschädelige, übertriebene Nagelei hatten ihr das Leben gerettet. Der längst tote Kerl mit der Kappe, Hjalmar Nilsson.

15

LENA SUNDH LIESS alles fallen und rannte. Sie sah nicht mehr, wie ihre Kurskolleginnen unten am Flussufer fortgerissen wurden. Ihnen waren nur wenige Sekunden geblieben. Die meisten von ihnen waren wie gelähmt einfach hinter ihren Aquarellen sitzen geblieben. Als sie das Donnern gehört hatten, hatten sie sich umgedreht. Das neue Motiv betrachtet, einen Anblick, wie sie ihn noch nie erlebt hatten. Etwas so Fremdes, so Unförmiges, dass das Auge es nicht erfassen konnte. Eine Wand. Eine heranrollende Finsternis. Ein Berg, der sich auftürmte, vorwärtsschob und Halt suchte. Der Anblick war so unwirklich, dass es schier nicht zu begreifen war, ob er eine Gefahr darstellte oder nur eine Form war, die sich näherte, eine graue Riesenwelle in der Landschaft. Man begriff nicht, dass sie tödlich war. Erst als sie wirklich da war. Als man das Weiße in ihrem Auge und die Gewalt darin sehen konnte, die Kraft, und erkannte, dass dieser Schlund voller Baumstämme und Gischt war. Da erst standen zwei der Frauen auf, dann noch eine. Ihre Bilder hielten sie immer noch in den Händen. Sie liefen los, als es schon zu spät war. Die anderen blieben bis zum Schluss wie versteinert sitzen und betrachteten das überwältigendste Motiv ihres Lebens, das Großartigste und Erschreckendste, das je das Auge eines Künstlers aus Norrbotten erblickt hatte.

Als die Front nahte, waren alle über die Härte verblüfft. Es war doch nur Wasser, aber es war nichts von seiner Weichheit übrig. Sie wurden umgestoßen, niedergedrückt, es war ein stummer Aufprall, ein rollender Erzzug, der Radpaar für Radpaar weiterstampfte, während die Waggons vorüberrasten. Das Gewicht zertrümmerte, zerbrach und zermalmte. In dem Augenblick, als sie getroffen wurden, nahmen sie gerade noch ein Schwindelgefühl wahr, als würden sie das Gleichgewicht verlieren. Instinktiv rissen sie die Arme hoch und wollten den Fall auffangen. Dann ging alles ganz schnell. Ein haltloses Rotieren im Zementmischer, Brüche und Quetschungen, die kaum mehr wahrgenommen wurden, nur ein flüchtiges Brennen, bevor der Schock einsetzte, bevor das Bewusstsein eintrübte und man sich forttreiben ließ.

Nur zwei der Kursteilnehmer hatten überhaupt ernsthaft reagiert. Lena Sundh war bereits weit oben auf dem Abhang und stürmte immer weiter. Laban stand noch unten am Ufer, handelte aber blitzschnell. Statt der Richtung zu folgen, die Lena eingeschlagen hatte, rannte er diagonal zur Flutwelle die Böschung hinauf. So gewann er an Höhe und konnte gleichzeitig den Abstand ein wenig vergrößern, was ihm ein paar lebensentscheidende Sekunden bescherte. Die Beine arbeiteten wie Kolben, die Lunge brannte. Hinter sich hörte er das Donnern, dieses geistesgestörte Orgelgetöse. Aus dem Augenwinkel heraus sah er, wie sich die Dunkelheit immer näher an ihn heranschob. Das Herz hämmerte, die Muskeln übersäuerten, aber er rannte weiter, so schnell er nur konnte. Es gab nichts anderes mehr, nur weg, weg, weg. Es flimmerte ihm vor Augen, er wankte, stolperte und schrie.

Oben erreichte Lena Sundh die Kante des Hochufers, aber ihr war klar, dass das nicht reichte. Mit immer kürzeren Schritten rannte sie weiter, ihr Knöchel schmerzte und war kurz davor nachzugeben. Zu den Bäumen weiter oben, in den Wald hinein, nur noch ein paar Meter. Gleichzeitig hörte sie den Lärm hinter sich, als die Baumstämme umknickten. Mein Gott, es kam bis hier hoch! Sie musste die Hütten erreichen. Nein, dafür war es zu spät. Verzweifelt schaute sie sich um, da war eine Birke. Eine Astgabel. Sie fand Halt. Höher, noch höher. Unbeholfen zog sie sich zwischen den Ästen hinauf. Dann schlang sie die Beine um den Baumstamm, so fest sie nur konnte.

Und da kam es. Donnerte so hart gegen den Birkenstamm, dass er sich bog. Sie bekam keine Luft mehr. Große, kräftige Pinsel fuhren über ihren Körper. Sie befand sich mitten in einem Gemälde.

16

DER SAABMOTOR DREHTE mit zielstrebigem Getöse auf. Adolf Pavval saß tief in den Schalensitz gedrückt da und spürte, wie die Pferdestärken durch die Karosserie rauschten. Das Fahrzeug nahm Fahrt auf, und im Rückspiegel sah er, wie der Abstand zu der sich auftürmenden Gischtwand sich vergrößerte. Er warf einen gehetzten Blick auf das Armaturenbrett. Im Tank war noch ausreichend Benzin, keine der Warnlampen leuchtete, die Motortemperatur war normal. Auf einen Saab konnte man sich verlassen, dachte Adolf, während seine Hände immer noch zitterten. Sein Vater hatte ihm immer von den Vorteilen eines Volvo mit seinem unverwüstlichen Motor vorgeschwärmt, wie leicht zu reparieren er sei und ein wahres Wunder an Zuverlässigkeit, wie geschaffen für lange Fahrten. Wenn es an der Strecke nur genügend Tankstellen gegeben hätte, sein Vater hätte nicht einmal gezögert, bis zum Mond zu fahren, wie er immer zu sagen pflegte, vierhunderttausend Kilometer hin und ebenso viele zurück.

Aber der Saab hatte mehr zu bieten. Wohlbefinden. Selbst in dieser Krisensituation empfand er einen gewissen Fahrspaß. Er trat aufs Gaspedal, fest und entschlossen, sodass die Fläschchen in dem kleinen Barschrank in der Rückbank klirrten. Die Maschine reagierte wie ein maßgeschneiderter Anzug, der Sechspunktgurt lag perfekt an. Der Regen hinterließ leichte, kleine Wasserpfützen auf der Windschutzscheibe. Hinter ihm wurde der Abstand immer größer. Er fuhr dem Tod davon. Er hatte den Teufel ausgetrickst.

Er näherte sich einer Kurve und ging ein wenig vom Gas und sah plötzlich einen Wagen, der ihm entgegenkam. Ein hellblauer Opel Astra, ein Kombi, der mit hoher Geschwindigkeit unterwegs war. Hektisch blendete Adolf auf, kehr um, verdammt! Aber der Wagen sauste an ihm vorbei. Als sie auf einer Höhe waren, konnte er für einen kurzen Augenblick die junge Fahrerin sehen. Sie dachte wohl, er wollte sie vor Rentieren warnen. Zu spät entdeckte sie die herannahende Gischt. Im Rückspiegel sah er, wie sie mit quietschenden Reifen bremste, das Heck brach aus. Noch ehe der Wagen zum Stehen gekommen war, wurde er seitlich getroffen und herumgeschleudert, bis er im Chaos verschwand. Verdammt. Sie war da drinnen. Sie hatte keine Chance.

Ich muss telefonieren, fuhr es ihm durch den Kopf. Die Leute warnen, die Straße muss abgesperrt werden. Er griff zu seinem Handy und wählte den Notruf. Nicht ein Geräusch war zu hören, nicht einmal eine Bandansage, dass irgendetwas nicht stimmte. Noch einmal. Wieder das Gleiche. War der Empfang so schlecht? Er wählte Ann-Maries Nummer in Luleå, hielt das Lenkrad mit einer Hand und tippte mit dem Daumen der anderen. Aber es kam kein Signal. Er war von der Welt abgeschnitten. Ich muss sie warnen, die Leute aufhalten ... Wenn er schnell genug führe, könnte er es vielleicht schaffen, eine Straßensperre zu errichten. Einen Baumstamm über die Straße ziehen, was auch immer. Oh Scheiße, da kam noch einer ...

Von vorn näherte sich erneut ein Wagen. Ein alter roter Passat mit ausgeblichenem Lack und einem Anhänger mit einer grünen Plane darüber, die im Fahrtwind flatterte. Adolf blinkte hektisch, um den Fahrer auf die Gefahr aufmerksam zu machen. Der Passatfahrer schien zu zögern, dann erwiderte er das Lichtsignal. Er kapierte es nicht. Dachte vielleicht, es wäre jemand, den er kannte. Oder es wäre etwas mit dem Anhänger passiert, die Plane wäre verrutscht. Adolf drückte auf die Hupe und gestikulierte. Anhalten, verdammt noch mal! Anhalten!

Du schaffst es, dachte Adolf nervös und wurde langsamer.

Der andere hatte nur wenige entscheidende Sekunden vor sich. Noch konnte er es schaffen. Er brauchte nur zu bremsen und in Adolfs Wagen herüberzuspringen, dann würde er überleben. Und gleichzeitig war die Situation vollkommen unwirklich. Der Fahrer hatte vermutlich in Gedanken versunken dagesessen, eine normale Vormittagsfahrt auf der Straße nach Westen ohne nennenswerten Gegenverkehr. Und jetzt blieben ihm nur noch ein paar Sekunden, um abzubremsen, sein Fahrzeug zu verlassen und Schutz bei einem hektisch hupenden Fremden zu suchen.

Der Passatfahrer, ein junger Mann, schien Unrat zu wittern. In der Ferne entdeckte er irgendetwas, etwas Großes, Unförmiges, und instinktiv spürte er, dass es gefährlich war. Erschreckend schnell kam es ihm auf gerader Strecke entgegen, wuchs und wurde immer dunkler. Wurde höher und steiler. Panik erfasste ihn, als er es endlich begriff. Er stieg fest auf die Bremse, sodass die Reifen auf dem Asphalt quietschten. Hinter ihm schob sich der Anhänger vor, eine schwere Last, die hin und her schwankte, zur Seite rutschte und sich auf die Gegenfahrbahn schob. Adolf sah es auf sich zukommen. Ein grüner Planenzipfel mit Baumaterial, darunter lange Bretter. Nur mit Mühe gelang es ihm, den Lenker herumzureißen. Der Anhänger begann zu schlingern, bevor er in den Saab krachte. Die Bretterfuhre kratzte lange Risse in die Karosserie und schob Adolf in den Graben. Er versuchte gegenzusteuern, gab Gas und manövrierte. Und sah, wie sich der Anhänger mit einem Krachen vom Haken des Passats löste und umkippte.

Er hätte es schaffen können, dachte Adolf noch. Er hätte …

Der Saab suchte festen Halt, Kies spritzte über den Seitengraben. Adolf hörte das herannahende Dröhnen, jetzt hörte er es zum zweiten Mal, wie es alles durchdrang. Dieses Mal würde er nicht entkommen. Er lehnte den Kopf gegen die Nackenstütze und schloss die Augen. Die Hände umklammerten fest das Lenkrad, und er hörte auf zu steuern.

17

GUNNAR LARSSON HATTE im Lauf seines langen Lebens nie schwimmen gelernt. Es war nie dazu gekommen, obwohl er am Ufer des Stora Luleälven aufgewachsen war und fließendes Wasser einen durchaus bedeutenden Teil seines Lebens ausgemacht hatte. Zu einem gewissen Teil hatte das an seinen Eltern gelegen. Sie hatten ihn immer davor gewarnt, allein ans Ufer hinunterzugehen. Nicht einmal an den heißesten Sommertagen hatte er baden dürfen, ohne dass ein Erwachsener dabei gewesen war, schließlich war das Ufer steil und steinig mit einer plötzlich abfallenden Kante. Seine Mutter hatte ihm anschaulich erklärt, wie ein Kindskörper in die Tiefe gezogen und von der Strömung mitgerissen werden konnte, sodass er nie wiedergefunden wurde. Als kleiner Junge hatte Gunnar sich vorgestellt, wie die großen Hechte mit ihren messerscharfen Zähnen an seinen Gliedern nagten und das Fleisch und die Eingeweide fraßen, bis nur noch das blanke weiße Gerippe übrig war.

Außerdem war der Stora Luleälven immer kalt gewesen. Wie stark die Sonne selbst in einem wochenlangen Sommerhoch geschienen hatte, war es doch immer, als würde man in einen Kühlschrank steigen. Das Wasser strömte von den Gletschern herab und war nur für kaltblütige Geschöpfe wie Fische und Neunaugen gedacht. Und Menschen mussten ohnehin nicht schwimmen können, dafür gab es schließlich Boote. In einem Boot befand man sich auf der richtigen Seite der Wasseroberfläche, da war man sicher. Deshalb hatte Gunnar Larsson im Lauf der Jahre auch nie eine Schwimmweste benutzt, hatte bei seinen Angeltouren nie Angst gehabt.

Gunnar war gewiss nicht der Einzige, der nicht schwimmen konnte, in seiner Generation gab es viele im norrbottnischen Binnenland, die es nie gelernt hatten. Erst in den Sechzigerjahren begannen die Gemeinden, Schwimmbäder zu bauen, die Kinder mussten Schwimmwesten aus Kork überziehen und in diese gekachelten, nach Chlor stinkenden Karrees klettern. Gunnars Töchter hatten beide schwimmen gelernt und die Enkelkinder auch. Er selbst blieb lieber auf festem Boden. Deshalb war es umso bemerkenswerter, als 1972 von den Olympischen Spielen in München ausgerechnet Gunnar Larsson aus Göteborg zwei Goldmedaillen im Schwimmen heimbrachte und zum schwedischen Volkshelden wurde. Gunnar hatte die Fernsehübertragung mit dem berühmten Zielanschlag zwei Tausendstel vor dem Amerikaner Tim McKee mit eigenen Augen verfolgt. Seine Arbeitskameraden bei Vattenfall hatten ihn damit aufgezogen. Sie hatten ihn gefragt, wie er denn den Sieg gefeiert habe, und ihn gebeten, ihnen die Medaillen zu zeigen. So etwas musste man wohl über sich ergehen lassen, wenn man Gunnar Larsson hieß.

»Ein Glück, dass ich mir nicht die Fingernägel geschnitten hatte«, pflegte er immer zu erwidern.

Zwei Tausendstel. Ein paar Millimeter. Es ging eben darum, den winzigsten Vorsprung auf seiner Seite zu haben.

Seit vielen Jahren war Gunnar Larsson nun bereits pensioniert und machte gerade seinen üblichen Vormittagsspaziergang durch Porjus. Es regnete wie schon den ganzen Herbst über. Er sah, dass der Fluss weiter angestiegen war. Oben in Suorva ließen sie Wasser ab, er hatte die Nachrichten aufmerksam verfolgt, immer wieder ließ man Wasser ab, um den Druck auf den Damm zu verringern. Unnötig, könnte man meinen. Er selbst war dort oben mit dabei gewesen, hatte mitgebaut, er wusste, dass die schwedischen Staudämme ordentlich konstruiert waren. Ende der Siebziger hatte er unter anderem in Vietas gearbeitet und von Satihaure aus die Tunnel gebohrt. Er war auch am 12. April 1971 dort gewesen, als die gesamte Lohnkasse mit 571 000 Kronen in bar aus dem Geldschrank der Firma gestohlen wurde. Gunnar glaubte zu wissen, wer den Coup gelandet hatte. Aber er hielt dicht, die Täter wurden nie gefasst, und inzwischen war die Sache verjährt.

So langsam war man diesen ewigen Regen leid. Jeden Tag kam mehr, man bekam einfach schlechte Laune, alles war nur noch grau und dunkel. Es war kaum möglich gewesen, die Kartoffeln aus dem Boden zu holen, und die Preiselbeerernte war im wahrsten Sinne des Wortes ins Wasser gefallen. Die Garage roch muffig nach Schimmel, der Keller ebenfalls, der Rasen schwamm im Wasser. Jetzt war wirklich eine längere Trockenperiode fällig. Ein warmer Herbstwind, der alles trocken blies. Aber man musste es nehmen, wie es kam, und stattdessen im Haus arbeiten. Den Fußboden neu verlegen, die Treppe zum Dachboden streichen, die Schränke durchsehen und ausmisten. Es war gut, den ganzen Plunder loszuwerden, der sich angesammelt hatte. In ihren klaren Momenten konnte Lydia ihm helfen, Kleidung auszusortieren und nur das Wichtigste aufzubewahren. Der Rest musste weg. Je älter man wurde, desto weniger sollte man besitzen. Bis man eines Tages das irdische Leben beendete und genauso nackt war wie zu dem Zeitpunkt, da man es begonnen hatte. Ohne Pracht und Prunk, ohne Zähne im Mund.

In der vergangenen Nacht war Lydia wieder eklig gewesen. Immer wieder kam das vor.

»Du bist Scheiße«, hatte sie getönt. »Du bist ein Sack voll Scheiße, verdammt, Scheiße, Scheiße, Scheiße …«

Sie war wirklich unflätig geworden. Sie war anstrengend, wenn sie wütend war und anfing zu schreien und die Leute es hören konnten. Oder wenn die Pflegerin kam. Er entschuldigte sich dann immer für sie und bat darum, ihr nicht zuzuhören, wenn sie behauptete, sie wären alle Zigeuner und würden klauen.

»Das ist nicht sie«, sagte er dann. So war sie früher nie gewesen.

Aber wenn sie es nicht war, wer war es dann? Es schien, als hätte das süße Mädchen, das er einst geheiratet hatte, sich gehäutet, und darunter wäre eine tierische Kreatur zum Vorschein gekommen. Ein Trollwesen. Eine wilde Gestalt, die ihm Angst machte und die immer stärker wurde. Mit jedem Tag wurde sie ihm fremder, sie wurde zu jemandem, den er nicht mehr kannte.

Jetzt gerade schlief sie. Die Nächte wurden immer unruhiger, besonders zum Morgengrauen hin. In der Wolfsstunde, in der doch eigentlich der Körper die geringste Aktivität zeigen sollte, wirkten die Medikamente nicht mehr, und dann konnte sie besonders gemein werden. Herumschreien und sich wie wild gebären. Er lag neben ihr, passte auf sie auf, sorgte dafür, dass sie keine Dummheiten machte. Das Warten bis zum Morgen zog sich endlos dahin, bis die Schwester endlich klopfte und ihr eine Spritze gab. Danach schlief sie gleich wieder ein, erschöpft und versöhnt. Und dann konnte er seinen langen Vormittagsspaziergang antreten und wieder er selbst werden. Ihre verhexten Litaneien und Flüche abschütteln und seinen eigenen Gedanken nachgehen. Sie wieder vor sich sehen, wie sie gesund und munter gewesen war. Als sie ihn noch gemocht hatte.

Der Regen wurde stärker. Wie viel Wasser gab es eigentlich da oben, fand das denn nie ein Ende? Unter seiner Goretexjacke war Gunnar Larsson trocken und warm, und doch saß ihm die Feuchtigkeit in diesem elenden Herbst in den Knochen. Alles war grau und dreckig. Ein wenig Sonnenschein wäre gut gewesen, vielleicht ein Lächeln. Ein bisschen Wärme von außen.

Vor dem inzwischen leer stehenden Bürogebäude von Vattenfall hielt er an und schaute wieder über den Fluss. Gerade hier war er breit wie ein See, verengte sich dann aber flussabwärts. Stora Lulevatten, eine mehr als zwanzig Kilometer lange Wasserfläche, die unten im Kraftwerk Porjus zu einer Spitze zusammengedrückt wurde. Verflucht viel Wasser in diesem Herbst, fast ein Meer. Graue, vorbeifließende Elektrizität.

Aus dem Zentrum näherte sich ein Auto, ein Volvo V70. Gunnar erkannte schon von Weitem, dass es ein Vattenfaller in einem dieser neuen Dienstwagen war, wie sie die Vorarbeiter fuhren, ein Diesel-Elektro-Hybrid.

»Gunnar! Hau ab!«

Es war Hinken, der ihm aus dem heruntergekurbelten Seitenfenster zuwinkte, sie waren mehr als zwanzig Jahre lang Arbeitskollegen gewesen. Er war in die Breite gegangen in letzter Zeit, hatte das eine oder andere Kilo zugelegt, seit er befördert worden war.

»Was?«

»Hau ab, so schnell wie möglich!«

War irgendetwas passiert? Hinkens Humor war nicht jedermanns Sache. Wie damals in Harsprånget, als er das Fahrrad des Praktikanten unter Strom gesetzt hatte. Das war dumm gewesen, geradezu gefährlich. Der Junge hatte wie ein Hundewelpe geschrien.

Gunnar sah sich um, konnte aber nichts Ungewöhnliches erkennen. Hinken hackte auf seinem Handy herum, ein Schweißtropfen baumelte an seiner Nasenspitze.

»Hast du Empfang?«

»Nein …«, hob Gunnar an, aber da hatte Hinken bereits die Handbremse gezogen und war aus dem Wagen gesprungen. Er machte ein paar Trippelschritte, hielt den Blick fest auf das Display gerichtet, es sah fast aus, als versuchte der schwere Mann wegzulaufen.

Ratlos sah sich Gunnar Larsson um. Vielleicht wäre es das Beste umzukehren und nach Hause zu gehen. Falls Lydia aufwachte. Er hätte dann zwar eine kürzere Runde als sonst gedreht, aber sei's drum. Ein weiterer Vattenfall-Wagen kam mit hoher Geschwindigkeit heran und raste vorbei in Richtung Jokkmokk. Warum hatten sie es so eilig? Hatte es irgendwo einen Unfall gegeben, einen Notfall? War irgendein Aggregat ausgefallen?

Hinken würde es wissen. Gunnar drehte sich nach ihm um, konnte seinen früheren Kollegen jedoch nicht sofort entdecken. War er schon so weit gelaufen? Doch dann sah er etwas im Gras liegen, ein Bündel, eine Art Sack.

Gunnar lief zu ihm hinüber. Er war vornübergefallen, hatte die Glieder von sich gestreckt. Es sah unbequem aus, und er rührte sich nicht, sein Handy lag neben ihm.

»Hinken … Hinken, was ist los?«

Der Kopf drehte sich leicht. Mit aller Kraft rollte Gunnar den unförmigen Körper auf den Rücken. Die Jacke war nass und lehmverschmiert.

»Was ist los, Hinken? Hörst du mich?«

Blicklose Augen waren gen Himmel gerichtet, das Gesicht war dunkelrot. Er atmete stoßweise und hielt sich die Brust.

»Ist es das Herz? Hast du Schmerzen?«

Um den fetten Hals spannte sich eine Krawatte mit dem Unternehmens-Logo. Gunnar lockerte sie und knöpfte den Hemdenkragen auf.

»Ich … bin … gefallen …«, murmelte Hinken verwirrt.

»Keine Sorge, ich helfe dir.«

»… müssen weg … fort von hier!«

»Ich hole Hilfe.«

»Oben ist was passiert …«

»Ja, ja.«

»Wir nehmen an, es ist der Damm …«

»Das ist bestimmt nur eine technische Störung.«

»Es kommt. Kapierst du nicht … Es ist auf dem Weg hierher.«

Sekundenlang starrte Gunnar seinen einstigen Kollegen an, bis er die Worte erfasste. Dann warf er einen weiteren Blick hinüber auf den See, die ruhige Wasseroberfläche.

»Du machst Witze. Du willst mich verarschen.«

Hinken wiegte den Kopf hin und her, verzog schmerzhaft das Gesicht.

»Ich bring dich ins Auto«, entschied Gunnar Larsson.

18

VOM HUBSCHRAUBER AUS blickten sie auf das Wasserkraftwerk Harsprånget hinab. Der Damm selbst lag wie ein Riegel über dem Flussbett, eine beeindruckende Schutzmauer aus grauem Beton.

Henny zeigte nach unten. »Die machen sich davon!«

Auch Vincent hatte es entdeckt. Die Arbeiter liefen wie Ameisen zu ihren Autos. Sie hatten nicht mehr viel Zeit. Stromaufwärts war bereits eine graue Hügelkette zu sehen, die an Höhe zuzunehmen schien, je näher sie kam. Der Fluss wurde hier enger, das Wasser wurde keilförmig zusammengedrückt. Gleichzeitig nahm die Geschwindigkeit zu. Tausende Kubikmeter Wasser türmten sich hier auf, hunderttausend Tonnen heranstürmender Kraft. Als hätte sich ein Berg gelöst, dachte Vincent, ein Gebirgsmassiv aus Wasser, ein ganzes Binnenmeer, das sich heranwälzte. Es gab nichts von Menschenhand Geschaffenes, was es hätte stoppen können.

Der Staudamm gab bereits bei der ersten Druckwelle nach. Wasser strömte über den Kamm, der Beton riss und zerbröselte wie trockener Keks. Wie große Kuchenkrümel wurden die Stücke davongespült. Der Wasserdruck verwandelte den

Fluss in einen schimmernden Bogen, der über den Rand hinweg und in das alte trockengelegte Flussbett schoss. Die Fallhöhe allein in diesem Kraftwerk betrug mehr als hundert Meter. Vincent hielt den Hubschrauber in der Luft und sah der Vernichtung zu, ohne eingreifen zu können. In wenigen Sekunden verwandelte der Staudamm sich in einen gigantischen Wasserfall.

Henny packte Vincent am Arm. Mitten in den Wassermassen schwamm etwas Blaues, ein Arbeitsoverall. Arme ruderten wild in dem eiskalten Strom, sie sahen ein Gesicht, das unbändig schrie. Der Strom nahm Fahrt auf, nahm Anlauf und zog den Körper wie einen blauen Strich mit über die Dammkante hinab in den Abgrund.

»Armer Teufel«, murmelte Vincent.

»Flieg nach Vuollerim«, rief Henny.

»Warum gerade dorthin?«

»Wir müssen die Leute warnen. Es wird mit jedem Damm nur noch schlimmer.«

Er konnte es vor sich sehen: Ligga. Messaure. Porsi. Edefors. Damm für Damm würde weggewischt werden. Die Wassermassen wuchsen mit jedem Stausee an.

»Nein, verdammt noch mal«, rief Vincent.

Er hatte einen gelben Radlader an einem der Pfeiler entdeckt. Das Wasser hatte ihn eingekreist und drückte ihn hinunter, er schaukelte und bewegte sich, drohte jeden Moment umzukippen.

»Da ist jemand drinnen …«

Ein Mann mit knallgelber Kappe hatte die Tür aufgestemmt und versuchte, sich auf das Dach der Maschine zu retten. Er rutschte aus, es sah aus, als würde er den Halt verlieren.

»Lass ihn«, meinte Henny.

Ohne ein weiteres Wort senkte Vincent vorsichtig den Hubschrauber immer tiefer über das Dach des Radladers. Das Wasser schoss unter ihnen hinweg, es ging um Sekunden. Der Fahrer klammerte sich verzweifelt fest, während das Fahrzeug sich immer mehr zur Seite neigte. Jetzt hatte er den Hubschrauber entdeckt, schien aber zunächst nichts zu verstehen. Dann verzog er das Gesicht, der Mund schrie unhörbare Worte. Vincent näherte sich vorsichtig, er war sich im Klaren darüber, dass der Radlader jeden Moment umkippen konnte. Der Mann bekam die Landekufe zu fassen. Und gerade als sie wieder aufstiegen, wurde der Laster in die Strömung gedrückt. Vincent drehte in Richtung festen Boden ab und ging in den Sinkflug über. Der Mann ließ los und fiel ins Gras.

»Ich geh runter!«, rief Vincent.

»Warum?«

»Ich muss mit ihm reden.«

Vincent ließ den Hauptrotor laufen und kletterte hinaus. Aus einiger Entfernung näherten sich Menschen, sie winkten und schrien, es war nicht zu hören, was. Der Mann, den er gerettet hatte, saß breitbeinig auf dem Boden, die Kappe war ihm heruntergefallen, er hatte einen Ring im Ohr und eine sich windende Tätowierung im Nacken.

»Danke«, keuchte er, »oh Scheiße, vielen Dank ...«

»Alles in Ordnung? Bist du verletzt?«

Er schüttelte den Kopf, aber von seiner Schläfe lief Blut.

»Gab es einen Alarm?«, fragte Vincent. »Wusstet ihr, was da kommen würde?«

Der Mann nickte und schien nach etwas zu suchen, Zigaretten, eine Snusdose.

»Wann ging der Alarm los? Vor einer Viertelstunde? Vor einer halben?«

»Weiß nicht …«

»Du hast doch eine Uhr. Es ist wichtig.«

»Er steht unter Schock«, rief Henny, »lass ihn.«

Vincent kletterte wieder ins Cockpit. Die Regler glänzten fettig. Er hatte immer noch genügend Treibstoff.

Henny zerrte an seinem Arm. »Nach Vuollerim, schnell! Wir schaffen es vor der Welle.«

»Die sind bestimmt schon alarmiert.«

»Woher willst du das wissen? Das Handynetz ist zusammengebrochen.«

»Die sind sicher schon dabei zu evakuieren.«

»Aber wir wissen es nicht!«

»Hier brauchen sie auch Hilfe. Wir können die Leute hier in der Nähe retten.«

»Lovisa ist in Vuollerim!«, platzte es aus ihr heraus.

»Unsere Lovisa?«

Henny nickte nur. Ihre Augen waren rot geädert.

»Lovisa ist nicht in Vuollerim«, erklärte er knapp. »Ich hab sie vorhin erst angerufen. Da war sie zu Hause.«

Henny ging nicht weiter darauf ein, versuchte es erneut. »Aber … *Ich* wohne in Vuollerim!«

Sie schrie. Ihre Stimme überschlug sich.

»Ja, da steht euer Haus.« Daran erinnerte sich selbst Vincent.

»Unser Haus!«

»Wo du mit Einar dahockst und Anwaltsbriefe schreibst.«

Hennys Finger verkrampften sich. Hätte sie selbst fliegen können, sie hätte Vincent rausgeworfen, seine hundert Kilo aus dem Hubschrauber geschubst und wäre allein geflogen.

»Ich bitte dich«, sagte sie heiser.

Vincent schnaubte verbissen. Dann zog er den Pitchhebel,

hob ab und drückte den Steuerknüppel nach vorn, um zu wenden. Ihr Haus, dachte er. Einars und Hennys Strandhaus. Der Fluss würde es zermalmen. Und Vincent würde es mit eigenen Augen sehen.

19

HJALMAR NILSSONS HÜTTE kippte in den Wasserwirbeln immer wieder zur Seite. Sie war nicht dafür gebaut zu schwimmen, war mittlerweile halb voll gelaufen und neigte sich bedrohlich zur Seite, als wollte sie jeden Moment kentern. Doch irgendwie hielt sie sich doch aufrecht.

Arche Noah, dachte Lovisa Laurin. Sie erinnerte sich an die Bilder aus der Sonntagsschule, auf denen die Arche ausgesehen hatte wie ein schwimmendes Haus, aus dessen Fenstern Giraffenhälse ragten und das über die Sintflut hinwegschaukelte. Der Unterschied war nur, dass sie auf diesem Fahrzeug hier allein war. Obwohl, das war sie ja gar nicht. Das Kind war bei ihr, das kleine Flämmchen in ihr …

Die Hütte rammte eine Baumkrone, die kaum noch die Wasseroberfläche überragte. Lovisas Körper wurde auf den Dachplatten herumgeworfen, ihre Hände bluteten und brannten höllisch. Die Wände knackten, als würden sie gleich zerbersten, dann drehte sich das Gebäude in einer langsamen Pirouette und kam von dem Geäst los, folgte dem Strom. Dass es immer noch hielt. Wenn Hjalmar das wüsste, er wäre inmitten all dieser Vernichtung stolz gewesen.

Je schneller sie wurde, umso weicher, wiegender wurde das Schaukeln. Lovisa drückte sich mit den Füßen ab, kämpfte sich zum Dachfirst zurück und setzte sich rittlings darauf. Mit zitternden Fingern zog sie einen nadelspitzen, zentimeterlangen Holzsplitter aus ihrer Handfläche. Hautfetzen hingen daran wie kaputtes Plastik, sie versuchte sie notdürftig anzulegen.

»Hilfe«, rief sie jetzt, »Hilfe, Hilfe …«

Doch es klang so einsam und verlassen, dass sie wieder damit aufhörte. Am Ufer war niemand, der winkte, niemand, der hätte helfen können. Alles war menschenleer.

Dann entdeckte sie ein Stück Stoff. Ein gelber Rücken mit einem Reflektorstreifen, eine Sicherheitsweste. Sie schwamm schneller als Lovisa, näherte sich und zog anmutig an ihr vorbei. Aus dem Kragen ragte ein Menschennacken, ein blonder Haarschopf, der langsam hin und her schaukelte. Das Gesicht war der Finsternis zugewandt, als studierte es dort in der Tiefe irgendetwas, als betrachtete es, was dort unten herumwirbelte. Auf dem Rücken stand »Vattenfall«.

Gütiger Gott, durchfuhr es sie. Hilf mir, Gott, hilf …

Das Ufer entfernte sich immer mehr, es war zu weit entfernt, als dass sie hätte hinüberschwimmen können. Ein Teppich aus Unrat und Gischt, Zweigen und Matsch wälzte sich um sie herum, sank und tauchte wieder auf, vermischt wie in einem kauenden Mund. Würde sie darin landen, sie würde hinuntergeschluckt werden. Sie und das Kind. Gütiger Gott …

Ich muss rudern, dachte sie. Wie rudert man ein Haus? Ich muss mir ein Ruderblatt beschaffen. Irgendetwas, womit ich steuern kann. Aber da gab es nichts, sie hatte nur ihre Hände. Die schmerzten und blutverschmiert waren.

Lovisa schloss die Augen und spürte, wie ein eiskalter

Schauer sie durchfuhr. Das ist das Ende, dachte sie. Der Tod steckt bereits in mir. Ein steinernes Standbild, eine eisige Figur wie an den Dächern alter Kathedralen. Ein glotzender Aasgeier mit Teufelshörnern, der geduldig abwartet, bis das Opfer so schwach geworden ist, dass das Festmahl beginnen kann.

Ein Schauer durchzog sie auf dem nassen, rutschigen Dach. Mit steifen Fingern durchwühlte sie ihre Kleidung. In den Taschen ihrer Jeans steckten die Autoschlüssel, eine fast leere Hülse mit Lippenpflege und eine zerknüllte Kassenquittung. In der Jacke hatte sie ihr Portemonnaie mit der üblichen Mischung aus Bargeld und mehr oder weniger notwendigen Plastikkarten. Ein Foto von Ole Henrik, frisch geduscht und sonnengebräunt. Zwischen den Münzen lag das kaputte Birnchen ihrer Fahrradlampe, sie hatte vergeblich versucht, an der Tankstelle eine neue zu bekommen. Dann war da noch ein angebrochenes Päckchen Papiertaschentücher. Kein Taschenmesser, kein Feuerzeug, nicht einmal ein Stückchen Schokolade.

Es blieb also nur das Haus. Das Blechdach war solide und sorgsam festgenagelt. Unmöglich, es ohne Werkzeug aufzustemmen. Sie beugte sich vor und spähte durch den Schornsteinschacht. Zu eng, um hindurchzukriechen. Sie hörte, wie das Wasser in der Hütte über die Fußbodenplanken schwappte.

Vorsichtig zog sie sich den First entlang, hielt sich an der Fernsehantenne fest und beugte sich vor. Ein Stück unter ihr entdeckte sie ein Giebelfenster. Der Dachfirst ragte darüber und bildete einen kleinen Überhang, es würde ihr niemals gelingen, dort hinunterzukommen, wie sehr sie sich auch streckte.

Wieder kippte das Haus zur Seite. Sie lief Gefahr abzurutschen und klammerte sich an der Dachkante fest. Ein toter

Baumstamm donnerte wie eine Abrissbirne gegen die Hauswand und ließ die Winkel und Kanten erbeben. Das Gebäude machte erneut eine Vierteldrehung, Zweige brachen mit einem trockenen Knacken. Dann kam der Baumstamm los und schwamm davon. Für einen kurzen Augenblick dachte sie darüber nach, einfach hinterherzuspringen, sich auf den Stamm zu setzen und zu paddeln. Oder mit den Beinen zu schlagen. Aber sie ahnte, wie das enden würde. Nach wenigen Minuten hätte das Wasser sie bis zur Bewegungslosigkeit unterkühlt. Zuerst würde sie selbst erfrieren, dann das Kind, das sie in sich trug, dort, wo es am allerwärmsten war.

Gab es denn keine andere Möglichkeit? Nein, die gab es nicht, nein, nein, nein, nein, nein …

Erst beim siebten Nein kam sie drauf. Ihre Hände legten sich fester um die Fernsehantenne.

20

»TU'S NICHT«, WARNTE Barney Lundmark sie.

Doch die Frau hörte nicht auf ihn. Ihre Arme hoben und senkten sich in einem unbeholfenen Rhythmus, immer und immer wieder, wie zu einer Art Winksignal. Die Gestalt dort draußen auf dem zerborstenen Damm winkte ebenso fieberhaft zurück.

»Du kannst dort nicht hinschwimmen«, erklärte er so ruhig wie möglich. »Du ertrinkst.«

Die Frau machte einen weiteren Schritt auf den Wasserfall zu. Auf den Tod. Wieder war er gezwungen, die Arme um ihre Brust zu schlagen und sie an sich zu ziehen. Seine Hand rutschte auf ihren Busen. Er war deutlich unter dem Regenmantel zu fühlen, ein schöner, weicher Frauenbusen.

»Du brauchst keine Angst vor mir zu haben«, sagte er, so sanft er nur konnte. »Hab keine Angst, ich will dir nichts Böses.«

Ein Schauer durchfuhr sie, sie hörte auf zu winken. Die Arme verharrten wie knorrige Zweige in der Luft, als wäre sie ein Baum.

»Wir können nichts tun«, fuhr er fort. »Ich kann ja verstehen, dass du traurig bist, aber wir können deine Freundin nicht retten. Setz dich lieber hin. Setz dich, und dann lassen wir es ruhig angehen.«

Er drückte sie hinunter, damit sie es auch verstand. Sie verzog das Gesicht, sicher tat ihr die Rippe weh. Sie war stocksteif, nur die Knie knickten ein, und sie plumpste auf den Boden. Barney setzte sich dicht neben sie und legte ihr den Arm um die Schulter. Aus der Entfernung sah die Geste freundlich aus, als gehörten sie zusammen. Fast so als wären sie ein Paar.

»Sss… ssschsss…«, schluchzte sie.

»Wenn wir ein Boot hätten«, überlegte er laut, »ein kleines Ruderboot und ein paar hundert Meter Seil. Dann könnten wir das Seil am Ufer befestigen und das Boot zu ihr hinauslassen. Aber schwimmen, Scheiße, nein, das geht nicht. Wenn du da reinspringst, dann stirbst du.«

Sie schien tatsächlich zuzuhören. Er war stolz auf sich. Vielleicht hätte er Pfarrer oder so etwas werden sollen. Verzweifelte Weiber trösten, die Knoten bei ihnen lösen.

Ein Brocken Beton stürzte ins Wasser. Die Insel wurde immer kleiner. Die Gestrandete winkte heftig, fast als versuchte sie zu fliegen. Barney spürte die Angst der Frau in seinem Arm, die zähe Haut, den Muskelpanzer.

»Wir können nichts tun«, wiederholte er wie ein Mantra. »Wir können nichts tun, das verstehst du doch hoffentlich.«

Verzweifelt zog sie ein Handy heraus, ihr eigenes. Es funktionierte immer noch nicht. Trotzdem versuchte sie, ihm Leben einzuhauchen, nahm den Akku heraus, trocknete ihn ab, drückte sämtliche Tasten. Wieder spürte er die Wut in sich aufsteigen.

»Wenn du mir nicht das Handy geklaut hättest, dann könnte

ich es dir jetzt leihen. Das kapierst du ja wohl, dann hätte ich es jetzt noch. Dann hätten wir deine Freundin da draußen anrufen können.«

So war es doch immer mit den Frauen, dachte er. Sie taten irgendetwas, was auch immer, und es ging schief. Und dann musste man kommen und alles wieder in Ordnung bringen.

»Das war mein eigenes Handy, kapiert? Ich habe es von meinem eigenen Geld gekauft. Du hast mehrere tausend Kröten einfach so weggeschmissen.«

Sie schwieg immer noch. Was ihn ärgerte. Eine Entschuldigung hätte sie ja wohl hervorbringen können, das war doch das Mindeste, was er erwarten konnte. Die glaubten wohl alle, sie könnten einen behandeln, gerade wie es ihnen in den Sinn kam, nur weil man ein Mann war. Er hatte ihr das Leben gerettet, und sie konnte nicht einmal Dankeschön sagen.

»Sagen wir zweitausend. Mindestens zweitausend war es wert. Hast du Geld dabei?«

Sie schüttelte kurz den Kopf. Na, zumindest war sie nicht taub.

»Und deine Halskette? Die ist doch aus Gold, oder? Die kannst du mir als Pfand geben für das Handy, bis du mir ein neues gekauft hast.«

Wieder brachen unter dem enormen Wasserdruck Stücke von der Insel ab. Es war ein Wunder, dass überhaupt irgendein Teil des Damms hatte widerstehen können. Die Gestalt dort draußen winkte nach Hilfe. Was auch immer. Was sollten sie denn auch tun?

»Die Kette«, erinnerte er die Frau.

Er schob seine regennassen Hände in ihren Ausschnitt und strich über die weiche Haut. Wie glatt und warm sie war. Schön zu streicheln. Sie wich zurück, fauchte wie eine Katze und schlug nach ihm. War sie so wichtig für sie, diese Kette? Eine Erinnerung an einen Liebhaber?

»Dann musst du mir Geld geben. Zweitausend.«

Sie versuchte, sich herauszuwinden, und wieder war er gezwungen, sie am Arm zu packen. Er spürte erneut, wie die Wut in ihm aufwallte. Nicht einmal das Mindeste wollte sie ihm geben. Es wäre etwas anderes gewesen, hätte sie sich entschuldigt, hätte sie ihm auch nur eine Spur von Respekt gezollt. Aber die ganze Zeit ging es immer nur um sie. Sie, sie, sie. Und ihre Freundin dort draußen. Mädchen hielten zusammen, sie bekamen ihren Willen, während von den Männern erwartet wurde, dass sie in ihrem Kielwasser hinterherkamen und bezahlten. Barney hatte kräftige Finger, und jetzt packte er wirklich zu. Das würde blaue Flecken geben, aber das hatte sie nun davon, es war ihre eigene Schuld. Sie warf sich nach hinten, ihr Arm war nass und glitschig, sie entglitt ihm. Überraschend behände gelang es ihr, ein Bein zu heben und ihm einen Tritt gegen den Kiefer zu verpassen. Ein lehmiger, dreckiger Gummistiefel direkt aufs Maul. Er fing ihr Bein ab und warf sich auf sie, setzte sein ganzes Körpergewicht ein.

»Du willst mir also nichts dafür geben«, rief er aufgebracht. »Du willst nichts dafür bezahlen, und dann trittst du mich auch noch!«

Barney rieb sich die Wange, braunes, lehmiges Wasser und Sand liefen daran entlang. Das würde er ihr heimzahlen. Jetzt würde er ihr beibringen, was Dankbarkeit war, dieser jungen Dame musste dringend eine Lektion erteilt werden. Verbissen drückte er sie zu Boden, jetzt da er sich dazu entschlossen hatte, war es ganz leicht. Zerbrechlich wie ein Auerhuhn lag sie unter ihm. Geradewegs und schnell zog er ihr die Regenhose herunter, öffnete den Jeansknopf und zerrte alles zusammen über ihre Hüften. Behalt nur deine Kette, dachte er, behalt sie nur, ein Dieb bin ich nicht. Aber bezahlen sollst du, eine kleine Wiedergutmachung für jemanden, der sich nie irgendetwas hat zuschulden kommen lassen, der immer für andere da war, der dein mickriges Leben gerettet hat.

21

DER CHORGESANG SCHIEN kein Ende nehmen zu wollen. Er umgab sie von allen Seiten, stürmte mit voller Wucht auf sie ein und hallte engelsgleich wider. Dann endlich zog er weiter. Als Lena Sundh wieder die Augen öffnen konnte, saß sie wie ein Äffchen in ihrer Astgabel. Aber die Birke, die sie hinaufgeklettert war, hatte sich in eine Kiefer verwandelt. Sie hatte keine Ahnung, wie das hatte geschehen können. Die weiße Birkenrinde war zu der rauen Borke einer norrländischen Jungkiefer geworden, die unter ihrem Gewicht sachte schwankte. Es tropfte und troff von den Zweigen und Nadeln. Ihr Kopf hämmerte so hart, dass sie sich übergeben wollte. Migräne, dachte sie, die Migräne ist zurückgekommen. Dann spürte sie, wie Blut ihr in die Augen lief. Es rann die Stirn hinab, dort war ein Loch, ein Krater geradezu. Nein, sie wollte lieber nicht nachfühlen. Die Hände waren violett vor Kälte und zu Klumpen erstarrt. Die Handrücken waren übersät mit Kratzern wie von einer Wildkatze. Es war ihr kaum möglich, die Finger zu strecken, sie fühlten sich an wie abgestorben. Oder ausgetrocknet. Schlecht gepflegte, alte Pinsel, die man in irgendeine Ecke geworfen hatte.

In diesem Moment entdeckte sie die Schlange. Ein dunkler, glänzender Muskel über einem Zweig, nur gut einen Meter von ihr entfernt. Es war eine Kreuzotter, erkannte sie, wie ein aufgesprühtes Graffito verlief das Zickzackband über ihren Rücken. Zuerst dachte sie, sie wäre tot. Doch dann sah sie, wie die Schlange sich bewegte, der Kopf neigte sich abwärts, ein zitternder Wassertropfen hing von ihrer Nase wie eine durchsichtige Wasserlinse, in der sich die ganze Welt spiegelte. Die Kälte machte das Tier träge, es musste unter irgendeinem Steinhaufen gelegen haben und von den Wassermassen herausgespült worden sein.

Angst überkam Lena, und sie wich instinktiv zurück. Doch dann sah sie, dass die Schlange feststeckte. Der lange Körper klemmte zwischen abgeknickten Zweigen. Lena betrachtete das hilflose Ringeln und spürte, wie der Schrecken von ihr wich. Das Tier konnte nicht fliehen. Und es konnte ihr nichts anhaben. Sie sah die Zunge, diesen widerlich gespaltenen Wimpel, der die Luft abtastete. Die Schlange wusste genau, dass Lena hier war, und versuchte, sie anzupeilen.

»Da da da«, begann sie zu singen.

Gleichzeitig brach sie einen Kiefernzweig ab.

»Da da da da da da …«

Während sie weiter vor sich hin sang, schlug sie nach ihr. Wie ein Uhrenpendel schaukelte die Schlange hin und her. Zischend zeigte sie ihre Giftzähne und versuchte zuzubeißen. Doch da schlug Lena nur noch fester zu. Sie sollte alsbald tot sein, dachte sie, sie musste doch wohl bald sterben. Die Kiefer schwankte unter ihren Bewegungen, das Geäst wippte, und plötzlich kam die Schlange frei. Sie fiel herunter und traf Lenas Stiefel. Sie spürte die schlängelnde Bewegung wie einen Peitschenhieb, bevor das Tier hinabtaumelte.

Dann verlor Lena es aus den Augen. Sie hatte das Böse in die Welt entlassen. Dort unten stand braun schäumend das Wasser. Zitternd starrte sie darauf hinunter, versuchte auszumachen, wo die Schlange gelandet war. Mit vorsichtigen, knetenden Bewegungen bemühte sie sich, Leben in ihre Hände zu massieren, die steifen Fingerspitzen wieder weichzubekommen, bis sie etwas spürte, das sie wie elektrischer Strom durchfuhr. Unbeholfen kletterte sie nach unten, Ast um Ast. Vorsichtig tauchte sie den Stiefel in die Wasserwirbel, bis die Kälte über den Schaft stieg und hineinfloss. Sie wartete auf den aufblitzenden Schlangenbiss, der ihre Jeans durchschlagen würde. Aber er kam nicht, und sie holte tief Luft. Erst als das Wasser schon über ihr Knie reichte, stieß sie auf Widerstand. Die Strömung war unangenehm stark, und sie hielt sich an dem Baumstamm fest. Dann setzte sie auch das zweite Bein ab. Mit beiden Füßen auf der Erde begann sie, kleine, vorsichtige Schritte zu machen. Der Grund war unter den trüben Wasserwirbeln nicht zu erkennen, sie musste sich vorwärtstasten. Mehrmals fiel sie fast hin, hielt sich am nächsten Baum fest. Wasser durchströmte den Wald, die Landschaft war nicht wiederzuerkennen. Einen Moment lang hatte sie das Gefühl, die ganze Welt wäre überschwemmt, das gesamte Erdenrund, wie zu einer biblischen Strafe. Und nur sie hatte es geschafft, sie allein auf der ganzen Welt.

Dann sah sie eine leichte Erhebung. Sie watete hinüber, und endlich erreichte sie trockenen Boden.

Keuchend sank sie auf einem Grashöcker nieder. Ihre Unterschenkel fühlten sich an wie Eisblöcke. Mühsam zog sie die Gummistiefel von den Füßen und goss milchig trübe Rinnsale aus, während sie versuchte, sich zu orientieren. Es fiel ihr schwer, das gesamte Flussbett war verschwunden. Mit dem

Blick suchte sie die Strömung ab, versuchte, das Schreckliche zu begreifen. Sussie und Linnea und Madeleine und ... Sie waren weg. Fortgespült. Ein Schwindelgefühl überkam sie, eine plötzliche Übelkeit. Sie mussten doch irgendwo dort draußen sein. Vielleicht gab es noch eine Chance ...

Lena musste sich hinlegen. Aber dadurch wurde es nur noch schlimmer. Sie steckte die Füße wieder in die schmierige Kälte ihrer Gummistiefel und stand auf. Ihr Gesichtsfeld verengte sich, sie beugte sich leicht vor, um nicht ohnmächtig zu werden. Stand da und schloss die Augen, während die Welt um sie herum schwankte.

Als sie die Augen wieder öffnete, lag die Schlange vor ihr. Wutentbrannt trampelte sie auf ihr herum, bis sie erkannte, dass sie sich in einen Zweig verwandelt hatte. Waren wirklich alle weg?, fragte sie sich. Vielleicht hatten sie es ja doch bis zur Hütte hinauf geschafft? Sie waren dorthin gelaufen, sie hatten sich gerettet, und jetzt saßen sie dort, wärmten sich unter Wolldecken und tranken heißen Tee, während sie darüber sprachen, was für ein Glück sie gehabt hatten.

Aber die Hütte stand nicht mehr dort, wo sie gedacht hatte. Nicht einmal den Weg dorthin fand sie, alles sah plötzlich anders aus. Sie öffnete den Mund, war aber nicht einmal imstande, Hallo zu rufen, aus Angst, dass niemand antworten würde. Die Landschaft war von innen nach außen gestülpt worden. Einen Moment lang meinte sie, der Fluss strömte in die falsche Richtung, alles wäre spiegelverkehrt. Ihr Körper begann zu zittern, und sie schlug die Arme um sich. Sie waren knorrig wie Krüppelkiefern, harte, krumme Stöcke. Sogar die Vögel waren verstummt. Es schien, als hätte jemand Giftgas über die Welt gesprüht, ein unsichtbares Gas, das alles ausrottete. Lena spürte die Kälte, wenn sie atmete, Eiskristalle in den Nasenflügeln. Kohlenmonoxid. Irgendetwas, das es nicht gab, das den Geschmack im Mund tilgte. Das ihn hohl werden ließ.

Sie musste telefonieren. Aber ihr Handy lag in der Hütte, ausgeschaltet seit Kursbeginn, wie sie es gemeinsam beschlossen hatten. Es gab nur noch sie und das Wasser, dieses schreckliche, ununterbrochene Rauschen. Der Wasserstand schien noch einmal gestiegen zu sein. War das denn möglich, konnte es denn noch schlimmer werden? Der Regen prasselte auf die Plastikkapuze ihres Regenmantels. Sie ging ein Stück den Hang hinab, schöpfte Wasser mit beiden Händen und wusch sich die blutige Stirn. Jetzt konnte sie den Krater ertasten, dort, wo die Haut aufgeplatzt war. Große Klumpen lösten sich und wurden weggespült. Die Kälte dämpfte den Kopfschmerz, betäubte ihn und erleichterte das Denken. Gleichzeitig begann sie wieder zu bluten. In der Manteltasche fand sie ihren alten Schal. Er war nass und zerknautscht, sie legte ihn über die Stirnwunde. Knotete ihn im Nacken und setzte sich dann wieder die Kapuze auf.

Ziellos wandte sie sich stromabwärts, bahnte sich einen Weg durch das Gestrüpp am Ufer dieses neuen, merkwürdigen Flusses. Er hatte sich über den alten gelegt, auf dessen Rücken. Jetzt strömte er zwischen Birken und alten Kiefern hindurch und riss alles mit sich, was lose herumlag. Lena kämpfte sich durch das Dickicht. Das Unterholz tropfte nur so, die Nadelbäume waren schwarz und kalt. Sie schob Zweige beiseite, sodass schwere Tropfen herabfielen, und spürte das Moos unter ihren Stiefelsohlen knistern. Dort draußen trieben abgeknickte Bäume, sie sah Äste, die aus dem Wasser ragten, und inmitten all dem Grau einen weißen Plastikkanister mit einer zerrissenen Schnur.

Ich sollte hierbleiben und auf Hilfe warten, dachte sie. Ich mache einen Fehler.

Dennoch ging sie weiter. Ihre Beine hatten die Kontrolle übernommen, und sie ließ es geschehen. Nach einer Weile wurde ihr ein wenig wärmer. Das Blut floss wieder durch die Adern. Trotz der Kälte schwitzte sie fast ein wenig, es fühlte sich an, als kehrte das Leben in sie zurück.

Aus irgendeinem sonderbaren Grund war sie übrig geblieben. Sie und der Wald und das Wasser. Irgendjemand hatte einen breiten, nassen Pinsel über die Leinwand gezogen und alle anderen weggewischt. Jetzt war sie sich selbst überlassen. Schritt für Schritt kämpfte sie sich voran, stolperte immer wieder auf dem unebenen Boden. Blut sickerte unter dem Schal hervor, und sie versuchte, ihn fester zu binden, fühlte, dass der Stoff durchtränkt war.

Da hörte sie ein Geräusch. Ein leises Knurren. Es kam vom Wasser herauf. Abrupt blieb sie stehen und spürte Angst in sich aufsteigen.

Jetzt entdeckte sie den Baum. Er lag halb im Wasser, eine massakrierte Fichte. Der Stamm schaukelte im Strom, zerrte und zog, saß aber irgendwie fest. Sie spähte durch das wirre Geäst, trat ein Stück zur Seite, um besser sehen zu können. Wieder war das Knurren zu hören, und auf einmal wusste sie, was das war. Ein Bär. Ein großer, verdammter Braunbär. Sie wich zurück und schrie.

Doch dann sah sie das Weiße. Weiß schimmernde Haut. Es bewegte sich, versuchte zu rufen.

Es war Laban.

22

DAS LENKRAD WURDE ihm aus den Händen gerissen, und alles wurde schwarz. Als hätte ihn jemand geschlagen, eine dunkle Faust, die ihn im Gesicht traf, seine Arme wegriss, ihn in eine leblose Gliederpuppe verwandelte und ihn dann an seinen Sitz fesselte. Es tat weh in der Dunkelheit, verdammt weh, ein scharfer Geruch überfiel ihn, etwas brannte in seinem Gesicht. Und dann wirbelte er durch die Luft. Oder - tat er das wirklich? Es war unmöglich festzustellen, aber es dröhnte aus allen Richtungen, ein schwarzer, schmerzhafter Schrei, es war, als säße er im Magen eines Besoffenen, der sich mit einem lang gezogenen Stöhnen erbrach. Sein Kopf wurde hin- und hergeschleudert, er war nicht in der Lage, ihn stillzuhalten. Er hörte kräftige Tritte gegen das Wagenblech von jemandem, der hereinwollte, während er sich gleichzeitig fühlte, als säße er in einer Kaffeemühle, eine harte, kleine Bohne zwischen scharfen Schneiden. Es knallte gegen die Windschutzscheibe und aufs Dach, er zuckte wie ein Fötus in seinem Sechspunktgurt. Aber die Schale hielt. Die Sicherheitszelle des Saab. Und dann nahm das Schleudern ab und verwandelte sich in ein Schaukeln. Die Räder schlugen irgendwo auf, alles neigte sich zur

Seite. Dann kippte alles wieder in die entgegengesetzte Richtung, bevor erneut ein schneidendes Geräusch vom Wagendach zu hören war. Etwas Schweres legte sich darauf. Und auf einmal war es ganz ruhig. Irgendetwas prasselte noch auf das Blech, kleine Steine? Adolf Pavval konnte nichts sehen, er saß nur da in seinem Saab. Aber er lebte. Er hörte, wie sich etwas Schweres mit aller Gewalt auf den Wagen legte, es knackte beunruhigend um ihn herum. Aber noch hielten die Fenster, das Sicherheitsglas.

Er sah nur Schwärze. Seine Hand tastete die Decke ab und fand den Knopf, aber die Innenbeleuchtung funktionierte nicht. Die Luft erschien ihm stechend und scharf, irgendetwas – es musste wohl der Airbag gewesen sein – war auf seinem Schoß in sich zusammengefallen. Adolf durchwühlte die Taschen nach seinem Feuerzeug, fand es aber nicht. In der Jacke auf der Rückbank, erinnerte er sich. Und dann fühlte er das Wasser. Es stieg eiskalt über seine Schuhe, die immer noch auf den Pedalen standen, über seine strumpfbekleideten Knöchel.

Adolf versuchte, den Gurt zu lösen. Die Hände gehorchten ihm nicht, sie waren steif wie die Blätter einer Pflanze, das Blut prickelte in ihnen, die Finger waren ungelenk, als sie an dem Verschluss herumfummelten. Als der Gurt sich endlich löste, kam auch der Schmerz. Über den Brustkorb, die Schultern und den Bauch verliefen lange Peitschenstriemen. Vom Sicherheitsgurt. Er hatte sich über seinen Oberkörper gespannt wie die Schnur um einen Braten. Er hustete erstickt in der stickigen Luft, hätte am liebsten ausgespuckt, entschied sich dann aber doch zu schlucken. Man spuckte nicht in einen Saab, das war undenkbar. Der Saab hatte seinen Fahrer durch etwas hindurchgerettet, das sich wie die Niagarafälle angefühlt hatte, ein herumwirbelndes Fass mit ledernen Schalensitzen. Solange er hier drinnen saß, war er sicher. Das Lenkrad und der Kupplungshebel, alles war an seinem Platz, wie er in der Dunkelheit ertasten konnte. Hektisch drehte er den Zündschlüssel um und erwartete fast, dass der Motor anspringen würde. Dann den ersten Gang einlegen, und er würde hier herauspreschen können. Aber nichts geschah, nicht das kleinste Licht leuchtete auf dem Armaturenbrett auf. Das Wasser stieg unerbittlich die Schienbeine hinauf.

Ein heftiger Schlag ließ das Fahrzeug erneut schaukeln, wieder kratzte etwas Schweres über das Dach. Ich brauche Licht, dachte er. Der Zigarettenanzünder! Er wand sich zwischen den Sitzen nach hinten und tastete nach seiner Jacke. Sie war nicht mehr da, musste irgendwohin geschleudert worden sein. Er zog die Füße hoch und kniete sich auf den Fahrersitz, streckte sich und suchte. Tastete mit ausgestreckten Armen zwischen den Rückenlehnen hindurch. Aber die verdammte Jacke war verschwunden.

Und das Handy? Es hatte wie immer zwischen den Sitzen gelegen, da war ein kleines Fach. Aber dort lag es nicht mehr. Auch das Handy war davongeflogen, konnte sonst wo gelandet sein.

Das Wasser ging ihm inzwischen fast bis zu den Knien. Die Luft war schwer zu atmen. Wie lange würde sie noch reichen? Adolf musste ruhig bleiben, logisch denken. Die verschiedenen Alternativen abwägen. Es fiel ihm schwer, das Gehirn kochte. Erneut hörte er aus allen Richtungen ein Kratzen an der verstärkten Karosserie. Als stünde jemand draußen. Jemand, der hereinwollte.

Die Hände streiften das Barfach in der Mittellehne der Rückbank. Er öffnete die Klappe und hörte das leise Klirren der Fläschchen. Darunter lag ein weiteres Fach. In der Dunkelheit tastete er sich voran und bekam die DVDs für den Player zu fassen, zu dem sich lange Kabel schlängelten. Er zog daran und angelte ein flaches Viereck hervor. Seinen iPod. Klein wie eine alte Zigarilloschachtel, aber vollgestopft mit Elektronik. Die Fingerspitzen fanden die Sperrtaste. Ein sanfter Druck, und das Display erwachte.

Musik

Videos

Fotos

In metallisch warmem Computerlicht.

Adolf hielt das Display vor sich wie eine Lampe. Das Licht war schwach, bleich wie Zeitungspapier und erlosch nach wenigen Sekunden. Er musste wieder auf den Knopf drücken. Das Coupé lag in einem gespenstigen Schein, und der Anblick war alles andere als hoffnungsvoll. Das Wasser stieg so schnell, dass er es sehen konnte. Es kam durch den Motorraum, er hatte nicht mehr viel Zeit. Dichte Schwärze lag jenseits der Fensterscheiben, als hätte sie jemand mit Malerfarbe bestrichen, aber wenn er es im richtigen Winkel beleuchtete, konnte er eine schlammige Masse erkennen, all die herumwirbelnden Partikel. Irgendwie musste er im Fluss gelandet sein. Vor seinem inneren Auge sah er noch einmal die sich heranwälzende Bewegung, die graue Wand, die sich hinter ihm erhoben hatte. Irgendetwas war passiert, er wusste nur nicht, was, aber es war aus dem Gebirge gekommen. Eine alles verschlingende Bestie hatte sich losgerissen.

Jetzt saß er mitten in ihr und spürte, wie die unglaubliche Kraft des Wassers die Karosserie vibrieren ließ. Er meinte, lange, dicke Äste erahnen zu können. Ein Baum musste auf dem Wagendach gelandet sein. Vor der Windschutzscheibe trieben Kiefernnadeln. Der Wagen stand fest verankert da, und das Dach wölbte sich ein wenig nach innen, die Baumkrone schien den Wagen auf den Grund des Flusses zu drücken. Waren die Türen blockiert? Es war nicht zu erkennen, die Sicht betrug nur wenige Zentimeter. Adolf hustete gequält, kleine helle Punkte flammten in seinem Blickfeld auf. Wie lange würde die Luft reichen? Das Wasser ging ihm jetzt bis zum Hintern, eiskalte Pisse. Die Ledersitze saugten sich voll, es tat ihm in der Seele weh mitanzusehen, wie sie besudelt wurden. Vor nur wenigen Minuten war er noch vorangeprescht, war ein Rennfahrer gewesen. Jetzt war er in einen sich windenden Wurm verwandelt worden, ein Wurm in einem Schiffswrack.

Die Wärme wich aus dem Coupé, und er konnte seinen Atem sehen. Das Wasser war so kalt, dass es wehtat. Und doch musste er so schnell wie möglich dort hinein, es war seine einzige Chance. Wie weit mochte es bis zur Wasseroberfläche sein? Würde es ihm gelingen, lange genug die Luft anzuhalten? Oder würde er in den schlammigen Brei hinabgezogen werden, vergeblich in ihm seine letzten Schwimmzüge tun? Um dann hilflos wie ein Frachtstück davonzutreiben, mit dem Gesicht nach unten, nicht imstande, sich umzudrehen? Es war so unwürdig. Ein hässlicher Tod. Wie Treibgut ans Ufer gespült zu werden.

Vielleicht war es besser zu bleiben? In seinem Saab zu sterben?

Adolf Pavval war vierundvierzig Jahre alt und hatte weder Kinder noch Frau noch ein richtiges Zuhause. Dafür hatte er einen alkoholsüchtigen, armseligen Vater, der ihn immer nur dann anrief, wenn er Geld brauchte. Und er hatte gute Kenntnisse in der Rentierzucht. Nach dem Saab waren es wohl die

Rentiere, die er am meisten auf der Welt schätzte, auch wenn er jenes Leben bereits als junger Mann hinter sich gelassen hatte. Sein großer Bruder hatte sich ihre Renmarken unter den Nagel gerissen, und so hatte er ihm und all den anderen Emporkömmlingen aus der samischen Gemeinde den Finger gezeigt. So hatte sein Erwachsenenleben begonnen, doch das hatte er inzwischen lange hinter sich gelassen, er hatte im Lauf der Zeit damit seinen Frieden gemacht.

Aber jetzt in der Dunkelheit kamen die Rentiere zurück. Schwankende Geweihkronen, Rentierkälber, die nach den Zitzen suchten, ihr Brummen, ihre in den Westwind gerichteten Nüstern. Adolf Pavval drückte sich die Kopfhörer des iPod in die Ohren und klickte sich zu Simon Issát Marainens *Buoremus.* Auf dem Grund des Luleälven ließ er den kräftigen Joik hervorströmen und ihn erfüllen. Gleichzeitig holte er tief Luft, um den letzten Sauerstoff, den es noch gab, einzuatmen. Dann zog er am Türgriff, um sich durch das Geäst hindurchzuschlängeln und so schnell wie möglich an die Wasseroberfläche zu gelangen, die es irgendwo da oben geben musste. Er wusste, dass ihm nur Sekunden blieben.

23

HINKEN ERINNERTE IHN an ein Flusspferd. Ein Flusspferd ohne eigenen Willen, speckig und ohne Körperspannung. Das Hemd war hochgerutscht, das Bauchfett zitterte hin und her.

»Hilf mir, Hinken. Allein schaffe ich es nicht!«

Doch Hinken reagierte nicht. Er war vollkommen weggetreten, seine Augen rollten in den Höhlen, der Mund war zu einem schmalen Strich erstarrt. Gunnar Larsson lockerte den Griff. Es waren nur fünf Meter bis zu Hinkens Volvo, ein paar Schritte über das Gras. Aber allein würde er es niemals schaffen.

»Ich hole Hilfe, in Ordnung?«

Hinken schüttelte den Kopf, Speichel blubberte zwischen den Lippen hervor. Die Durchgangsstraße war verwaist, kein einziges Auto, das er hätte anhalten können.

»Wir müssen einen Rettungswagen rufen. Ich leih mir mal dein Handy.«

Gunnar hob es auf, wo Hinken es fallen gelassen hatte, ein lächerlich kleines Ding. Wie zum Teufel funktionierte es? Ohne Lesebrille konnte er kaum etwas erkennen, er blinzelte, doch schließlich gelang es ihm, die 112 einzutippen. Und noch einmal. Aber er hörte kein Freizeichen.

»Du musst mir zeigen, wie das geht, Hinken.«

Doch der Kollege war drauf und dran zu verschwinden. Ein Film hatte sich über seine Augen gelegt, er schien nicht einmal mehr zu blinzeln. Aber er atmete noch, der Brustkorb hob sich mit stockendem Keuchen, während seine Gesichtsfarbe sichtlich violetter wurde. Scheiße, es eilte. Es musste das Herz sein, er musste sofort ins Krankenhaus. Hatte er noch einen Puls? Gunnar tastete zwischen den verschwitzten Wangenfalten nach der Halsschlagader. Ein kurzes, unregelmäßiges Picken. Er zögerte, blickte über den Luleälven in den stillen Herbstregen. Es war nichts Ungewöhnliches zu sehen oder zu hören.

Dann versuchte er, die Taktik zu ändern. Statt den Körper weiterzuschleppen, stemmte er ihn mit aller Kraft auf die Seite, und es gelang ihm, den Kerl mit einer schweren, schlaffen Bewegung auf den Bauch zu rollen. Dann rollte er ihn weiter, wieder auf den Rücken. Als wälzte er einen Mehlsack vor sich her. So ging es bedeutend einfacher, als ihn zu tragen. Hinkens Kopf schlug auf dem Boden auf, aber darauf konnte er keine Rücksicht nehmen. Stück für Stück näherten sie sich dem Auto. Gunnar richtete sich auf und sah, dass der Wagen verschlossen war.

»Hast du den Autoschlüssel?«

Natürlich keine Antwort. Aber es fühlte sich besser an, erst zu fragen, bevor er in Hinkens Taschen herumwühlte. In der Hosentasche fand er ihn, so ein neumodisches Ding mit Knöpfen und Sender. Gunnar kannte das Modell nicht, drückte versuchsweise einfach überall drauf, bis das Wagenschloss aufklickte und die Innenbeleuchtung anging. Auf mit der Tür, und dann fehlte nur noch der letzte Part. Der allerschwerste.

Wieder packte er den ehemaligen Kollegen unter den Achseln und versuchte, ihn hochzuheben. Stöhnend stemmte er sich zurück, um Hinken auf die Rückbank zu ziehen. Früher, als er noch in Vollbesitz seiner körperlichen Kräfte gewesen war, wäre es ihm leicht gefallen, Gunnar war in seiner Jugend stark gewesen. Nicht gerade ein Muskelprotz, aber zäh. Er erinnerte sich noch daran, wie er ihren Waffenschrank auf dem Rücken ins Haus getragen hatte, die Vortreppe hinauf und bis ins Schlafzimmer. Doch das war lange her. Er spürte, wie das Schwindelgefühl und die Übelkeit zurückkamen. Das war der Blutdruck. Die anderen hatten einen zu hohen, aber seiner war zu niedrig, sein Körper bekam nicht das, was er brauchte.

»Du musst mithelfen«, flehte er, »stoß dich mit den Beinen ab. Beug die Knie und stemm dich hoch.«

Nicht die geringste Reaktion. Der Kopf baumelte hin und her. Was wog der Kerl nur, hundertfünfzig? Wäre er ein Elch, es wäre einfacher gewesen, dann hätte man ihn zerteilen und Stück für Stück verladen können.

»Hinken, zum Teufel …«

Wie in einem Film klatschte Gunnar ihm auf die aufgedunsenen Wangen. Sie glänzten talgig, als wären sie aus Plastik. Immer noch keine Reaktion. Die Flamme da drinnen drohte zu erlöschen. Der Atem war kaum noch auf dem Handrücken wahrzunehmen. Der Kerl war dabei zu verschwinden. Das Abschleppseil, dachte Gunnar verzweifelt. Ich schlinge ihm das Abschleppseil um den Brustkorb und hänge ihn an die Anhängerkupplung. Ich nehme Hinken ins Schlepptau. Lege die Kofferraummatte drunter, damit er sich nicht aufscheuert.

Nein, Scheiße noch mal! Das konnte er nicht machen. Ich muss zu irgendeinem Haus in der Nähe und dort Hilfe holen, ich muss ihn hier liegen lassen.

Gleichzeitig wanderten seine Gedanken zu Lydia. Sie war

inzwischen womöglich aufgewacht. Sie würde anfangs verwirrt sein, unsicher, wo sie war. Es dauerte immer eine Weile, bis sie wieder zu sich kam. Bis sie anfing zu rufen. Sie rief nicht immer, manchmal wartete sie, bis er kam. Lag nur da und warf ihm diesen Blick zu. Und wenn er zu lange trödelte, kam sie richtig in Fahrt, wie eine Dampfmaschine, und wurde widerlich. Dann würde der Tag schwer werden. Sie würde ihm alle möglichen Schimpfworte an den Kopf werfen. Woher sie die nur hatte, all diese Fäkalworte. Dabei war sie doch immer so anständig gewesen. Als würde man einen gut gepflegten Rasen aufreißen, und darunter wäre nur Gewürm. Manchmal waren es Tiernamen, manchmal eine ganze Liste psychiatrischer Begriffe. Normalerweise sagte er dann immer nur: »Ja, ja«, ganz gleich, was sie ihm entgegenschleuderte.

»Du Psychopathenschwein! Du Pädophilensau!«

»Ja, ja.«

Sie wurde nur wütender, wenn man schwieg, da war ein »Ja, ja« immer noch besser, so hatte es wenigstens den Anschein eines Gesprächs. Früher hatte er es nicht ertragen, sich das anzuhören; bevor er sich daran gewöhnte, hatte er sich Ohropax in die Ohren gestopft. Diese gelben, die man zusammendrückte. Aber als sie das entdeckte, wurde sie rasend vor Wut. Sie versuchte, sie ihm herauszureißen, stach ihm dabei fast ein Auge aus. Da zog er sie heraus und versuchte, es zu ertragen.

Was, wenn sie schon früher aufgewacht wäre? Dann läge sie jetzt bereits schreiend im Bett. Das Schlimmste war, dass sie so nachtragend war, sie blieb den ganzen Tag über eklig. Versuchte, sich die Inkontinenzwindel herunterzureißen, schimpfte aufs Essen. Und wenn er Sport im Fernsehen sehen wollte, schrie sie am lautesten.

»Mmng …«

Gunnar lief zu ihm hinüber und beugte sich vor. Hinken versuchte, irgendetwas zu sagen. Seine Augen waren halb geschlossen, aber der Mund krampfte nicht mehr.

»Hinken, hörst du mich? Wir müssen ins Auto …«

»Önnn … ööh …«

»Ich zieh dich, und du drückst dich mit den Füßen ab!«

Ein scharfer Geruch stieg aus Hinkens Hose auf. Der Darm musste sich entleert haben. Die Sitzbezüge würden verdreckt werden, aber das tat jetzt nichts mehr zur Sache.

»Kannst du deine Beine bewegen? Versuch, dich abzustoßen!«

Gunnar beugte Hinkens Beine, drückte seine Schuhsohlen gegen den Asphalt und versuchte, Leben in die Muskeln zu kneten.

»Jetzt drück dich ab! Drück dich ab, wenn ich dich hochhebe. Ich schaffe es nicht allein.«

Da registrierte er das Geräusch. Wie von einer heftigen Windböe. Rasend schnell wurde es lauter, kam immer näher. Und dann sah er, wie der Fluss sich veränderte. Er begriff es nicht. Er war zu dunkel und floss viel zu schnell. Gunnar dachte noch, dass es nicht aussah wie Wasser, und hätte er nicht Hinken in seinen Armen gehalten, wäre er sicher losgelaufen.

»Gö … Göön … önna …?«

»Ja, ich bin's, Gunnar«, sagte er. »Ich bin's, Gunnar, der dich festhält.«

Dann war es zu spät.

24

SIE WERDEN ALLE brechen, fuhr es Vincent Laurin durch den Kopf. Damm für Damm, wie Dominosteine. Und mit jedem Damm werden größere Wassermassen freigesetzt. Die Staubecken waren randvoll, das ganze Flusstal würde zerstört werden. Unter ihnen huschte Ligga vorüber. Sie flogen direkt über das todgeweihte Kraftwerk, ohne anzuhalten und den Gnadenstoß abzuwarten. Bis Messaure waren es ungefähr zwanzig Kilometer. Wenn er mit Höchstgeschwindigkeit flog, würden sie vielleicht zehn Minuten Vorsprung herausholen. Ungefähr. Wie schnell war das Wasser? Diese wild voranpreschende Wasserwand?

Henny hatte sich nicht angeschnallt, sie rutschte nervös auf ihrem Sitz hin und her, wiegte den Oberkörper vor und zurück, als ginge es dadurch schneller.

»Wir schaffen es«, versuchte er, sie zu beruhigen.

Sie antwortete nicht. Hatte das Headset abgenommen, sie hörte ihn nicht. Unter dem blonden Pony war ihre Stirn schweißnass, vielleicht war es ja auch der Regen? Ihre Brüste wölbten sich unter der Jacke, sie waren nicht zu übersehen. Er erinnerte sich daran, wie es gewesen war, die Hände daraufzulegen. Wie sich ihr Körper angefühlt hatte, so warm und zart in seinen Armen. Weich wie Butter. Körpermilch. Aber das war in einem anderen Leben gewesen, lag bereits viele Folgen in der Fernsehserie zurück. Jetzt war es einzig und allein Einar, der sie kosten durfte. Der Schmerz zog sich wie kaltes Blei durch seine Gedärme.

Ich kann sie immer noch umbringen, kam ihm in den Sinn. Einfach den Hebel für ein paar Sekunden loslassen, dann wäre es passiert. Er und sie in einer letzten, blutigen Umarmung. Das geschähe Einar nur recht. Fühlen zu müssen, wie es war, jemanden zu verlieren, diese vollkommene Leere. Wie Hunger, ein Hunger, der nie gestillt werden konnte, ganz gleich wie viel man aß. Die Panik zu Anfang, wenn man kaum imstande war zu begreifen, was passierte. Und dann die aufkommende Übelkeit, die langsam die Kontrolle übernahm, die anwuchs und jede Faser des Daseins erfüllte, von dem Augenblick des Aufwachens an und durch sämtliche Stunden des Tages hindurch. Wochenlang hatte sie ihn immer und immer wieder überfallen. Irgendwann musste man einsehen, dass sie nie vorbeigehen würde.

Vorsichtig berührte Vincent Henny an der Hüfte, sie sah, dass seine Lippen sich bewegten, und setzte die Kopfhörer auf.

»Wir schaffen es«, sagte er so freundlich wie möglich. »Wir schaffen es bis zum Haus.«

»Und wenn Einar schläft?«

»Meinst du, er schläft?«

Henny sah durch das regennasse Seitenfenster hinaus und versuchte, die Landschaft unter sich wiederzuerkennen. Um beurteilen zu können, wie weit es noch war.

»Das Haus wird zerstört«, sagte sie.

»Das ist nicht sicher«, log er.

»Es liegt am Ufer. In Ufernähe.«

Vincent war einmal dort vorbeigefahren und wusste, dass es stimmte. Er hatte nicht angehalten, nur durch die Windschutzscheibe Einars idyllisch gelegenes Haus betrachtet, er hatte wissen wollen, wo das Schwein lebte, das ihm seine Frau gestohlen hatte. Dass das Haus so schön lag, dass es so hübsch aussah, hatte es nur noch schlimmer gemacht. Man sollte es abfackeln. Darüber hatte er an dunklen Abenden nachgedacht, sich in einer finsteren Nacht, wenn einen niemand sah, mit einem Benzinkanister anzuschleichen. Sich oben am Waldrand zu verstecken, wenn es in Flammen aufging. Zu sehen, wie Einar nur mit einer Unterhose bekleidet hinausrannte. Zuzuschauen, wie er alles verlor. Wie der Schreck sich in ihn fraß, bis er einsehen musste, dass es gelaufen war, dass das Haus nicht mehr zu retten war. Nicht durch die Feuerwehr mit ihren Schläuchen, nicht durch die Nachbarn, die herbeieilten.

Darüber hatte Vincent nachgedacht, es aber nicht getan. Er war zu feige, ihm war klar gewesen, dass er als Erster verdächtigt würde. Und beim ersten Verhör würde er zusammenbrechen und gestehen. Und dann wäre Lovisa die Tochter eines Brandstifters, das würde für den Rest ihres Lebens an ihr haften.

»Du hast doch bestimmt das Fotoalbum im Haus, oder?«, fragte er.

»Was?«

»Na, Lovisas Fotoalbum. Du musst versuchen, es zu retten.«

Geistesabwesend starrte sie ihn an. Sie war mit ihren Gedanken Gott weiß wo gewesen.

»Lovisa wäre bestimmt todtraurig, wenn es verloren ginge«, fuhr er fort. »Du erinnerst dich doch daran, all die Fotos von ihr als kleines Mädchen, sie selbst hat doch kaum Abzüge davon. Das erste Lachen. Die ersten kleinen Schritte …«

Henny nickte zögerlich. Sie war es gewesen, die in all den Jahren den Fotoapparat in der Hand gehalten hatte, und deshalb hatte sie gemeint, ein Anrecht auf das Album zu haben. Vincent würde sich die Negative ausleihen dürfen, um sich eigene Abzüge machen zu lassen, aber er wusste, dass es nie dazu kommen würde. Und jetzt würde der Fluss alles verschlingen. Wenn nicht …

»Und die Tagebücher«, erinnerte er sie. »All deine Tagebücher.«

»Ja, stimmt …«

»Du schaffst es noch, sie rauszuholen.«

»Aber ich hab noch gar nicht ausgepackt, seit ich dort eingezogen bin, ich weiß gar nicht genau, wo sie sind.«

»Dann denk jetzt darüber nach. All die Briefe, die du aufbewahren wolltest, wo sind sie geblieben? Und die Erinnerungsstücke an deine Mutter?«

Vincent erinnerte sich an den braunen Pappkarton mit dem roten Etikett. Ein ganzer Karton voller Dokumente über ihre Familie, über so viele vergangene Generationen.

»Die sind unersetzlich«, murmelte sie.

»Hol nur das Allerwichtigste raus.«

»Ich hab auch noch das Band, das mein Großvater kurz vor seinem Tod aufgenommen hat …«

»Das Tonband, ja, ich erinnere mich.«

»Er hat so ungern geschrieben, hat lieber für uns, für seine Nachfahren, auf Band gesprochen. Seine Erzählungen, die liegen auch noch irgendwo.«

Du hättest sie bei mir zu Hause haben können, dachte Vincent. Sicher verwahrt. Wenn nicht Einar und du …

»Mach eine Liste«, sagte er.

»Ich schaffe das nicht.«

»Du hast nur noch ein paar Minuten Zeit. Du musst genau wissen, was du mitnehmen willst. Schreib drei Dinge auf.«

Henny holte einen Stift heraus. In ihrer Hosentasche fand sie einen zerknitterten Zettel, den sie umdrehte, um auf die weiße Rückseite zu schreiben.

Vincent sah, wie sie überlegte. Was würde man auf eine einsame Insel mitnehmen? Er hatte das immer als eine alberne Frage angesehen, gerade gut für irgend so eine Klatschzeitschrift. Jetzt nicht mehr.

Welche drei Dinge waren die wichtigsten in deinem Leben? Nur drei Dinge. Alles andere würdest du verlieren.

25

WIE STARK WAR eigentlich ein Antennenkabel? Lovisa Laurin riss an der weißen Plastikstrippe, die sich von der Fernsehantenne die Außenfassade hinab bis in ein Bohrloch im Fensterstock ringelte. Sie versuchte, ein so langes Stück wie möglich loszubekommen. Wie viel Gewicht würde es halten? In dem Kabel liefen Kupferdrähte. Und Kupfer war doch elastisch und zäh, oder nicht? Überdies lag ein engmaschiges Metallnetz darüber, wie sie meinte, sich zu erinnern. Könnte sie das Kabel doppelt nehmen? Nein, dann wäre es zu kurz. Würde es wirklich ihre dreiundfünfzig Kilo halten? Mit ihren blutbefleckten Fingern wickelte sie das Kabel mehrmals um die Antennenbefestigung und zog es fest. Am anderen Ende knotete sie eine Schlinge, in die sie ihren Fuß stecken würde. Dann robbte sie an den Rand des Dachfirstes. Blickte geradewegs hinab in das trübe Wasser. Ihr Magen zog sich zusammen. Es fühlte sich an, als wäre es das Kind in ihr, das sich erschreckte. Lovisa erinnerte sich an all die alten Sprüche, denen zufolge alles, was der Mutter widerfuhr, sich auf das Kind niederschlug. Es in einen Troll verwandelte. Oder in ein Tier. Das Kind würde Fell und einen Schwanz und schon bei der Geburt Zähne haben. Solche Kinder konnte man nicht stillen, sie zerbissen die Brust. Man musste sie mit rohem Fleisch füttern. Und sie des Nachts angepflockt wie Hunde halten.

Besorgt zog sie an dem Kabel. Es war glatt und nass, rutschte zwischen ihren Händen hindurch. Vorsichtig legte sie sich auf den Bauch und hob die Beine über den Rand. Schob sich Stück um Stück rückwärts immer weiter hinaus. Dann ließ sie den Giebel los und versuchte abzubremsen. Es ging zu schnell, das Kabel schnitt wie Feuer in ihre Hände. Die Schlinge schloss sich mit einem kräftigen Ruck um ihren Fuß. Das Haus schaukelte unter ihrem Gewicht, die Wasseroberfläche kam immer näher. Sie meinte, ein leises Knacken zu hören, als die Kupferdrähte rissen. Ihre Muskeln spannten sich vor dem Schock, wenn sie ins Wasser, in diese eisige Umarmung stürzen würde, instinktiv an.

Doch das Kabel hielt. Schaukelnd stand sie mit dem Fuß in der Schlinge vor dem Giebel in der Luft. Jetzt musste sie schnell sein, das Fenster war in Reichweite. Mit dem freien Fuß trat sie zu, traf nicht richtig, das Glas vibrierte nur. Ihr Körper pendelte hin und her, kreiselte von der Wand weg. Sie hatte nur noch den Fluss vor Augen. Sie wand und drehte sich und warf einen ängstlichen Blick zum Dach hinüber. Das Kabel schien sich zu dehnen. Sie hörte ein deutliches Knacken und kam den Wasserwirbeln immer näher. Langsam kreiselte sie zur Wand zurück. Ein erneuter Tritt gegen das Fenster, so fest sie nur konnte. In einer Splitterwolke zerbrach die Scheibe. Der Stoß ließ sie wieder zurückpendeln, dann wieder nach vorn. Mit ihrem freien Fuß trat sie beide Scheiben des Fensters ein. Im Rahmen steckten noch immer Glasspitzen, scharf wie Messerklingen. Sie versuchte, sie wegzutreten, aber es schien ihr nicht gelingen zu wollen. Die scharfen Kanten würden ihre Haut bis auf die Muskeln zerschneiden. Ihr die Pulsadern öffnen. Keuchend arbeitete sie sich vor, versuchte, mit der Schuhsohle Halt zu finden. Mit Mühe erreichte sie den Fensterstock, pendelte jedoch wieder zurück. Wie eine Balletttänzerin streckte sie die Leisten. Die Glassplitter zerbrachen unter ihrem Schuh, sie streckte sich noch mehr. Boxte die Scherben mit den Ellenbogen weg und umschloss den Fensterrahmen mit den Fingern. Kauerte sich auf die Fensterbank und befreite sich aus der Kabelschlinge. Vorsichtig kroch sie zwischen den Glasscherben hindurch.

Sie landete auf der Küchenanrichte. Ein Kerzenhalter aus Messing kippte um und verschwand mit einem Platschen. Das Wasser reichte fast bis an die Unterkante des Fensters, einen Meter über dem Fußboden. Falls es noch einen Fußboden gab. Vielleicht hatte der sich längst losgerissen und war mit dem Sockel des Hauses stehen geblieben? Einige Sekunden lang zögerte sie. Dann nahm sie sich zusammen und schob einen Fuß in das eisige Wasser. Dann den anderen. Sie zitterte vor Kälte. Sie biss die Zähne zusammen, hielt sich an der Küchenanrichte fest und schob sich weiter hinunter. Das Wasser stieg an ihren Schenkeln herauf, es war so kalt, dass ihr schlecht wurde. Noch tiefer. Da ist kein Boden, dachte sie. Da ist nur ein Loch. Und ich falle direkt hinein.

Da traf sie auf Widerstand. Lovisa trat fester auf, der Boden gab nicht nach. Vorsichtig tastete sie mit dem Fuß vor sich herum, stellte fest, dass der Boden weiterging. Er war noch da. Sie klammerte sich an die Küchenanrichte und balancierte weiter, der Fluss stand ihr jetzt bis zu den Schenkeln. Hjalmar Nilssons Hütte. Jetzt war sie drinnen.

Wäre das Wasser nicht gewesen, es hätte richtig gemütlich sein können. Die neuen Besitzer hatten sich anscheinend dafür entschieden, den rustikalen Stil beizubehalten. Echtes Kiefernfurnier statt Tapeten und ein Schrank mit braun gebeizten Türen. An den Wänden hing dekorativ altes Werkzeug, auch wenn Hjalmar sicher der Meinung gewesen wäre, dass es in einen Schuppen gehörte. Ein alter Holzrechen mit fehlenden Zähnen, eine handgeschmiedete Axt, Netze, Hufeisen, ein Geschirr aus Holz und Leder, das, wie sie wusste, von den Rentierhütern benutzt wurde. Alles zeugte von körperlicher Arbeit, die blank geriebenen Handgriffe, deren Holz von Schweiß und Zeit verdunkelt waren. Lovisa konnte sich die Hüttenbesitzer lebhaft vorstellen. Akademiker mittleren Alters. Aufsteiger der zweiten Generation, vielleicht sogar mit samischem Einschlag. Ihre Eltern waren vermutlich die Ersten in der Familie gewesen, die Abitur gemacht hatten, die es sich hatten leisten können, ihr Haus mit Büchern und gekauften Möbeln vollzustellen. Dann hatten ihre Kinder das Staffelholz übernommen und waren direkt weiter bis zur Universität marschiert – im Gegensatz zu den Eltern bereits voller Selbstsicherheit, genau dorthin zu gehören. Die erste Generation fürchtete immer, wieder abzurutschen. Titel und Gehalt zu verlieren, wenn man nicht genug Leistung brachte. Doch bereits ihre Kinder verfügten über das Selbstvertrauen, das man bekam, wenn man sich um Geld keine Gedanken machen musste. An dessen Stelle trat dann etwas anderes, ein Gefühl der Schuld. Eine Trauer, so leicht wie die Asche eines Lagerfeuers. Die Trauer um ein altes Leben, gegen das man sich entschieden hatte. Es lag immer noch in Reichweite, man brauchte nur die Hand auszustrecken, dann konnte man die Axt oder das Wurfseil greifen, so nah waren sie. Man konnte den Wald und das Gebirge noch spüren. Und jedes Jahr wünschte man sich dieses Gefühl für ein paar Wochen zurück, tauchte darin ein. Mit Holz heizen und wahrnehmen, wie die Hände nach frisch ausgenommenem Fisch rochen, wenn man sich abends schlafen legte. Im Trog eine Meerforelle, bestreut mit grobem Meersalz und ein paar Zuckerstückchen, eingelegt, um weich zu werden, ein Prozess, der sich fortsetzte, während man selbst schlief, eine Traumarbeit.

Lovisa spürte, wie der Boden unter ihr schwankte. Vielleicht lag es auch am Seegang, an den sich brechenden Wellen. Bei jedem Schritt fürchtete sie, dass der Boden sich öffnen könnte, ein Loch, in das sie hineintreten würde, um dann von der Strömung fortgerissen zu werden. Unsicher blieb sie am Küchenschrank stehen. Ein Glas fiel heraus und zerbrach auf dem Spültisch, das Porzellan darin war wild durcheinandergefallen. Lovisa zog den Schrank mit den gusseisernen Töpfen und Pfannen auf. Im Vorratsschrank stand eine Dose mit Würstchen. Auf dem Regal darüber fand sie ein halbes Paket mit Knäckebrot und eine Dose Leichtbier. Bei dem Anblick wurde ihr bewusst, wie hungrig sie war. Sie stopfte sich alles in die Jacke, nahm einen Dosenöffner aus der Küchenschublade mit und ging weiter. Im Putzschrank schwammen Plastikeimer und ein Wischmopp. Daneben befand sich ein Bücherregal mit Sommerlektüre, Sara Lidman, Gunnar Westrin, Lars Noréns schwarzes Tagebuch, seitenstark wie die Bibel. Ganz unten sah sie *Populärmusik aus Vittula* ertrinken und fortgespült werden. Sie zog die widerspenstige Tür eines Kleiderschranks aus Spanplatten auf. Auf den Bügeln hingen Jacken und andere Oberbekleidung, ein Paar Clogs schwamm ihr entgegen. An einem Haken hing ordentlich zusammengerollt ein *sjuohpan* aus rotem Plastik. Dafür gab es auch ein schwedisches Wort, *kasttöm*, Wurfleine. Nur nicht Lasso, so nannten es nur die Touristen. *Sjuohpan* war die schönste Bezeichnung, sie ließ sich am besten aussprechen. Von einem Ende baumelte eine Öse aus gegossenem Hartplastik. Diese Plastikösen waren in letzter Zeit immer üblicher geworden, auch wenn viele Samen noch immer die Ösen aus Rentierhorn bevorzugten.

An einem anderen Haken hing ein zusammengerolltes Drahtseil. Es war dünn und doch belastbar, man konnte es als Laufleine für Hofhunde benutzen. Oder um ein Boot aufzuslippen, um es an Land überwintern zu lassen. Es sah aus, als wären es mindestens dreißig Meter.

Ein Gedanke schoss Lovisa durch den Kopf. Vielleicht konnte sie das Seil an irgendeinem Baum festbinden, um so das Haus zu fixieren? Aber durch das Fenster sah sie, dass das Ufer und der Waldrand viel zu weit entfernt waren.

Sie watete weiter die Wand entlang. Küchenstühle trieben mit den Stuhlbeinen nach oben im Wasser, sie sahen aus wie die Hörner schwimmender Tiere. In der Decke klaffte ein Loch, wo der Schornstein gesessen hatte. Das blanke Schornsteinrohr ragte aus dem Wasser. Sie wusste, dass sie sich beeilen musste. Die Wände knackten beunruhigend, wie lange würde es noch halten?

Ihre Beine waren steif vor Kälte, während sie zurück zum Kleiderschrank ging. Sie holte das Stahlseil heraus. Mit der anderen Hand nahm sie den Holzrechen von der Wand, drehte ihn um und benutzte ihn als Gehstock. Schwankend ließ sie die schützende Wand hinter sich und watete zur Mitte des Raums, wobei sie die ganze Zeit mit dem Rechen den Boden vor sich abklopfte. Tock, tock, tock. Und plötzlich hörte sie einen metallischen Widerhall. Sie schob den Arm in das trübe Wasser und ertastete den Kaminofen, der umgekippt im Wasser lag. Sie suchte nach einem Griff an dem glatten Metall und schleppte den Ofen mit einem dumpfen Scharren über die Holzplanken. Er war schwer und unhandlich, wog sicher vierzig, fünfzig Kilo, und ihre verletzten Hände taten höllisch weh. Schwer atmend gelang es ihr, den Ofen in den kleinen Vorraum bis zur Haustür zu bugsieren. Mit einer Schlinge befestigte sie das Stahlseil. Das andere Ende band sie an einem Wandregal fest. Natürlich war die Haustür verschlossen. Sie erinnerte sich an die alte Axt dort drinnen an der Wand und holte sie, schlug damit auf das Schloss ein. Sie brauchte gut zehn Schläge, bevor ein Knirschen zu hören war und die solide Tür endlich nachgab.

Der Fluss schoss geradewegs ins Haus hinein. Fast wäre Lovisa mitgerissen worden, sie warf die Axt in die Stromwirbel und klammerte sich an die Türzarge. Dann stemmte sie ihre Füße mit aller Kraft gegen den Ofen und kippte ihn über die Türschwelle. Er fiel hinaus und verschwand in der Tiefe. Das Seil spannte sich, sie hörte einen dröhnenden Ton wie von einer Gitarrensaite und merkte, wie das Haus sich neigte. Lovisa rutschte aus, die Beine wurden aus der Türöffnung gerissen. Das Gebäude drehte sich, es knackte heftig im Gebälk, und dann neigte es sich zur anderen Seite. Verzweifelt spreizte sie die Beine über der Türschwelle und hielt sich fest. Das Haus kippte zurück, und dann fuhr ein dumpfer Stoß hindurch. Waren sie auf Grund gelaufen? Das Wasser stieg, bis es ihr zur Taille reichte, doch dann schien sich der Wasserstand zu stabilisieren. Es schwankte weniger, und das Wasser strömte nicht mehr ganz so heftig hinein. Lovisa watete zurück ins Haus und kämpfte sich bis zu dem Etagenbett an der Rückseite vor. Dort stand eine Holzleiter, und sie kletterte auf das obere Bett. Bis hier kam das Wasser nicht, die Matratze schien immer noch trocken zu sein. Ihr Körper wurde von

Kälteschauern geschüttelt, sie zog die Decke heran, wickelte sich fest darin ein und kauerte sich zusammen.

Draußen war ein gurgelndes Geräusch zu hören. Das Haus schwamm nicht mehr mit der Strömung. Es stand still, während das Wasser in die Winkel und Ecken wirbelte. Sie öffnete die Konservendose und angelte eines der glitschigen Würstchen heraus. Es war eiskalt, Fettklümpchen aus dem Wurstwasser klebten daran, aber es schmeckte himmlisch. Dann öffnete sie die Bierdose und die Knäckebrotpackung. Sie aß für das Baby, dachte sie. Jeder Schluck, jeder Bissen für dein Gedeihen. Mein kleiner Liebling. Mein Schatz.

26

DIE FRAU BLUTETE. Sie hatte eine kleine Schramme an der Lippe. Barney Lundmark hatte sich zu Anfang gezwungen gesehen, sie mit der flachen Hand zu ohrfeigen, als sie geschrien hatte. Er mochte es nicht, wenn er gestört wurde. Da verlor er die Konzentration, es musste ruhig zugehen, wenn es zur Sache ging. Danach hatte sie nachgegeben und es über sich ergehen lassen. Und als sie erst in Fahrt gekommen waren, war es für sie bestimmt auch gar nicht so schlecht gewesen, so war das doch immer bei den Frauen. Erst zierten sie sich, aber wenn man ihn erst mal drin hatte, dann kamen die Säfte. Und sie war weiß Gott nicht mehr unschuldig, verdammt. Sie kannte die üblichen Fickregeln. Sich zunächst ein bisschen winden und wehren, um ihren Bumswert zu erhöhen. Dabei musste sie doch eigentlich dankbar sein. So eine erstklassige Gurke bis hoch ans Rückgrat. Ohne nerviges Gerede im Nachhinein, ob man sich wiedersehen oder Telefonnummern austauschen sollte. Na ja, Letzteres wäre ja ohnehin sinnlos, jetzt da sein Handy auf dem Grund des Flusses lag. Aber zumindest war die Sache zwischen ihnen hiermit geklärt und abgehakt.

»Jetzt sind wir quitt«, sagte er anschließend, so freundlich er konnte.

Tief im Innern war er zwar noch immer ein bisschen sauer, aber es war an der Zeit, einen Schlussstrich zu ziehen. Sie hatte bestimmt einfach einen schlechten Tag gehabt. War gestresst und gehetzt gewesen, vielleicht war auch was mit den Hormonen. Aber jetzt war es jedenfalls überstanden. Die Frau krümmte sich auf die Seite, zog die Knie unters Kinn und spähte zu ihm hinüber. War sie nicht befriedigt, wollte sie etwa noch mehr?

»Nimmst du die Pille?«, fragte er.

Keine Reaktion. Barney lächelte breit, um ihr zu signalisieren, dass zwischen ihnen jetzt alles in Ordnung war.

»Selbst wenn nicht, brauchst du dir keine Gedanken zu machen. Die Flinte ist nicht geladen.«

Er ließ sie über diese Mitteilung nachdenken, sollte sie ruhig erst mal grübeln.

»Alles nur heiße Luft, weißt du. Ich wollte das so, habe es in Umeå machen lassen. Es war verdammt einfach, ich versteh einfach nicht, warum nicht mehr Kerle das machen lassen, einfach eine örtliche Betäubung, und dann knipsen sie den Samenleiter ab.«

Sie sagte nichts, aber er konnte ihr ansehen, dass sie ihm zuhörte. Sicher war sie erleichtert, jetzt benötigte sie keine Pille danach. Und vermutlich war sie neugierig, wie die anderen Frauen auch, denen er davon erzählt hatte, aber sie war wohl zu schüchtern, um nachzufragen.

»Ich hab nie Kinder haben wollen«, erklärte er. »Schon als kleiner Junge wusste ich, dass ich mir nie im Leben irgendwelche Blagen anschaffen würde. Und weißt du, warum? Weil ich Kinder mag.«

Da hatte sie etwas, worüber sie nachdenken konnte. Dieses Mal würde er es ihr nicht erklären, er würde ihr auf keinen Fall von seiner Mutter erzählen. Im Gegensatz zu ihm hatte sie Kinder haben wollen. Es gab so viele auf der Welt, die Kinder haben wollten, vielen Dank auch. Sein großer Bruder hatte ihn füttern müssen, allein schon das. Die Alte hatte nicht einmal den Hintern hochgekriegt, um einkaufen zu gehen.

»Jetzt sind wir quitt«, wiederholte er großmütig. »Du hast deine Sache verbockt, und ich hab darauf reagiert. Ich werde schnell wütend, aber das geht auch immer wieder schnell vorbei.«

Jetzt setzte sie sich auf. Drehte sich zum Fluss hin. Streckte die Hand wie zu einem Signal aus. Der Rest des Damms war weiter abgebröckelt, unfassbar, dass er überhaupt noch standhielt. Genau dort musste er verstärkt gewesen sein, vielleicht lagen an dieser Stelle eingebaute Dränagerohre als Befestigung? Auf der kleinen Insel hob die Freundin ihren Arm zur Antwort. Sie hatte die ganze Zeit dort gehockt und zugesehen. Das war natürlich nicht so gut. Die beiden Damen könnten sich vielleicht zusammenrotten. Zwei Zeugen gegen einen, daran hatte er in der Eile nicht gedacht. Aber es war ja nur ein temporäres Problem, das sich bald von allein lösen würde. Selbst wenn er gewollt hätte, hätte er die Gnädigste dort draußen nicht retten können, die Naturgewalten waren stärker.

»Ich zeig dich nicht an wegen des Diebstahls«, betonte er. »Auch wenn ich das Recht dazu hätte, werde ich es nicht tun. Da war eine ganze Menge auf der Speicherkarte, was mir wichtig war, Fotos, Nachrichten und meine ganzen Kontakte. Man denkt ja immer, man sollte ein Back-up machen, aber dann kommt man nie dazu, nicht wahr, dir ist doch klar, was für eine Arbeit das ist, das alles wiederherzustellen? Auch wenn du das

Handy nicht mit Absicht weggeworfen hast, na ja, jedenfalls haben wir es jetzt auf diese Weise gelöst. Lass es dir eine Lehre sein. Hättest du am Anfang nur einen Kaffee getrunken, dann wäre es nie so weit gekommen, wie der Same immer sagt. Ich weiß, man sieht mir nicht an, dass ich Same bin. Nein, normalerweise sind die ja nicht so groß. Wenn jemand in Panik gerät, beispielsweise weil er sich im Wald verläuft, was sollte er dann als Erstes tun? Genau, Kaffee kochen. Dann beruhigt man sich und rennt nicht kopflos weiter, sodass alles nur noch schlimmer wird. Du hättest Kaffee trinken sollen.«

Sie weigerte sich immer noch, den Mund aufzumachen. Eine nachtragende Prinzessin, meine Güte. Aber nun, das war ihr Problem, ihre Art, Prioritäten zu setzen. Der Stromverbrauch eines ganzen Winters rauschte gerade durch Norrbotten, während sie nur dasaß und ihr kleines behaartes Dreieck zusammenkniff.

»Okay, versuch es, wenn du willst. Schwimm zu deiner Freundin.«

Wie hieß sie gleich noch? Er hatte es schon wieder vergessen. Carolina? Sie presste die Handflächen auf die schmerzende Rippe und schaute verstohlen zu ihm herüber.

»In diesem Augenblick sterben Menschen«, fuhr er fort. »Sie kämpfen um ihr Leben. Ich kann das fühlen, ich habe so eine spezielle Sensibilität, das liegt in der Familie.«

Normalerweise erzählte Barney das niemandem, so gut wie keiner wusste davon. Als er jünger war, hatte er sich dafür geradezu geschämt. Aber jetzt nicht mehr. Es war die Kälte, die er spürte, dieses dumpfe Gefühl und die Stiche. Feine, nadelspitze Stiche. Er konnte die Angst der Freundin da draußen fühlen. Ihre Insel wurde immer kleiner, es war nur noch eine Frage der Zeit. Als stünde sie auf der Titanic, auf dem letzten, noch herausragenden Stück Achterdeck, bevor das Schiff langsam in die Tiefe gezogen wurde. Sie hatte Angst, wie sie es noch nie zuvor erlebt hatte. Und hinter all dieser Angst? Ihre letzten Gedanken, er konnte fühlen, worum sie sich drehten. Er spürte, dass sie Abschied nahm. Tschüs, Mama, tschüs, Papa. Tschüs, Schwestern und Brüder und beste Freunde. Würde sie den Punkt erreichen, an dem sich ein Friede einstellte? An dem sie ganz ruhig loslassen konnte, sich einfach hinsetzen, und sie bereit war? Wie auf einem alten Tonband, ein paar stumme Sekunden, nachdem der letzte Ton verklungen war, bevor das Band endgültig stoppte. Er hätte gern mit ihr gesprochen, sie angerufen und sie getröstet, hätte er noch sein Handy gehabt.

Während Barney in Gedanken verloren dastand, machte die Frau Anstalten, sich davonzuschleichen. Sie war bereits ein paar Schritte von ihm entfernt, als er es bemerkte, zu ihr lief und sie am Arm packte.

»Es ist besser, wenn du hier wartest«, erklärte er freundlich. »Früher oder später kommt jemand und hilft uns.«

Ihre Pupillen fegten hin und her, wahrscheinlich war das der Schock. Ihm war klar, das war gefährlich, das konnte der Fluchtinstinkt sein. Der Reflex, einfach wegzurennen, wenn einen die Panik überfiel. Tiere waren so, sie rannten immer weiter, bis der Körper zusammenklappte. Hier oben waren sie von Wald und Bergen umgeben, meilenweit nur Wildnis. Wenn sie jetzt wegliefe, würde sie vielleicht nie wiedergefunden werden.

»Setz dich und warte hier, das ist am sichersten.«

Er versuchte, sie zu Boden zu drücken, aber sie wehrte sich. Dann zeigte sie auf ihre Regenhose, machte eine fahrige Geste.

»Musst du pissen? Das hättest du doch sagen können, du kannst ja wohl mit mir reden, oder?«

Er ließ sie ein paar Meter zur Seite gehen. Sie taumelte orientierungslos umher, suchte sich dann einen passenden Platz, offensichtlich war sie es nicht gewohnt, draußen zu pinkeln. Es war lustig zu sehen, wie schüchtern sie war, trotz allem, was gerade passiert war. Schließlich hockte sie sich hinter ein paar Felsbrocken. Der Strahl war nicht zu hören, er verschwand im Wasserrauschen. Er konnte ihre weißen Schenkel sehen, die angespannten Beinmuskeln, während sie sich erleichterte.

Gleichzeitig nahm der Regen zu. Auch der liebe Gott pisst, dachte er. So hatten sie es als Kinder immer gesagt. Der Regen kam von Gott. Er hatte in diesem nassen Herbst solche unermesslichen Mengen herabprasseln lassen, dass alles kaputt gegangen war. Und jetzt arbeitete sich die Pisse das Flusstal hinunter, durchbrach einen Damm nach dem anderen.

Und Barney Lundmark hatte gesehen, wie alles begonnen hatte. Hätte er nur seine Handykamera gehabt, dann hätte er es filmen können. Er hätte die Risse eingefangen, wie sie größer geworden waren, während er davonlief, er hätte die Linse hinter sich gerichtet und aufgezeichnet, wie die Dammkrone zerbrach und die Wasserwand sich freisetzte. Dieser kleine Filmclip wäre mehrere Millionen wert gewesen. Er hätte ihn an sämtliche Fernsehsender der Welt verkaufen können.

Die Wut stieg wieder in ihm hoch, aber es gelang ihm, sie zu beherrschen. Seine Gefühle im Zaum zu halten. Es nützte ja nichts, sich darüber zu ärgern, weder sie noch er konnten etwas daran ändern.

»Bist du fertig? Dann komm her und setz dich hier hin.«

Sie trödelte. War sie beleidigt? Die Hose hatte sie wieder angezogen, was hatte sie denn jetzt vor? Nein, jetzt kam sie. Nur gut, dass er nicht wieder hinter ihr herrennen musste. Bald würden ja wohl Leute kommen, die konnten sich dann um sie kümmern. Es wäre gut, endlich die Verantwortung abzugeben.

Jetzt blieb sie stehen. Was trieb sie da? Wollte sie doch wieder weglaufen? Das würde verdammt wehtun mit einer gebrochenen Rippe, er würde sie problemlos einholen. Dass er sie die ganze Zeit bewachen musste, war wirklich unnötig.

»Setz dich hin und beruhige dich«, bat er sie noch einmal.

Er trat zu ihr und packte sie am Handgelenk. Es war so schmal, ein kleiner weißer Blumenstängel, dass er aufpassen musste, es nicht zu zerbrechen. Als er daran zog, konnte sie ihm keinen Widerstand entgegensetzen. Ihre Stiefelsohlen rutschten über das feuchte Gras.

Kraaasch. Ein trockenes, bröckelndes Geräusch, als der Stein seinen Mund zerschmetterte. Die Zähne wurden nach innen gedrückt, es schmeckte nach zersplitterten Knochen, Zahnschmelz, Granit, zerrissenen Nerven, zerfetzter Lippenhaut. Er konnte geradezu spüren, wie das Gehirn in seinem Schädel herumgeschleudert wurde, erst nach vorn, dann wieder zurück, weiße Lichtblitze durchkreuzten sein Hirn, und dann der Schock, eine blinde Verwunderung, ein Blutpfropf, ohrenbetäubende Übelkeit.

Barney fiel von der Wucht des Schlags auf den Hintern. Trotzdem gelang es ihm, ihren Arm festzuhalten. Sie wurde mitgerissen, die beiden waren wie aneinandergekettet. Doch dann riss sie sich los und rollte zur Seite. Sie hatte etwas Echsenhaftes an sich, etwas Glitschiges. Seine Hände tasteten sich vor und packten ihren Mantel, die flatternde Kapuze des Regenmantels. Jetzt schoss Blut hervor, seine Mundhöhle füllte sich damit. Sie hatte versucht, ihn umzubringen. Versucht, ihn zu töten. Töten. Da sah er einen Stein, war das der Stein, den sie benutzt hatte? Hör auf, dich zu winden, dachte er, hör auf, dich zu winden. Auf den Kopf zielen. Voll auf den Kopf, damit Ruhe einkehrt. Es floss aus seinem Mund, das Blut schoss nur so hervor. Sie hatte ihn zerschmettert. Er hob den Stein hoch über sie. Ließ es einfach geschehen. Hob ihn noch einmal. Noch einmal. Noch einmal. Feuchtes Hämmern, Zersplittern.

Bis sie endlich Ruhe gab.

27

LENA SUNDH HATTE wirklich gedacht, sie wäre allein auf der Welt. Es gäbe nur noch sie, sie und eine Schlange. Alle anderen wären weggespült worden. Aber jetzt gab es noch einen Mann. Der dort wimmernd im Wasser lag.

»Laban?«

Der Jüngling drehte den Kopf, versuchte zu antworten. Er brachte kein Wort hervor, nur weißen Schaum. Der Adamsapfel hüpfte, aber mehr kam nicht von ihm. Er musste stark unterkühlt sein. Sein nackter Oberkörper war schon ganz blau und die Kiefer so steif, dass er sie kaum öffnen konnte.

»Schaffst du es, an Land zu kommen?«

Es waren nicht mehr als vier, fünf Meter bis zum Ufer. Er brauchte nur den groben Baumstamm loszulassen, sich einen Weg durch die Zweige zu bahnen und an Land zu waten. Sein Unterleib lag im Wasser. Sie fand, er hing merkwürdig verdreht da.

»Bist du verletzt?«

Laban gestikulierte wie unter Krämpfen. War das ein Nicken? Im selben Moment fing der Baumstamm an zu rutschen, wollte davonschwimmen. Doch dann blieb er wieder stecken.

»Das Wasser steigt«, rief sie, »du musst dich beeilen!«

Der Baum wiegte bedrohlich hin und her. Lena packte einen der kleineren Äste und versuchte dagegenzuhalten. Sie brauchte ein Seil. Irgendetwas, um ihn zu vertäuen.

»Ich laufe und suche ein Seil«, rief sie.

Ein jämmerliches Zischen. Labans Augen waren vor Panik weit aufgerissen. Wenn sie ihn jetzt verließe, wäre er verloren, sagten sie.

Der Baum begann wieder, sich zu bewegen. Der Ast, den sie umklammerte, brach ab, sie streckte sich schnell nach einem größeren. Gleichzeitig begann Laban zu zittern. Heftige Wellen durchzogen seinen Körper, es sah animalisch aus, spastisch. Sie hörte ein kurzes »Aaaah«, als die Luft aus der Lunge gepresst wurde. Der Anfall hielt eine gute Minute an, und dann schien es, als verließe ihn alle Kraft. Über die Augen zog sich ein Film, ein trüber Nebel. Er ließ eine Hand los und schien zu tasten, zu suchen.

»Ich komm zu dir raus!«, rief sie. »Lass nicht los, Laban!«

Mit kleinen Schritten stieg sie ins Wasser. Es wurde schnell tiefer, sie hielt den Atem angesichts der Kälte an und spürte die kräftige Strömung, die an ihren Beinen zerrte. Ihre Hände suchten in dem Geäst nach Halt, der Baum war eine kräftige Kiefer, die über der Wurzel abgeknickt worden war. Mehrere der Zweige zeigten weiße Bruchstellen, die Kraft des Wassers musste unglaublich gewesen sein.

»Halt durch, Laban! Ich komme! Ganz kurz noch, dann bin ich bei dir.«

Das Wasser reichte ihr fast bis zur Taille. Ihr war klar, in welche Gefahr sie sich begab. Riss sich der Baum jetzt los, würde auch sie mitgerissen werden, dann würde sie zusammen mit Laban sterben. Sie musste sich beeilen. Sie brauchten Hilfe.

Mühsam arbeitete sie sich durch das stachelige Geäst zu Labans hellem Körper vor. Er war genauso kalt wie der Fluss, die Haut fühlte sich wie Gummi an.

»Ich versuch, dich herauszuziehen. Lass jetzt los … Lass den Ast los, Laban …«

Aber er konnte nicht, das sah sie. Seine langen Künstlerfinger hatten sich festgekrampft und gehorchten ihm nicht mehr. Sie zögerte. Dann nahm sie sich zusammen und brach Finger für Finger auf. Er reagierte auf den Schmerz und begann wieder zu zittern, zu hyperventilieren. Dann packte sie ihn im Rettungsgriff von hinten, umklammerte seinen Brustkorb und zog. Er saß irgendwo fest. Sie zog fester. Und plötzlich schrie er durch seine steifgefrorenen, geschlossenen Kiefer, ein brutales, rohes Geräusch, und sie lockerte unwillkürlich den Griff. Er fiel zurück ins Wasser, Gesicht und Schrei gingen unter. Als sie ihn wieder hochzog, hustete er abgehackt.

»Kommst du nicht frei? Warte, ich helf dir.«

Sie legte seine Arme um einen Zweig, aber er war nicht in der Lage, sich festzuhalten. Sie musste seinen Arm in eine Astgabel schieben und dort festdrücken. Dann beugte sie sich herab und tastete seinen Körper unter der Wasseroberfläche ab, zögernd fuhr sie über den Bauch und seine schmale Taille, die Jeans hinunter, stieß auf sein Geschlecht, da war das eine Bein, es lag frei. Aber wo war das andere …

Es war nicht da. Sie suchte in der Tiefe, dort, wo sich die Wade befinden sollte, aber da war nichts. Zurück zu den Jeans, zum Hosenbein. Es führte in einem jähen Winkel nach oben, und als sie den Kopf hob und das Geäst absuchte, entdeckte sie seinen nackten Fuß. Er war vollkommen verdreht.

»Mein Gott …«

Für einen Moment war sie wie gelähmt. Schluckte, spürte,

wie ihr schlecht wurde. Der Fuß ragte aus dem Wasser, aber an einem so unerwarteten Punkt, dass sie ihn zuvor nicht bemerkt hatte. Ihr war klar, dass er gebrochen war. Das war mehr, als sie ertragen konnte. Einen Moment lang hätte sie am liebsten alles hinter sich gelassen, sich umgedreht und wäre zurück zum Ufer gelaufen. Hätte den Mann seinem Schicksal überlassen. Dieser nackte Fuß, leicht behaart auf dem Spann, lange, ungeschnittene Nägel wie Käserinden.

Zitternd zwang sie sich, die Hand wieder ins Wasser zu tauchen und das Jeansbein entlangzutasten. Da war dieser merkwürdige Winkel. Sie drückte leicht und spürte, wie sich da drinnen etwas bewegte, locker saß. Instinktiv zuckte sie zurück.

»Du hast dich verletzt, Laban. Am Knie, da ist was …«

Er verlor den Halt und rutschte ab. Sie sah seinen Kopf ins Wasser eintauchen und verschwinden. Das lange Haar breitete sich wie ein Heiligenschein an der Oberfläche aus. Nur mit großer Mühe konnte sie ihn wieder hochziehen. Es war schlecht um ihn bestellt. Sein Husten war kraftlos, aus den Mundwinkeln sickerte Schleim und braunes Wasser. Sie drückte seinen Arm wieder in die Astgabel, aber er konnte nicht mithelfen, rutschte ab, lief Gefahr zu ertrinken. Ohne richtig nachzudenken, verpasste sie ihm eine Ohrfeige. Und noch eine. Sie fielen härter aus als geplant und trafen ihn mitten im Gesicht, seine Lippe riss auf, als sie die Zähne traf. Blut sickerte wie rote Tusche heraus und tropfte in den Fluss. Doch der Körper schien aufzuwachen, es gelang ihm jetzt, sich oben zu halten. Noch einmal tastete sie unter Wasser den steifen Jeansstoff ab. Da war die Wade, der Fußknöchel klemmte zwischen ein paar Zweigen fest. Sie müsste eine Axt haben. Eine kräftige Säge. Oder …

Plötzlich musste Lena an den ersten Kursabend denken. Sie hatten eine Vorstellungsrunde gemacht, sich langsam kennengelernt und dann im Kreis gesessen und Skizzen angefertigt. Sie hatte bemerkt, dass Labans Bleistift stumpf war, und ihm angeboten, ihren Anspitzer zu benutzen, ein kleines, praktisches, batteriebetriebenes Ding, das sie im Internet gekauft hatte. Es war einfach nur nett gemeint gewesen, eine scheue Art, Kontakt aufzunehmen. Aber er hatte nur geschnaubt, ja, sie höhnisch angegrinst und lautstark der Gruppe verkündet, dass kein echter Künstler elektrische Geräte benutzte. Elektrizität tötete die Seele. Stifte waren lebendige Wesen, die auf eine natürliche Art und Weise geschärft werden mussten. Und mit eleganter Geste hatte er ein handliches Taschenmesser gezückt. Es hatte alt ausgesehen, so ein richtiges Künstlerutensil mit Perlmuttschaft und Intarsien. Dann hatte er sich vorgebeugt und den Bleistift zwischen seinen Schenkeln gespitzt. Der Effekt war der gewünschte gewesen. Alle im Raum unterbrachen ihre Arbeit und richteten den Blick auf ihn, folgten den feinen Zedernspänen, die zu Boden rieselten. Laban schnitt nicht, er formte, er schnitzte die Spitze. Schließlich hob er den Stift hoch und musterte ihn unter den bewundernden Blicken der Damen im Licht.

»Meinen auch«, bat Camilla.

Natürlich. Die süße Camilla streckte ihm ihren Stift entgegen, und dann folgte eine nach der anderen. Meinen auch, meinen auch! Es war armselig, erwachsene Frauen verwandelten sich in kichernde Groupies, die sich um den jungen Adonis scharten. Nur Lena blieb außen vor, sie und ihr Batterieanspitzer. Sie war die Einzige, die bemerkte, dass keine von ihnen mehr dasaß und zeichnete. Es war so wenig nötig, nur diese übliche alte, männliche Selbstverliebtheit, damit Frauen sich aufgaben und sich um den Phallus scharten. Wir sind zu schwach, dachte sie verbittert. Das schwache Geschlecht. Hohle, kleine Gefäße, kleine Evas, die sich nach Befruchtung sehnen.

Der Baum bewegte sich, drohte fortzutreiben. Sie wurde nach hinten gedrückt und verlor den Halt. Doch dann blieb der Baum wieder hängen. Die Kälte war schmerzhaft, langsam verlor sie das Gefühl in den Zehen. Die Adern zogen sich zusammen, und sie fühlte sich erschöpft. Sie musste hier weg. Mit ihren nackten Fingern tastete sie über seine Leiste, bis sie etwas Hartes spürte. Sie schob die Hand in seine enge Hosentasche. Für einen kurzen Augenblick kam ihr in den Sinn, dass die Situation erregend hätte sein können. Zu einer anderen Zeit, vielleicht in einem Hotelzimmer. Ihre Finger an seinem Glied.

In seiner Tasche lag das Messer. Sie zirkelte es hervor, es war noch schöner, als sie es in Erinnerung hatte. Das Perlmutt glänzte, war von den Händen von Generationen poliert, das Metall war mit haarfeinen Ziselierungen verziert, mit Laub und Schlingen. Sie zog die Klinge heraus. Sie war dünn und spitz, beinahe wie ein Stilett. Dicht am Schaft stand mit so kleinen Buchstaben, dass sie es kaum lesen konnte: *Manila 1945.*

»Hör zu, Laban. Ich schneide dir jetzt die Hose auf. Halt dich fest und beweg dich nicht.«

Sie tastete sich zu seinem Knie vor. Obwohl das Bein dicht unter der Wasseroberfläche lag, war es durch das trübe Wasser nicht zu erkennen. Sie musste sich auf ihren Spürsinn verlassen. Die Baumwolle war schwer zu packen, sie lag fest um den Schenkel. Vorsichtig stach sie mit der Messerspitze hinein, drückte fester, bohrte und stocherte, um den Stoff zu zerschneiden. Zack, und Laban zuckte zusammen.

»Oh, entschuldige…«

Nur eine Schramme. Damit musste er leben. Sie zirkelte die Klinge tiefer in den Riss hinein, drehte sie nach oben und zog an. Jetzt spürte sie, wie scharf die Klinge war. Sie öffnete das Hosenbein bis zur Wade.

»Es klappt, Laban, halt dich nur gut fest.«

Vorsichtig glitt sie mit den Fingerspitzen über seine schlanke Wade. Die Haare waren deutlich zu fühlen, sie waren unerwartet borstig. Irgendwo dort musste der Bruch kommen, sie versuchte, sich zu wappnen. Tastete sich weiter vor auf den unnatürlichen Winkel zu.

Als Erstes konnte sie so etwas wie eine Tasche fühlen. Die Haut war lose und schwappte hin und her. Der Finger rutschte in eine Wunde, eine aufgerissene Hautöffnung. Laban wand den ganzen Körper und stöhnte laut.

»Tut das weh? Das kann ich mir denken, Laban, aber ich muss erst mal fühlen…«

Das Knie war weg. Sie fand es nicht. Da waren Knoten und Wirbel und ein nackter, herausragender Knochenstumpf. Die Wade musste nach vorn gebrochen sein, sie hing nur noch an Hautlappen und an ein paar Sehnen. Sie zog an seinem Fuß, versuchte, die Wade aus dem Geäst zu befreien. Laban keuchte und verdrehte die Augen. Dann verlor er wieder den Halt. Sie hob seinen schweren Kopf aus den Wasserwirbeln.

»Du musst mithelfen, Laban, ich schaff es nicht allein…«

Ein erneutes Zittern durchfuhr den Baumstamm. Zusehends riss er sich los. Sie dachte noch, dass es jetzt gelaufen war. Kalte, nackte Angst durchfuhr sie. Ich muss loslassen, dachte sie. Vielleicht schaffe ich es noch, an Land zu schwimmen.

Doch nach ein paar Metern stoppte die Bewegung wieder.

Das Wasser war hier tiefer. Laban hatte enorme Schwierigkeiten, den Kopf über Wasser zu halten. Er sah nicht mehr aus wie ein Mensch. Seine Gliedmaßen waren weiß und schrumplig, das Haar ein schlammiges Büschel, er war zu einem Urwesen geworden. Das einzig Vernünftige wäre, ihn hier zurückzulassen.

»Laban, ich muss aufhören. Es tut mir ganz schrecklich leid, aber ich krieg dich nicht los.«

Der Baum konnte jeden Moment weitergetrieben werden. Wenn sie ihn jetzt losließe, könnte sie es noch schaffen. Wenn sie Laban seinem Schicksal überließe und an Land watete.

Es war ihm klar, was ihn erwartete. Inmitten seines Schmerzes begriff er, dass sie ihn zurücklassen wollte. Sie war aufgetaucht, als er schon gedacht hatte, dass alles vorbei wäre, sie hatte ihm neue Hoffnung geschenkt. Doch jetzt würde er allein zurückbleiben. Die letzten Minuten seines Lebens würde er nur den leeren grauen Regenhimmel über sich haben.

»Äeee …«

Wie ein Baby. Ein letztes, leises Babywimmern. Ein Bündel, das in einer Winternacht in einem Pappkarton an einem Fußgängertunnel abgelegt worden war.

»Eeee … beiii …«

Ein nackter kleiner Arm, der aus dem Karton winkte, der kleine Fetzen Nabelschnur. Kommt denn niemand? Nein, niemand. Niemand, der sich hinabbeugt, der sich erbarmt.

Lena war bereits auf dem Weg zum Ufer, als sie stehen blieb. In der Hand hielt sie immer noch das Taschenmesser. Es war einfach in ihrer Hand geblieben.

Dieses Säuglingswimmern. Sie konnte es nicht ertragen. Es tat auf eine rücksichtslose Weise weh, schnitt durch sie hindurch wie eine Klinge.

Sie musste zu ihm zurückgehen. Wieder hinein in die tiefe Kälte, die durch die Zweige strömte.

»Laban, ich bin hier. Ich weiß nicht, ich …«

Der Baumstamm bewegte sich erneut. Er saß immer lockerer. Das Wasser schien weiter zu steigen, die Strömung zerrte an ihm. Sie schob sich in das Astgewirr, achtete darauf, dass sie sich nirgends festhakte. Laban versuchte sie anzusehen, aber seine Pupillen verrutschten, er konnte den Blick nicht halten.

»Willst du überleben? Bist du dir ganz sicher?«

Das Wasser schwappte ihm über den Mund, blubberte. Sie riss ihn hoch. Noch einmal griff sie unter die Wasseroberfläche und fand den Schenkel mit dem aufgeschnittenen Hosenbein, diese Verheerung, wo das Knie hätte sitzen sollen. Zitternd führte sie die Klinge dorthin. Dann begann sie, in die Haut zu schneiden.

Er schrie. Nein, es war kein Schrei, das war rohes, unmenschliches Gurgeln. Die Hände verkrampften sich, er war nicht dazu imstande, sie abzuwehren, versuchte es trotzdem. Sie murmelte beruhigende Worte, dachte an Muttermilch, an große Zitzen und zufriedene kleine Welpen, die mit ihren Pfoten dagegentraten.

»Ist ja gut, ja, ja … ist ja gut.«

Unter den Hautfetzen saßen lose Teile. Sie entließ sie in den Fluss. Sie schnitt, tastete. Da war eine Sehne. Sie musste sie entzweischneiden, aber sie war überraschend zäh. Sie fluchte innerlich und setzte die Klinge wie eine Säge auf. Da endlich war ein Ruck zu spüren, sie hatte sie durchtrennt. Laban wand sich in Krämpfen, die Zunge hing ihm aus dem Mund. Lena musste sich abwenden, sie fing an zu singen. Sie sang das Lied der Trollmutter, es kam ihr als Erstes in den Sinn, ein Lied, das nach warmer Babyhaut roch.

»Oh, eieieiei, zack …«

Sie zerrte an seinem Schenkel, aber er kam nicht los. Er kam einfach nicht los. Immer wieder wurde ihr schwindlig, sie musste tiefer schneiden. Da war noch eine Sehne. Oder war das Fleisch, sie wusste es nicht, drückte nur die Klinge hinein und schnitt, schnitt, oh, eieieiei, zack …

Das Messer ging glatt hindurch. Lena stolperte, hielt sich an dem Baumstamm fest und spürte, wie er sich wieder bewegte. Stocksteif trieb er hinaus in die Tiefe. Dieses Mal war es ernst. Sie spürte, wie er Fahrt aufnahm, wie die Strömung ihn packte. Laban war wieder unter Wasser getaucht. Aber er saß nicht mehr fest. Lena klemmte sich die Klinge zwischen die Zähne, schmeckte das Blut. Sie packte Labans Kopf, krallte die Finger in seine Mundwinkel und zog seine Nase aus dem Wasser. Mühsam schleppte sie ihn hinter sich her. Die sperrigen Zweige fegten um sie herum wie ein gigantischer Besen, versuchten, sie fortzuwischen. Sie zog und zerrte und spürte, wie der Boden unter ihren Füßen nachgab. Keuchend legte sie sich in der Eiseskälte auf den Rücken und begann, wie ein Frosch zu schwimmen. Ihre Kleider behinderten sie, die plumpen, mit Wasser gefüllten Stiefel ebenso, Laban röchelte schwer wie der Tod. Treten, immer wieder treten, zum Ufer hin, doch dann gerieten sie in den Sog der Strömung. Sie verfingen sich im Geäst, wurden mit dem Baum zusammen abgetrieben. Schließlich gelang es ihr, sich aus den Zweigen zu befreien und langsam, langsam in Richtung Ufer zu kommen. Warum half er ihr nicht? Sie schaffte es nicht allein, ihre Glieder wurden steif, und die Muskeln verkrampften. Trotzdem ließ sie seine Kiefer nicht los. Mit aller Kraft schlug sie mit den Beinen und atmete schnorchelnd durch die Nase. Kamen sie dem Ufer überhaupt näher? Sie konnte kaum etwas erkennen, vielleicht waren sie ja auf dem Weg hinaus in den Fluss. Laban starrte blicklos hinauf in die Wolken. Sie hielt ihn fest, ließ nicht los, trat und trampelte, bis sie mit der Ferse gegen irgendetwas stieß. Gegen etwas Hartes. Widerstand. Und als sie mit dem Fuß weitertastete, erkannte sie, dass es der Grund war.

28

SOFIA PELLEBRO FIEL es im Lauf der Jahre immer schwerer, mit Idioten zu tun zu haben. Die Welt war voll von ihnen, das wusste sie bereits seit ihrer Kindheit, aber man konnte ihnen aus dem Weg gehen. So war es am besten, man wechselte einfach die Straßenseite, kaufte in anderen Geschäften ein, ging in andere Restaurants und Turnvereine als die Idioten und traf auf diese Weise höchstens in den Verkehrsstaus hinter Boden auf sie. Idioten konnte man weder bekehren noch umerziehen, dieses Projekt hatte sie nach ihrer ersten längeren Partnerschaft mit einer von ihnen aufgegeben. Je intensiver sie sich darum bemüht hatte, umso schlimmer war es eher geworden. Anna-Stina hatte sie geheißen, schon allein bei dem Namen hätte sie alarmiert sein müssen. Ein typischer Idiotenname, genau wie Eva-Lena, Inga-Britta oder Bo-Anders. Anna-Stina hatte sich von ihr Assi nennen lassen müssen, das war Sofias Grundbedingung dafür gewesen, dass sie überhaupt zusammenkamen, und in ihrer vermeintlich untertänigen Art war sie damit einverstanden gewesen, nur um daraus einen Vorteil für alle späteren Diskussionen, Streitigkeiten und Verhandlungen abzuleiten. Beispielsweise hatte es ständig Krach übers Essen gegeben.

Sofia hatte bereits frühzeitig erklärt, dass kein vernünftiger Mensch schon um fünf Uhr zu Abend aß, das war vollkommen schwachsinnig, es sei denn, man arbeitete in der Nachtschicht. Eine derart frühe Mahlzeit führte nur dazu, dass man irgendwann wieder hungrig wurde und deshalb den ganzen Abend Zeug in sich hineinstopfte, und genau das hatte Assi getan. Ständig hatten Schälchen mit Salzstangen, Kartoffelchips und gerösteten Erdnüssen vor dem Fernseher gestanden, das Salz machte durstig, und da lag es nicht allzu fern, gleich die Weinflasche danebenzustellen. Die ersten zwei Wochen versuchte Sofia, es zu ertragen, nahm ein Kilo zu und führte dann resolut kontinentale Essensgewohnheiten und ein Abendessen frühestens um acht Uhr ein. Worauf Assi wie eine läufige Hündin mit niedrigem Blutzucker herumschlich und an die Schränke ging, um heimlich zu naschen, und wenn das Essen auf dem Tisch stand, war sie bereits satt und stocherte nur noch darin herum. Trotzdem blieben sie ein Jahr zusammen. Ein richtig beschissenes Jahr. Aber aus Fehlern wurde man klug, immerhin. Und was einen nicht umbrachte, machte einen stärker.

Gerade stand Sofia Pellebro vor einem Lagereingang im Zentrum von Luleå und hielt eine qualmende Zigarette in der Hand. Das Merkwürdige daran war, dass sie ihr ganzes Leben lang nie geraucht hatte. Sie verabscheute Zigaretten, sah sie als die teuerste und widerlichste Art an, Selbstmord zu begehen, und dennoch führte sie den Filter an die Lippen und hielt ihn dort auf einem halben Zentimeter Abstand. Dann senkte sie den Giftstängel wieder und aschte glaubhaft in die Blechdose, die früher einmal irgendwelche japanische Süßigkeiten enthalten hatte. So weit war es also gekommen. Die »Rauchpausen« gaben ihr die Möglichkeit, eine Weile in Ruhe gelassen zu werden, ohne sie würde sie krepieren.

Sofia holte ihr Handy heraus und rief zu Hause an. Sie ließ es acht Mal klingeln. Niemand antwortete, und sie hoffte, das war ein gutes Zeichen. Vielleicht war Evelina ja doch in der Schule. Sofia zögerte, doch dann wählte sie die Nummer von Evelinas Handy. Die Verbindung kam nicht zustande, *bitte versuchen Sie es später noch einmal.* Hatte Evelina ihr Handy ausgeschaltet? Während des Unterrichts stellte sie es doch immer nur auf lautlos. Vielleicht lag es am Netz, war da irgendetwas nicht in Ordnung? Unruhe erfasste sie. Sie war bei Gott keine Glucke, aber die Situation war nun mal nicht gerade beruhigend. Mit der Kippe immer noch zwischen den Fingern schrieb sie eine SMS: *Du bist doch in der Schule, mein Schatz? M.*

M stand für Mama. Oder? Sie war sich dessen nicht mehr ganz so sicher, aber sie hoffte es. Das war alles, war ihr noch geblieben war.

Der Regen nahm zu, und ein Schauder durchfuhr sie, sie holte zwei Mal tief Luft, sammelte sich und ging dann zurück ins Warenlager. Drinnen war es unerwartet dunkel. Sofia drückte auf den Lichtschalter, doch nichts passierte. Sie wartete, bis sich ihre Augen an die Dunkelheit gewöhnt hatten, und bahnte sich dann ihren Weg um die Kartonstapel mit Figuren aus Sandelholz, Glasuntersetzern mit eingravierten Blütenblättern, Teelichthaltern aus Schiefer, Kräutertee aus Osttimor, Muschelvorhängen, Lavalampen und Massagehandschuhen aus Hanf. Das alles würde in ein speziell marmoriertes Recyclingpapier, das in Riesenrollen aus Polen geliefert, zerschnitten, zerknittert und mit einem extra angefertigten Lackstempel mit dem Namen des Ladens versehen wurde, eingewickelt werden. Eine Scheißpuzzlearbeit, aber es lockte die Art von Kunden an, die der Meinung waren, dass der Wert eines Geschenks nicht vom Inhalt abhing, sondern vom Aussehen der Verpackung.

Sofia Pellebro ging an der kleinen Pantryküche, in der fast alles minzgrün war, sogar die Kaffeefilter, vorbei in den Laden, in dem Marina von irgend so einer fetten Kuh belagert wurde. Auf dem Tresen hatte die Kuh eine Sushimaschine platziert, ein schlankes oxidiertes Wunderwerk, das eigentlich nicht dafür gebaut worden war, benutzt zu werden, sondern in erster Linie, um dekorativ und technologisch beeindruckend auf dem Küchenregal zu stehen.

»Man muss die Noriblätter vorher anfeuchten«, versuchte Marina der voluminösen Kundin zu erklären.

»Ich will mein Geld zurück.«

»Das geht nicht ohne Kassenquittung. Die Quittung muss dabei sein.«

Es war dunkel im Laden. Die Strahler, die die Strassketten beleuchten sollten, waren aus. Marina begegnete Sofias Blick.

»Stromausfall«, sagte sie.

»Ich habe das bei ihr gekauft«, sagte die Kundin und zeigte mit einem fleischigen Finger auf Sofias Herzgegend.

»Man muss das Noriblatt zuerst besprühen, zum Beispiel mit einer Blumenspritze, dann zerbricht es nicht. Wir haben bis jetzt noch nie Beschwerden bekommen …«

»Sie erinnern sich doch? Sie haben gesagt, es wäre eine Garantie drauf, falls es nicht funktioniert. Ich würde mit dem Kauf kein Risiko eingehen, das haben Sie gesagt …«

»Sie bekommen einen Gutschein«, erwiderte Sofia.

»Aber …«, sagte Marina.

»Der gilt nur hier in unserem Laden, Sie können sich entweder jetzt gleich etwas im gleichen Warenwert aussuchen oder später wiederkommen.«

Mit skeptischem Blick betrachtete Sofia die Maschine. Sie war nicht geputzt worden und roch nach Fisch. Kein Schwein würde die mehr haben wollen, aber das waren die Ohrfeigen, die man einstecken musste, wenn man Müll an Idioten verkaufte. Zunächst knurrte die Kundin, forderte Bargeld. Sofia kniff Marina in den Rücken, damit sie schnell einen Gutschein ausschrieb und ihn abstempelte. Sie reichte ihn Sofia, und die schob ihn in einen kleinen Umschlag.

»Er gilt für sechs Monate. Einen schönen Tag noch«, sagte Sofia und lächelte.

Marina lächelte auch. In dem Gefühl, gesiegt zu haben, griff die Kundin nach einem Paar Gehstöcken und verließ mit zufriedener Miene den Laden. Marinas Lächeln erstarrte, als sie den Sushiapparat betrachtete.

»Die sind scheißteuer. Carlos wird stinkwütend werden.«

»In sechs Monaten sind wir sowieso bankrott«, erklärte Sofia knapp.

»Ach was …«

»Wir sind in bester Lage mitten in der Fußgängerzone, und trotzdem reicht der Umsatz kaum für die Ladenmiete.«

Sofia drückte irritiert auf die Lichtschalter und sah aus dem Schaufenster. Die Bewohner von Luleå eilten im Regen vorüber. An so einem Tag sollte man ein Café betreiben. In gemütlicher Atmosphäre heißen Tee ausschenken. Sie sah, dass es auch in den anderen Läden dunkel war, der Strom war im ganzen Viertel ausgefallen.

»Ach was …«, wiederholte Marina.

Sie ist nicht die Allerhellste, dachte Sofia, aber sie ist nett. Dummnett. Kanonenfutter in Zeiten befristeter Arbeitsverträge, bei jeder sich bietenden Gelegenheit austauschbar. Außerdem war sie ein wenig in Carlos verschossen oder hatte sich ihn wohl zumindest vorgenommen. Um auf dem Ledersitz seines offenen Cabrios, seinem Schwanzverlängerer, zu sitzen, mit Wind im Haar und Salsamusik aus der Stereoanlage und mit schwirrendem Kopf von knospenden Versprechungen. Wäre sie in der Gewerkschaft, sie könnte einen Tausender mehr im Monat fordern, aber Marina war kein Gewerkschaftstyp. Die waren altmodisch. Die trugen keine High Heels.

»Ich habe versucht, meine Tochter zu erreichen«, sagte Sofia, »aber irgendetwas stimmt nicht mit dem Netz.«

»Wirklich?«

»Kannst du mal sehen, ob deins funktioniert?«

Marina zog ihr Handy heraus, ein dunkelviolettes Schmuckstück, und tippte hoch konzentriert auf die Tasten ein.

»... später noch einmal.«

»Ich versuche es im Büro.«

»Warte, Carlos will nicht, dass wir ...«

Sofia ging zurück in die Pantryküche und trat an den kleinen Schreibtisch, den sie dort in eine Ecke gezwängt hatten. Darauf standen Ablagefächer und ein Geschäftstelefon. Schnell tippte sie ihre eigene Nummer ein. Aus dem Festnetz war das Freizeichen zu hören, aber niemand nahm ab. Auf Evelinas Handy bekam sie wieder eine Fehlermeldung.

»Das Handynetz spinnt«, sagte sie, wieder zurück am Tresen. »Vielleicht liegt das am Stromausfall? Es versucht ja immer sofort jeder zu telefonieren, wenn so etwas passiert, und dann ist das Netz gleich überlastet.«

»Glaubst du das wirklich, was du gesagt hast? Dass wir bankrott gehen?«

»Wir verkaufen zu wenig.«

»Ich finde, wir verkaufen eine ganze Menge, es kommen doch die ganze Zeit Kunden.«

»Momentan nicht.«

»Aber jetzt haben wir doch auch einen Stromausfall! Hat Carlos gesagt, wir würden zu wenig verkaufen, hat er sich beschwert?«

»Na, man kann es sich doch selbst ausrechnen.«

»Und das hier?«, fragte Marina und schielte zu der Sushimaschine hinüber, »wir hätten sie nie zurücknehmen dürfen. Sie ist doch total verdreckt.«

Gleich gehe ich raus und rauche noch eine, dachte Sofia. Rauchpause. Eine Rauchpause wird man doch noch machen dürfen. Gleichzeitig stieg die Unruhe wegen Evelina wieder in ihr auf, diese leichte Übelkeit, die ihr so vertraut war. Ihr Mädchenkörper unter der Decke, ihre mageren Unterarme und Waden, kalt und feucht, wenn man sie berührte. Stunde um Stunde ohne Reaktion, ohne die geringste Regung. Als läge sie da und wollte sterben. Nicht einmal die Atmung war zu erkennen. War sie wieder rückfällig geworden, hatte sie etwas genommen? Mein kleiner Schatz, kleine, schlaue Evelina, tu das nicht!

Die Tür ging auf. Eine Frau in knallgelbem Regenmantel kam herein. Ihr war mit einem Blick anzusehen, dass sie nichts kaufen, sondern nur den Laden volltropfen wollte. Zwischen den Regalen herumschlurfen und mit ihren nassen Fingern alles betatschen, herunternehmen, wieder zurückstellen und hässliche Wasserflecken hinterlassen würde, um dann wieder zu gehen, sobald sie sich ein wenig aufgewärmt hatte.

»Kann ich Ihnen behilflich sein?«, fragte Marina lächelnd.

»Nein, danke, ich schaue mich nur um.«

Der Regenmantel tropfte, während sie im Laden herumlief.

»Wir haben leider kein Licht, der Strom ist ausgefallen.«

»Das ist er in der ganzen Stadt«, sagte die Kundin.

»In ganz Luleå?«

»In Boden auch, habe ich gehört.«

»Ich zünde ein paar Duftkerzen an, dann können Sie besser sehen«, bot Marina an.

Sofia Pellebro ging zurück zum Telefon. Dieses Mal ertönte nicht einmal mehr das Freizeichen, dic Leitung war tot. Es musste irgendetwas passiert sein. Irgendwo war etwas schiefgegangen. Draußen in der Fußgängerzone war nichts Ungewöhnliches zu erkennen. Ein paar Schüler zogen in einer lärmenden Gruppe vorüber. Fröhlich und laut, wie Jugendliche sein sollten. Eine in der Gruppe ähnelte Evelina. Einen Moment lang glaubte sie tatsächlich, es handelte sich um ihre Tochter, aber dann verschwand das Trugbild wieder. Löste sich in Luft auf. Und nur die Leere blieb zurück.

29

DAS WASSER STIEG unerbittlich weiter. Adolf Pavval musste an Eisen denken. Schweres schwarzes Eisen, das ihn langsam einschloss. Er presste die Schulter gegen die Tür und spürte, wie eine Welle von Adrenalin ihn berauschte. Vielleicht lag es auch am Sauerstoffmangel. Kleine weiße Pünktchen explodierten in seinem Blickfeld, puff, puff, kleine, funkelnde Sternenfunken. Die Tür ging nicht auf, und er drückte fester dagegen. Es gab keine andere Möglichkeit. Er musste hier raus, das war seine einzige Chance.

Aber die Tür bewegte sich nicht. Er beugte sich zur anderen Seite und stieß mit der Schulter dagegen, zog und rüttelte am Türgriff. Irgendetwas stimmte da nicht. Adolf nahm den iPod in die Hand, den er sich zwischen die Zähne gesteckt hatte, und leuchtete mit dem Display. Das Wasser reichte ihm bereits bis zur Taille. Vielleicht musste er noch etwas warten, das Wasser noch ein wenig steigen lassen, damit der Wasserdruck sich anglich? Aber da war auch etwas mit der Türklinke, der Mechanismus klickte nicht. Er beugte sich über den Beifahrersitz. Auch dort saß die Tür fest. Er drückte auf den Knopf für den elektrischen Fensterhebel, aber ohne Strom war der natürlich tot. Jetzt stand ihm das Wasser bis zum Nabel. Es drang eiskalt unter seine Kleidung, er musste sich anstrengen, um die Panik zu beherrschen. Gleichzeitig merkte er, wie die Luft immer dünner wurde. Bald wäre gar kein Sauerstoff mehr vorhanden. Er unternahm einen neuen Versuch, die Tür aufzustoßen. Aber sie bewegte sich keinen Millimeter. Ruhig jetzt, ganz ruhig. Er hatte noch Zeit, noch ein paar Sekunden.

Wie damals oben am Peuraure. Er und sein großer Bruder. Sie waren mit den Scootern unterwegs gewesen, es war gegen Ende des Winters gewesen, die Sonne hatte geschienen, und es taute bereits kräftig. Mehrere Male fuhren sie sich im Matsch fest. Die Stimmung war gereizt, der Bruder war schweigsam und mürrisch, sie wollten nur noch nach Hause zu Koje und Kaffeekanne. Sie mussten lediglich den Bach überqueren. Da gab es eine Schneebrücke, sie hatte schon andere Scooter getragen, wie man an den Spuren sehen konnte. Ohne zu zögern, nahmen sie Anlauf und gaben Gas.

Der Bruder kam ohne Problem hinüber. Adolf steuerte auf die gleiche Spur zu, spürte aber sofort, wie etwas nachgab, wie der Untergrund sank und die Kufen ausscherten, und er kämpfte darum gegenzusteuern.

Im nächsten Augenblick lag er im Bach. Das Schmelzwasser schoss herauf, merkwürdig, dass etwas so Klares, Sprudelndes so kräftig sein konnte. Rasend schnell und mit den Füßen voran wurde er mitgerissen wie ein Stück Birkenrinde. Hinter ihm donnerte der Scooter in den Bach, aber er sah es nicht mehr, fühlte nur, wie der Overall von einer Eiseskälte erfüllt wurde, von der er nicht geglaubt hatte, dass es sie gäbe. Seine Fellmütze schlug gegen Eis und Steine, sie war dick gefüttert, deshalb tat es nicht allzu sehr weh, aber es war ein Gefühl, als würde er verschlungen werden. Als schlügen sich grobe Zähne in seinen Körper. Er versuchte, den Kopf hochzuhalten, um sich zu schützen. Da entdeckte er, dass der Bach weiter vorn in einem grünen, gurgelnden Eistunnel verschwand. Wenn er dort hineingezogen würde, wäre es vorbei mit ihm. Dann würde er erst wiedergefunden werden, wenn das Eis im Sommer geschmolzen war.

Der junge Adolf grätschte die Beine zu einer Schere, mit der er steuerte, zwei kleine, lächerliche Schenkel gegen die ganze Kraft der Frühlingsflut. Als der Tunnel kam, versuchte er, sich am Rand festzuhalten. Die Mündung war ein eiskaltes Loch, gegen das er sich sperrte. Er war gerade erst sechzehn geworden und hatte noch nie ein Mädchen gehabt, er war viel zu jung, um zu sterben.

Die Stiefel schlugen gegen die Kante aus Eis, der Bach schoss mit gurgelndem Dröhnen hinab in den Abgrund. Seine Sohlen rutschten ab, die Beine waren weit gespreizt. Die Hände suchten fieberhaft nach Halt. Da gab es eine Felskante, einen Vorsprung, aber mit den Scooter-Handschuhen konnte er sich nur schlecht festhalten. Das Wasser schoss ihm den Rücken entlang und unter seinem Körper hindurch, bohrte sich in die Tunnelfinsternis. Adolf versuchte, sich nach hinten zu werfen, schaffte es aber nicht, konnte gerade noch mit Müh und Not dagegenhalten. Die Kälte füllte inzwischen den ganzen Overall, ein eisiges Maul umschloss seinen Körper. Adolf spürte, dass es sich nur noch um Sekunden handelte. Die Muskeln verkrampften, der Brustkorb hob sich für kurze, schmerzhafte Atemstöße. Nur noch kurz … nur noch ganz kurz …

Da kam der Spinnenfaden. Ein roter Strich vom Himmel. Adolf ruderte mit dem Arm, bekam die Schlinge zu fassen, spürte, wie sich das Wurfseil stramm zog. Dann zog der Bruder ihn mit seinem *sjuohpan* heraus. Er mühte sich und zog mit aller Kraft, bis das Wasser seinen Griff lockerte.

In der darauffolgenden Woche fasste Adolf seinen Entschluss. Er würde die Gegend verlassen. Die Rentiere, das Gebirge, er hatte genug davon. Tief im Innern war der Bruder bestimmt erleichtert, ein Verwandter weniger, mit dem er die Rentierherde teilen musste, einer weniger, der sich in die *siidan* drängte. Adieu, Gebirgsweiden, hoher Himmel, und kopfüber hinein in einen Wagen. So hatte er sich entschieden, so hatte er sich sein Leben vorgestellt.

Und jetzt saß er hier und kam nicht mehr heraus.

Wäre es ein normaler Wagen gewesen, hätte er die Windschutzscheibe eintreten können. Aber sein Botschaftersaab war rundherum mit Sicherheitsglas versehen, das einer Feuersalve oder dem Aufprall einer Handgranate widerstehen konnte. Noch einmal zerrte und ruckte er am Türgriff. Ein Saab bockte nicht derart, dafür musste es irgendeine Erklärung geben.

In diesem Moment fiel es ihm ein.

Die Anti-Kidnapping-Funktion.

Keine Panzerlimousine war komplett ohne eine zentral gesteuerte Anti-Kidnapping-Funktion, das war auch in dem Kurs in Luton betont worden, und natürlich war der Saab damit ausgerüstet. Die Anti-Kidnapping-Funktion – sie war im Grunde genommen nichts anderes als eine Zentralverriegelung, die aber sehr viel weiter reichte. Mit einem Klick konnte man sämtliche Fenster und Türen, die Motorhaube und den Kofferraum verriegeln, sodass sie mit normalem Kraftaufwand nicht geöffnet werden konnten. Mit der aktivierten Funktion konnte man in aller Seelenruhe die größten Künstler, die die

Welt je gesehen hatte, durch aufgebrachte Zuschauermassen chauffieren. Niemand gelangte hinein, und der whiskyberauschte Rockstar konnte nicht den Fehler begehen und die Scheibe herunterkurbeln, um Autogramme zu geben, um dann als Dank Haarbüschel ausgerissen und Fingerglieder umgeknickt zu bekommen. In der Praxis hatte Adolf diesen Mechanismus nicht oft benutzen müssen, das letzte Mal vor ein paar Jahren mit Jerry Williams in Sundsvall, als eine Gruppe wildgewordener Weiber Probleme gemacht hatte.

Die Verriegelungsfunktion wurde automatisch ausgelöst. Sie war an dasselbe System gekoppelt wie die Airbags und als Schutz gegen Entführungen und Geiselnahmen gedacht. Die einfachste Art, ein Auto anzuhalten, war, darauf aufzufahren. Diese Methode wandte man auf der ganzen Welt an – am besten auf der Fahrerseite, sodass der Fahrer sofort unschädlich gemacht werden konnte. Anschließend zog man die Luxusgattin oder das Schulkind von seinem Sitz, schnitt ihm ein Ohr ab und forderte eine stattliche Lösegeldsumme. Aber bei einem Auto mit Anti-Kidnapping-Funktion ging das nicht. Selbst wenn der Fahrer bei dem Aufprall starb, kam man nicht hinein, man konnte schießen, draufhämmern und drohen, bis die Carabinieri eintrafen.

Doch es gab einen Reset-Knopf dafür. Adolf Pavval tastete nach dem Bedienpanel unter dem Armaturenbrett und drückte darauf. Nichts passierte. Dieses vorzügliche System hatte offensichtlich einen Mangel. Es funktionierte nicht unter Wasser.

Adolf saß wie eine Ratte in der Falle. Dieselbe Konstruktion, die ihm zunächst das Leben gerettet hatte, die ihn mit heiler Haut durch eine Wand aus donnerndem Gerümpel manövriert hatte, würde jetzt dafür sorgen, dass er ertrank. Das Wasser reichte ihm mittlerweile bis zur Brust und zeigte keinerlei Tendenz, sich zurückzuziehen. Es gab nichts, was er hätte tun können. Es gab nur eines, was ihn ein wenig tröstete, was ihn seine Angst ein wenig leichter ertragen ließ. Er würde in seinem Saab sterben. Mit dem alten, klassischen Saabgefühl.

Da kam ihm ein Gedanke. Er streckte sich nach dem kleinen Werkzeugkasten im Handschuhfach, darin lag ein Messer. Er holte es hervor, klappte die Klinge heraus. Dann klemmte er den iPod an der einzigen noch trockenen Stelle fest: unter der Sonnenblende unterm Wagendach. Keuchend holte er ein paarmal Luft und tauchte in die Dunkelheit. Auf die Rückbank. Dort tastete er nach der Sperre, drückte darauf, sodass er die Rückenlehne umklappen konnte. Dann schwamm er weiter in den Kofferraum. Die Lunge schmerzte vor Anstrengung. Weg mit der Schutzmatte, Luke auf. Mit der Hand fühlte er das harte Gummi des Reservereifens. Rein mit dem Messer, fest!

Ein kräftiger Strahl spritzte ihm entgegen, ein zischendes Blubbern. Er wich zurück, während der Reifen weiter wallte und schäumte. Mit rudernden Bewegungen kämpfte er sich zurück auf den Fahrersitz, krabbelte wie eine Schildkröte vorwärts. Keuchend reckte er den Kopf.

Er konnte wieder atmen. Als er den iPod einschaltete, sah er, dass die Luftblase deutlich größer geworden war. Sie roch jetzt anders, nach Gummi und vielleicht auch ein wenig nach Frühling. Er erinnerte sich an die Tankstelle in Jokkmokk, irgendwann Ende April. Dort im strahlenden Sonnenschein zwischen schmelzenden Schneeresten und unter langgestreckt dahinfliegenden Schwanenpärchen hatte er den Reservereifen zum letzten Mal mit Luft gefüllt.

Jokkmokkluft. Die Reise ging noch ein wenig weiter. Noch war sie nicht vorüber.

30

Es schien, als wäre er in einer Zentrifuge gelandet. Eine gigantische rotierende Trommel, die ihn hin- und herwarf, eine Lawine aus Braun und Grau, die verdammt wehtat, die ihn wie einen Wischlappen auswrang, die Arme und Beine in ihren Gelenkkapseln hin- und herdrehte. Es gab keine Möglichkeit, ihr zu entkommen, das Beste war, es einfach über sich ergehen zu lassen, sich möglichst wenig anzuspannen und der Gewalt zu erlauben, mit den geschundenen Gliedmaßen zu tun, was sie wollte. Nicht einmal ein Schwimmweltmeister hätte hierin eine Chance gehabt, es gab Kräfte, die überstiegen die menschlichen, sie ließen sich nicht in Pferdestärken oder Kilowatt messen, da die Zeiger schon am Anschlag der Skala angekommen waren. Man mochte zu Gott beten oder es bleiben lassen, man konnte den Mund geöffnet oder geschlossen halten, nichts in der eigenen Macht Stehende hätte einen Unterschied ausgemacht.

Gunnar Larsson war daher umso überraschter, als er im Nachhinein die Augen öffnen konnte. Er hatte nicht das Geringste getan, um sein Leben zu retten, ganz einfach weil er es nicht hatte tun können, und folglich hätte er tot sein müssen.

So dachte er mehrere Male, der Gedanke hakte sich geradezu in ihm fest, ich müsste tot sein, tot, tot.

Dann bemerkte er all das Wasser. Er verstand nicht, woher es kam, aber er befand sich inmitten einer immer weiter aufsteigenden Bewegung. Er musste auch einiges davon geschluckt haben, sein Magen fühlte sich widerwärtig an, er würgte und übergab sich. Er dachte noch, dass er sich in einer ziemlich ungünstigen Lage befand, weil er doch nicht schwimmen konnte, und im selben Moment tauchte er unter und verschwand.

Es war äußerst unangenehm. Wenn man schon keinen festen Boden unter den Füßen hatte, dann doch bitte schön den schwankenden eines Bootes, sonst war man übel dran. Als ihm die Luft ausging, begann er zu treten und zu rudern, und irgendwie gelang es ihm, den Kopf wieder über Wasser zu bekommen. Doch fast im selben Augenblick sank er wieder hinab, er hatte nicht viel Luft schnappen können. Seine Kleidung fühlte sich unendlich schwer an. Und auch das war ein neues Gefühl, war es doch dieselbe Kleidung, die er immer trug, ohne je darüber nachgedacht zu haben. Jetzt zog sie ihn nach unten und erschwerte es ihm, seinen Körper zu beherrschen. Am schlimmsten waren die Stiefel, seine alten Gummistiefel mit dem hohen Schaft. Mit Mühe gelang es ihm, sie abzustreifen, und dann strampelte er heftig, als würde er Fahrrad fahren. Tatsächlich beförderte ihn die Bewegung nach oben, und er schaffte ein paar prustende Atemzüge, bevor er erneut unterging und versank.

Mit weiteren wütenden Bewegungen kam er wieder über Wasser. Die Anstrengung war übermenschlich, lange würde er das nicht durchhalten. Außerdem war es schrecklich kalt, es fiel ihm immer schwerer, sich zu bewegen, seine Muskeln verloren die Koordination. Gunnar versuchte, sich die Bilder aus dem Fernseher in Erinnerung zu rufen. Er hatte es doch unzählige Male gesehen, er war sehr an Sport interessiert, und die schwedischen Schwimmer hatten im Lauf der Jahre eine Unmenge an Medaillen mit nach Hause gebracht. Blaues Beckenwasser, lange Absperrleinen zwischen den Bahnen. Das Startsignal. Und dann … Er bemühte sich, strengte sich an, es sich vor Augen zu führen. Aber da war nur das Spritzen von Wasser. Beine und Arme, die in der Gischt herumwirbelten, nach einem bestimmten Muster, wieder und wieder die gleiche Bewegung, er versuchte, sich zu erinnern, welche es war. Aber die Details waren unscharf, verschwammen vor seinem inneren Auge.

Hunde konnten doch auch schwimmen, ohne dass es ihnen jemand beibrachte, wirklich bemerkenswert. Sie bewegten die Beine, als würden sie laufen, das hatte er schon oft gesehen, das konnte er zumindest versuchen. Oder sollte man es wie ein Schiffsmotor machen und eine Schraube nachahmen? Fieberhaft kombinierte Gunnar Larsson beide Bewegungen, er improvisierte, lief und wirbelte mit den Füßen, bis die Nasenspitze wieder an die Luft gelangte. Doch sofort zwang ihn die Milchsäure zu einer Pause.

Wieder gelangen ihm nur ein paar Atemzüge. Allerdings entdeckte er, dass nur wenige Meter von ihm entfernt etwas auf den Wasserwirbeln trieb. Wie zum Teufel sollte er dorthin gelangen? Und jetzt eilte es, die Lunge schrie nach Sauerstoff. Er versuchte wieder zu treten, weigerte sich aufzugeben. Zuerst tat es weh. Dann wuchs der Schmerz ins Unermessliche. Er wusste, bald würde er Wasser einatmen. Dann kam die Panik, sie bescherte ihm neue Kräfte. Er strampelte wie besessen mit den Gliedmaßen und spürte erneut Luft an seinem Gesicht.

Wieder ging es nach unten, aber jetzt kannte er die Richtung. Die Arme wedelten wie Ruderblätter, er bekam wieder Luft, er kam tatsächlich näher. Nur dass es unglaublich langsam voranging. Er bohrte sich durch den Fluss wie ein Holzwurm durch eine alte Wand. Sein Körper rotierte, wand sich in der Dunkelheit. Nein, es ging nicht mehr. Er musste wieder atmen, oder aber er ertränke. Er schaffte es nicht mehr.

Da spürte Gunnar Larsson etwas Weiches an den Fingerspitzen. Er packte zu und zog sich hoch. Die Hände umfassten eine unförmige Rettungsboje. Die Lunge blähte und füllte sich mit Sauerstoff. Er atmete, immer wieder, hellrot. Süß.

Ich bin geschwommen, dachte er. Ich bin fast fünf Meter geschwommen!

Hinken rührte sich nicht. Mit dem Gesicht nach unten lag er auf dem Wasser und betrachtete den Grund, als läge er auf einem Rentierfell und würde vor einem Eisloch liegen und fischen. Vielleicht war er noch gar nicht tot. Seine Gliedmaßen waren schlaff, er bewegte sie nicht, dieses enorme Gewicht, das Gunnar gerade noch zum Auto gewuchtet hatte, war durch etwas Leichtes, fast Graziöses ersetzt worden. Er schwebte. Hinken trieb auf der Strömung wie ein Vogel in der Luft, mit ruhig ausgebreiteten Flügeln. Der unförmige Bauch war in der Tiefe nicht erkennbar, er war nur als Schwimmkörper vorhanden. War er mit Gasen angefüllt? Oder war es das Fett, dieses poröse Fettgewebe, das ihn auf der Wasseroberfläche hielt? Dieselbe Masse, die es Gunnar unmöglich gemacht hatte, ihn zu retten, ihn in den Wagen zu hieven und davonzufahren?

Jetzt hatten sie die Rollen getauscht. Jetzt war es Hinken, der ihn rettete. Gunnar klammerte sich an seinem ehemaligen Kollegen fest und dachte an Lydia. Er konnte nichts für sie tun, so war es nun mal.

Das Wasser rauschte kraftvoll um sie herum. Gunnar Larsson zog sich an Hinken hoch, merkte, wie die menschliche Insel unter ihm abtauchte. Er selbst trieb ein paar Zentimeter höher. Es fühlte sich alles andere als sicher an, als könnte die ganze Equipage jeden Moment kippen.

»Dank dir, Hinken«, murmelte er und hörte, wie seine Stimme brach.

Vielleicht hörte Hinken da unten ihm ja weiterhin zu. Er hatte einmal irgendwo aufgeschnappt, dass ein Mensch noch mehrere Minuten, nachdem das Herz aufgehört hatte zu schlagen, Geräusche wahrnehmen konnte, es gab Leute, die waren auf der anderen Seite gewesen, aber wieder zurückgekommen.

»Danke für deine Hilfe, Hinken. Das ist großartig, das werde ich dir nie vergessen …«

Im selben Moment durchzog Hinken ein Zittern. Ein Krampf wie von einem letzten, endgültigen Herzschlag. Vielleicht war es auch etwas, das sich da drinnen löste? Gunnar versuchte, ruhig zu bleiben. Er blickte hinaus auf das schäumende Durcheinander, auf Schlamm und Gerümpel, die sich drehenden Wirbel. Das hier ist also der Fluss, dachte er. Derselbe Fluss, an dessen Zähmung er und Hinken mitgewirkt hatten. Sie hatten ihn aufgeschnitten, ihn zerteilt wie eine Schlange, Damm für Damm, Schnitt für Schnitt. Sie hatten Kabel an seinem Körper angelegt, die Elektrizität gaben, sie hatten gedacht, er wäre gezähmt und besiegt.

Aber der Fluss war erwacht. Der alte, echte Fluss. Jetzt hatte er sich befreit, gewaltsam und donnernd, jetzt war es der Fluss, der die Oberhand hatte. Er hatte sie alle besiegt, dachte Gunnar. Ihn selbst und die Arbeitskollegen. Sie hätten höher bauen können. Massiver. Sie hätten die Widerstandskraft verbessern können.

»Da wird was los sein im Büro in Luleå«, dachte er laut.

Der große Vattenfall-Klinkerbau hinter dem Haus der Kultur. Er war ein paarmal zu irgendwelchen Veranstaltungen dort gewesen, zusammen mit Hinken. Was taten sie wohl gerade, hackten sie hektisch auf ihre Computertastaturen ein? Rannten sie herum wie Ameisen und riefen durcheinander? Es spielte keine Rolle, was sie taten, den Fluss aufhalten konnten sie ohnehin nicht. Das wusste Gunnar, das wusste jeder einzelne Mitarbeiter von Vattenfall. Nachdem die Hölle erst einmal losgebrochen war, würde es so weitergehen, bis alles im Meer landete.

Gunnar meinte, das Flussufer ausmachen zu können. Weit entfernt lag es vor ihm, trotzdem begann er, Wasser zu treten. Die Bewegung ähnelte allem anderen als einem Propeller, außerdem waren seine Beine mittlerweile steif und unbeweglich. Dennoch hatte er das Gefühl, dass sie vorankamen, er und Hinken. Sie bewegten sich im Wasser. Ja, man konnte beinahe sagen, dass sie schwammen.

31

VINCENT ENTDECKTE IHR Haus bereits aus weiter Ferne, tat aber so, als würde er es nicht wiedererkennen. Henny musste schließlich nicht wissen, dass er sich darüber informiert hatte, wo sie wohnten, dass er dort draußen herumgeschlichen war wie eine erbärmliche Figur aus einem schlechten Fernsehfilm. Sie war es nicht gewohnt, sich von oben zu orientieren, und außerdem schrieb sie gerade etwas auf einen kleinen Zettel, während ihr Haar wie ein heller Kranz herunterhing. Drei Dinge. Nur drei Dinge.

»Sind wir bald da?« Er tat so, als müsste er nachfragen.

»Warte mal … Nein, ich glaube … Es ist noch weiter.«

»Bist du dir sicher?«

In just diesem Moment flogen sie über das Haus hinweg, es glitt direkt unter ihnen vorbei, er hätte Napalm darüber abwerfen können.

»Lass mal sehen … doch, es ist noch weiter.«

Trotzdem verlangsamte Vincent die Fahrt und ging auf ein paar hundert Meter hinunter. Henny sah sich zögernd um. Beeil dich, dachte er. Mit jeder Sekunde, die sie zögerte, rückte das Verderben näher.

»Ist das da nicht die Landstraße … und unsere Kreuzung?«

»Keine Ahnung«, log er.

Und dann, mit einem unterdrückten Schrei, fielen die Teilchen an ihren Platz. Sie zeigte hinaus, versuchte in der engen Kabine aufzustehen und drückte sich gegen das Cockpitfenster, um besser sehen zu können. Vincent ging noch weiter runter.

»D-d-das Haus«, stotterte sie, »d-d-da ist Ei-Einars Haus!«

»Ich versuche zu landen.«

Das Flussufer war zu steil. Der Rasen weiter oben wäre der beste Landeplatz. Er war groß, das musste früher einmal eine Weide gewesen sein. Keine Stromkabel, keine Fahnenstangen oder Telefonmasten, wie er automatisch registrierte. Der Wind war nicht der Rede wert. Ein kurzer Blick auf den Treibstoffstand, fast die Hälfte war noch da. Sie würden also auch wieder wegkommen.

»Warte hier«, bat Henny.

»Auf dich?«, fragte er. »Soll ich auf dich warten?«

Nimm doch Einars verdammtes Auto, dachte er, sagte aber laut: »Okay, ich warte.«

»Versprichst du mir, dass du hierbleibst?«

»Bis der Fluss kommt. Ich kann ja sehen, wenn er kommt, und dann hebe ich ab. Aber vorher bist du ja wohl zurück, oder?«

»Danke«, murmelte sie.

Er setzte hart auf und ließ die Knüppel los. Henny riss sich das Headset vom Kopf, drückte die Tür auf und duckte sich unter den Sturmböen des Rotors. Es waren vierzig, fünfzig Meter bis zum Haus, Vincent sah sie um die Ecke verschwinden.

Sie hat vielleicht zehn Minuten Zeit, dachte er. Höchstens.

Er schaltete in den Leerlauf, hielt die Maschine startklar. Drei Dinge durfte sie holen, das würde hoffentlich nicht allzu viel Zeit brauchen. Die Fotos, dachte er wieder, ich hoffe, sie nimmt das Fotoalbum mit. Lovisa zuliebe. Der Rest war ihm egal.

Unter ihrem Headset lag etwas Weißes. Es war der Zettel, auf dem sie sich Notizen gemacht hatte. Sie hatte ihn vergessen, würde sich aber sicher an alles erinnern. Drei Dinge, die konnte man sich doch wohl merken. Falls die Dinge wirklich wichtig waren. Er widerstand der Versuchung, den Zettel zu lesen, stattdessen behielt er den Fluss im Auge. Er wirkte so friedlich, es war schlicht unvorstellbar, was sich da näherte. Einars Haus lag an der kritischsten Stelle, aber es gab noch einige andere in der Nähe, die meisten Neubauten. Und auch wenn sie ein Stück höher lagen, waren sie immer noch in der Gefahrenzone. Nur ein kleines Stück weiter stromaufwärts lag der Porsidamm, und wenn der zerbrach, würde die Welle deutlich anwachsen.

Da entdeckte Vincent das Mädchen. Es war vielleicht fünf Jahre alt. Rosa Fahrradhelm, rosa Regenjacke und -hose, rosa Gummistiefel. Es musste aus einem der Nachbarhäuser gekommen sein. Vincent spürte, wie die Angst in ihm anschwoll wie eine Blase, die zu platzen drohte. Warum zum Teufel war sie hier? Er drehte sich zum nächstgelegenen Haus um, war da jemand? Vorsichtig näherte sich das Mädchen auf dem Fahrrad, warf einen Blick zurück. Und da kam noch ein Kind, ein Junge, der ein paar Jahre älter aussah.

Sie sollten nicht hier sein. Hatten sie es denn nicht gehört? Hatten die verdammten Behörden die Leute denn gar nicht vorgewarnt? Er hatte dem Tower doch gesagt, sie sollten sofort Alarm schlagen.

Er riss sich das Headset ab, beugte sich aus seinem dröhnenden Fahrzeug und sprang hinaus. Die Füße versanken geradezu in dem nassen Gras. Trafen auf festen Grund. Mutter Erde, dachte er. Er hatte nicht vorgehabt, seinen Fuß wieder darauf zu setzen. Es regnete Bindfäden, leise, beharrliche Strahlen, die seine Uniformjacke benetzten und sie zum Glänzen brachten.

Vincent näherte sich dem Mädchen mit einem gezwungenen Lächeln. Er fühlte sich wie ein Wolf, gab sich alle Mühe, ihr keine Angst einzujagen.

»Hallo!«, rief er freundlich.

»Schauber«, sagte sie und zeigte auf sein Fahrzeug.

Von Weitem hatte sie älter gewirkt, sie war höchstens vier Jahre alt.

»Wo ist deine Mama? Deine Mama?«

Sie zeigte zu dem Haus hinüber. Ein Auto stand in der Auffahrt.

»Komm, lass uns dort hingehen!«, rief er schnell und versuchte, es wie ein Spiel erscheinen zu lassen.

Dann lief er zu dem Haus hinüber. Das Mädchen blieb stehen, und der Junge starrte ihn mit großen Augen an, als er an ihm vorbeirannte.

»Kommt, schnell!«, rief er ihnen zu, »wir laufen schnell zu Mama! Kommt schon!«

Vincent hörte, wie das Hubschrauberbrummen hinter ihm abnahm und von seinem eigenen Keuchen übertönt wurde. Seine Kondition war erbärmlich. Als Henny abgehauen war, hatte er aufgehört zu trainieren. Regen und Schweiß liefen ihm übers Gesicht. Er erreichte den Vorplatz, nahm die Außentreppe in zwei Schritten und riss die unverschlossene Haustür auf. Drinnen lagen Spielsachen auf dem Boden, buntes Plastik.

Eine schmächtige Frau mit kurzem blondem Haar kam zum Vorschein.

»Sie müssen hier weg!«, schrie er.

Sie schrie zurück. Hatte sich die mehlweißen Hände vors Gesicht geschlagen.

»Entschuldigung, ich will helfen«, setzte er an.

Die Frau wich zurück, ohne ihn aus den Augen zu lassen. Wollte sie ein Küchenmesser holen? Wie zeigt man jemandem, dass man keine bösen Absichten hat, dachte er, verdammt noch mal!

»Das Wasser kommt! Die Dämme – haben sie euch nicht gewarnt?«

Sie schüttelte wortlos den Kopf.

»Aber sie müssen das doch im Radio gemeldet haben, Sie müssen sofort weg hier!«

»Stromausfall«, murmelte sie.

»Sie haben keinen Strom?«

»Ich wollte gerade backen. Sind die Kinder draußen?«

»Hören Sie, hören Sie mir zu, es kann jeden Moment kommen. Sie müssen so schnell wie möglich weg hier.«

»Was kann kommen?«

»Das Wasser«, wiederholte er, so ruhig er nur konnte.

Scheu trat sie an den Waschtisch in der Küche und spülte sich die Hände ab. Ein dünner, glänzender Wasserstrahl auf ihren Fingern.

»Der Autoschlüssel!«, rief er.

Sie zog eine Schublade auf und reichte sie ihm.

»Nehmen Sie ihn«, sagte sie steif. »Nehmen Sie den Wagen, aber tun Sie den Kindern nichts …«

»Die Kinder werden sterben! Verstehen Sie denn nicht? Sie sind mir scheißegal, aber Ihre Kinder werden sterben!«

»Tun Sie meinen Kindern nichts …«

»Es ist der Fluss!«, schrie er und deutete hinüber. »Nicht ich, es ist der Fluss!«

Er umfasste ihren Oberarm und zog die Frau mit sich aus dem Haus. Sie hatte keine Schuhe an, ihre Füße patschten auf den Asphalt. Sie wand sich und sah sich hilfesuchend um.

»Ruf sie!«

»Tilda, Hampus! Tilda und Hampus!«

Dem Himmel sei Dank, sie waren bereits auf der Auffahrt.

»Schauber«, rief Tilda und deutete zu der Wiese hinüber.

»Rein ins Auto!«, rief Vincent.

Er schloss auf und schob die Mutter unsanft auf den Fahrersitz.

»Sind noch andere im Haus? Mehr Menschen?«

Sie sah ihn verständnislos an, während die Kinder auf die Rückbank krabbelten. Vincent drehte den Zündschlüssel um und startete den Wagen für sie, drückte dann auf die Hupe. Zehn Sekunden, zwanzig. Nirgends irgendeine Bewegung, niemand, der hinter den Vorhängen hervorschaute.

»Fahren Sie los!«, rief er.

Die Frau drehte sich um, vergewisserte sich, dass die Kinder hinten saßen.

»Mållan ist nicht da«, jammerte der Junge.

»Mållan, Mållan«, kam das Echo von dem kleinen Mädchen.

Vincent konnte gerade noch eine Hauskatze sehen, die durch den Fliederbusch entschwand.

»Los, fahren Sie! So weit weg vom Fluss, wie Sie nur können, kapiert? Weg vom Fluss!«

Die Frau legte den Gang ein und gab verzweifelt Gas. Dann erst erkannte sie, dass die Handbremse gezogen war. Als sie

sie löste, schoss sie mit einem Ruck vom Hof. Vincent sah ihnen erleichtert nach. Die Kinder hatten sich auf die Rückbank gekniet und starrten den Hubschrauber an.

Sie hatten es nicht gewusst. Was zum Teufel war mit den Behörden los? Es gab doch Notfallpläne, für solche Situationen gab es doch Übungen? Warum war das gesamte Tal noch nicht evakuiert?

In seinem Kopf ging es drunter und drüber, er musste noch einmal zu Kallax Kontakt aufnehmen. Er musste sie immer und immer wieder warnen. Musste schreien, bis ihn alle hörten.

Aber es hörten ja nicht alle Radio. Es gingen nicht alle ans Telefon. Einige waren krank, bettlägerig, andere schliefen.

Es war zum Verzweifeln. Die Menschen würden wie die Ratten ertrinken. Genau jetzt, genau in diesem Moment, und er konnte es nicht verhindern. Wie viele würden verunglücken, zehn vielleicht? Fünfzig? Oder viele Hunderte? Noch war Zeit zu handeln, es war immer noch möglich, die meisten von ihnen zu retten. Genau wie er gerade die Mutter und ihre beiden Kinder gerettet hatte.

Wie weit war der Fluss bereits gekommen? Vincent versuchte zu erkennen, ob das Donnern näher kam, aber er hörte nur den Hubschrauber im Leerlauf. War Henny endlich so weit? Drei Dinge sollte sie holen, nicht mehr, als sie tragen konnte. Das Fotoalbum und das Tonband des Großvaters, nun komm schon! Er sah sie vor seinem inneren Auge, wie sie vor dem Glasschrank stand und überlegte. Die Orrefors-Vasen? Oder das Bild von Erling Johansson? Das Silberbesteck? Das Kunsthandwerk von Lars Pirak? Verdammt, Henny, lass all den Tand! Du wolltest mir alles nehmen mithilfe deines verfluchten Anwalts, und jetzt nimmt der Fluss es sich. Aber warte nicht länger, sonst stirbst du.

Scheißegal, versuchte er, sich einzureden. Du hast es nicht anders gewollt. Ich setze mich in den Hubschrauber und bin startklar. Es dauert vielleicht noch ein paar Minuten, dann sehe ich den Fluss kommen und hebe ab. Wenn du dann neben mir sitzt, schaffst du es. Dann ertrinkst du nicht zwischen deinen Sachen.

Der Hubschrauber stand da und wartete auf ihn. Wie eine Gebärmutter, dachte er. Eine kleine bauchige Blase mit einer Nabelschnur, die den Himmel aufpeitschte, bis sich ein Loch auftat, eine alles ansaugende Öffnung, durch die man geboren wurde. Der Hubschrauber war ein weibliches Wesen. Das Flugzeug war ein Mann, schnelle Spermien, die über den Himmel spritzten, aber in einem Hubschrauber konnte man langsam aufsteigen und in Gottes Blick verweilen.

Dann lief er auf das Haus zu.

32

GANZ UNERWARTET SPÜRTE Lovisa, wie das Kind trat. Es fühlte sich an wie ein kleiner Schluckauf tief in ihrem Innern, ein Zittern in der Beckenschale und ein Gefühl intensiven Glücks und großer Überraschung. Jemand klopfte da drinnen an, jemand, der auf seine Anwesenheit aufmerksam machen wollte.

Dann wurde ihr klar, dass sie es geträumt haben musste. Der Fötus hatte doch kaum Gliedmaßen, war noch eine weiche, kleine Bohne. Sie fror und kuschelte sich in die Decke, machte sich ganz klein wie ein Ei, das auf die Vogelmutter wartete, um ausgebrütet zu werden. Ihr Bauch war gesättigt und ruhig, er strahlte Wärme aus, Essenswärme, und teilweise zitterte sie nicht einmal mehr in ihrer nassen Hose.

Sie dachte an Ole Henrik. An seine Hände, die kurzen, breiten Finger, die so unglaublich zart sein konnten. Wie geschickt sie ein Messer durch frisch geschlachtetes Rentier führten, wie sie ihm dabei half, Schulterstücke und Fleischscheiben aufzuhängen, damit sie abtropften. Wie sie das Blut aufschlug und die Haut einsalzte, die er von dem wunderbar dicken Herbstpelz abgezogen hatte. Wie er sich auf sein Crossmotorrad schwang und mit ihr hinter sich zur Hütte der Rentierhüter fuhr, Blut und Motoröl, der Duft seines Nackens, sein warmer, muskulöser Rücken.

Sie hatten sich auf dem Wintermarkt in Jokkmokk kennengelernt. Eigentlich hatte sie in diesem Jahr gar nicht hinfahren wollen, aber Anne Marit hatte angerufen, sie hatte im Auto noch einen Platz frei gehabt. Sie wollten nur einen Tagesausflug machen, im Samstagstrubel bummeln und bei zwanzig Grad minus Suovaskebabs essen, den Bekannten, die man unterwegs traf, Hallo sagen und dann wieder nach Hause fahren.

Aber wie immer mit Anne Marit kam alles anders. Sie traf Freunde, die zum Samentanz wollten, und sie überredeten Lovisa mitzukommen. Sie mussten improvisieren, Lovisa hatte kein *gábbde* dabei, sie war in Jeans und Bluse gekommen wie eine ganz normale Schwedin. Vor dem Folkets Hus, wohin man nach vielen Jahren in der Turnhalle umgezogen war, stand bereits eine lange Schlange. Die Stimmung war dort bereits gut, aber als sie endlich eintraten und von der Tanzmusik empfangen wurden, war es, als würden Blumen erblühen. Es gab Trachten aus ganz Sápmi, da waren die Jungs aus Karasjok mit ihren breiten Filzschultern und dem Silbergehänge, die schmuckloseren Kittel der Südsamen mit ihren runden Kragen. Die gefältelten Röcke und gelb-rot gemusterten Schulterbänder aus Karesuando, die Kragen der Lulesamen mit ihrem charakteristischen Viereckmuster. So ein *gábbde* hatte auch Lovisa seit der Konfirmation in ihrem Schrank, aber daraus war sie mittlerweile herausgewachsen, und sie hatte sich nie die Mühe gemacht, ein neues zu kaufen. Die Tanzfläche füllte sich mit Paaren, die herumwirbelten und tanzten und taumelten – je nach Talent und Promillestand. Und zum ersten Mal im Leben spürte Lovisa, dass ihr etwas verloren gegangen war. Ein Typ aus Kauto versuchte, mit ihr zu scherzen, aber sie verstand sein Nordsamisch nicht, lächelte nur hilflos und sah ihn wieder im Getümmel verschwinden. Anne Marit selbst hatte sich eine Tracht leihen können, das machte man eigentlich nicht, das war beinahe, als würde man in die Haut eines anderen schlüpfen. Aber die Jungs schnappten sie sich und ließen sie nicht wieder von der Tanzfläche gehen, und ihre dunkle Mähne wippte im Takt der Musik auf und ab.

Lovisa stellte sich an den Rand. Sie hatte noch nicht einmal den richtigen Namen. Auf Samisch hieß sie Inga Lovisa, aber als Schwedin benutzte sie den ersten Namen nicht mehr. Sie fühlte sich farblos und leer wie ein Blatt Papier. Eine Vorderseite, auf die man schreiben konnte, während die Rückseite auf dem Tisch im Verborgenen lag. Sie lehnte sich gegen die Wand, um den Rücken zu entlasten. Niemand forderte sie auf, das war zu erwarten, es konnte schließlich keiner erkennen, wer sie eigentlich war. Und doch konnte sie nicht einfach gehen. Sie musste auf Anne Marit warten, sie sollten bei deren Freunden übernachten.

Irgendwann nahm sie jemand beim Handgelenk. Lovisa wurde auf den Tanzboden gezogen und stolperte, der Kerl war so besoffen, dass er kaum mehr reden konnte. Der Tanz war schnell zu Ende, und offensichtlich fühlte er sich einsam, er legte ihr seine Hände auf den Hintern und wollte nicht mehr loslassen. Als sie versuchte, sich herauszuwinden, stolperte er, und dann fielen beide hin und zogen auch noch das Paar mit sich, das neben ihnen getanzt hatte. Ein junger Kerl schimpfte vor Empörung und wollte den Besoffenen schon verprügeln, aus der Nähe mischten sich andere ein. Lovisa versuchte, sie in schlechtem Samisch zu beruhigen, sie fühlte sich schuldig, beschämt, wollte nur noch nach Hause. Aber der Besoffene ließ nicht von ihr ab. Obwohl sie auf dem Boden lagen, hielt er sie fest, jetzt am Ärmel ihrer Bluse. Als sie zog, knackte es in den Säumen.

Und da sah sie Ole Henrik zum ersten Mal. Mit weichen, geschmeidigen Bewegungen bahnte er sich einen Weg durch die Menge, beugte sich zu dem fluchenden Mann hinunter und hielt ihm seinen Plastikbecher mit Bier hin. Der Kerl griff sofort zu. Die Faust um ihre Bluse öffnete sich, und Lovisa konnte aufstehen, die anderen beruhigten sich und begannen, um die auf dem Boden hockende Gestalt herumzutanzen.

»Alles in Ordnung?«, fragte er.

»*Giihtu*«, nickte sie. »Danke.«

»Willst du tanzen?«

Zuerst wollte sie ablehnen, sie dachte, er hätte Mitleid mit ihr. Nein, ich tanze nicht, nein, ich bin Schwedin.

Dann tanzten sie doch. So war er, Ole Henrik, sanft und sensibel. Es war so leicht, mit ihm zusammen zu sein. Man trat einfach neben ihn und folgte ihm auf seiner Wanderschaft.

»Wie heißt du?«, wollte er wissen.

»Lovisa. Also, ich meine, Inga Lovisa.«

»Ich hab gleich gesehen, dass du eine Samin bist.«

Und jetzt hatte ihr Kind sie getreten. Zumindest in ihrem Traum. Das Kind wollte leben, es hatte sie geweckt, es wusste, dass sie in Gefahr schwebte.

Lovisa spürte, wie das Haus über das Wasser schaukelte, es hing immer noch an dem selbst gebauten Anker fest, aber es fühlte sich an, als würde der mitgeschleift werden. Die kräftige Strömung drückte den Ofen vorwärts, wenn auch langsamer als das Wasser rundherum. Lovisa spähte aus dem Fenster und versuchte, sich zu orientieren. Ein gutes Stück entfernt konnte sie die gezackten Konturen der Nadelbäume am Ufer erkennen. Wie weit mochten sie getrieben sein, während sie geschlafen hatte? Ob sie sich Porjus näherten? Und dem Porjusdamm?

Ja natürlich, der Damm, fast hätte sie vor Erleichterung laut aufgeschrien. Wenn sie es nur bis dorthin schaffte, dann war sie gerettet. Dort würde die Hütte an die Betonwand gedrückt und abgebremst werden. Sie würde ohne fremde Hilfe auf die Dammmauer klettern, die schwankende Hütte zurücklassen und zur Straße laufen können. Nach Hause spazieren, als wäre nichts geschehen. Ole Henrik anrufen und ihm sagen, dass alles in Ordnung wäre, ja, wirklich alles, zwar wäre so einiges passiert, aber es wäre alles wieder, wie es sein sollte.

Sie versuchte, sich an den Gedanken festzuklammern. Es war so unerhört schön zu glauben, dass sich alles regeln würde, dass die Welt eben so funktionierte. Erst sah man hässliche, erschreckende Bilder. Aber dann weckte einen die Mutter in den Sommerferien mit einem Becher heißem Kakao und frisch gebackenem *gahkko* mit Butter, die auf den Schlafsack tropfte. Der nächtliche Sturm war vorübergezogen, zurückgeblieben war nur das Schweigen der Berge und Mamas sanftes Morgenlächeln.

Lovisa rief sich die Wasserwand in Erinnerung, sie hatte sie auf sich zurollen sehen. Einen gräulichen Berg aus schäumendem Blei, aus dumpf rollendem Metall. Und dann versuchte sie, sich die sichere Befestigung des Porjusdamms vorzustellen. Diese breite, kräftige Konstruktion. Sie versuchte, sich auszumalen, wie die Wassermassen sich ihr näherten. Wie sie auf den Damm trafen, was dann passierte.

Sie rollten darüber hinweg. Das Wasser überwand die Kuppe wie eine Bodenwelle und stürzte auf der anderen Seite hinab. Der Damm musste einfach standhalten, dicker, verstärkter Beton. Alles andere war undenkbar.

Dann erinnerte sie sich wieder an den Traum, an den kleinen Tritt, der fast wie eine Warnung gewesen war.

Was, wenn der Damm ein Loch hatte. Wenn es darin eine Bresche gab.

Dann rauschte sie auf einen Wasserfall zu.

Lovisa saß in ihre Decke eingewickelt da und beugte sich über den Rand des Etagenbetts. Das Haus hatte sich gedreht, und durch das Giebelfenster konnte sie nach vorn sehen. Sie konnte kaum etwas erkennen. Wie konzentriert sie auch Ausschau hielt, sie konnte den Staudamm nicht sehen. Bildete sie sich das ein, oder war da ein Donnern? Ein brüllendes, dumpfes Grollen?

33

BARNEY SASS BREITBEINIG am Boden und betrachtete den Stein in seiner Hand. Er war fast schwarz und wog sicher ein paar Kilo. Auf den ersten Blick sah er aus wie Eisenerz, aber dann hätte er das Doppelte gewogen. Eher war es wohl ein Diabas. Er war grobkantig, er hatte nicht im Fluss gelegen, war nie von Wasser abgeschliffen worden. Wenn man genauer hinsah, konnte man rote Spritzer darauf erkennen. Blut und lange Haare klebten daran. Er ließ den Stein zu Boden fallen.

Über das Wasserrauschen hinweg waren entfernt Schreie zu hören. Das war die Dame dort draußen auf der Insel. Barney sah, wie sie sich immer wieder verkrampft hinabbeugte, steife Verbeugungen aus der Hüfte, und jedes Mal war ein Jammern zu hören. Sie sah aus, als würde sie beten, von den Armen einmal abgesehen. Die waren ausgebreitet und zuckten in Krämpfen. Ihr Gesicht war ganz weiß unter der Regenhaube, ein kleines, helles Oval mit weit aufgerissenem Mund. Hör doch auf, dachte er. Das nützt doch niemandem. Am allerwenigsten deiner Freundin.

Die Frau lag zu seinen Füßen auf dem Rücken und sah abstoßend aus. Aber das war einzig und allein ihr Fehler. Es hätte nicht so kommen müssen. Ihre Augen waren offen und glasig. Barney versuchte, sie zu schließen, aber die Lider rutschten immer wieder hoch. Das Stirnbein war nachgiebig wie eine überreife Frucht. Es wölbte sich, als er mit den Fingerspitzen darübertastete, etwas Feuchtes drückte von innen dagegen. Vielleicht das Gehirn, die Hirnrinde. Die Gedanken und Erinnerungen, die hinauswollten. Er tastete an ihrem Hals nach dem Puls, aber die Haut war vollkommen reglos und still. Zögernd beugte er sich vor und versuchte festzustellen, ob sie atmete. Doch, da kam etwas, ein Hauch. Er war verunsichert. Beugte sich noch näher über sie. Ihr Mund war leicht geöffnet, sie hatte schöne Lippen. Durch einen Spalt waren gleichmäßige weiße Schneidezähne zu erkennen. Er hätte diesen Mund küssen können. An einem Bartresen hätte alles ganz anders kommen können.

Vorsichtig drückte er ihr mit der Fingerkuppe auf den Augapfel, wie er es für gewöhnlich tat, wenn er ein Tier angefahren hatte. Nicht das geringste Zucken, die Reflexe funktionierten nicht mehr. Als er den Finger zurückzog, hatte sich etwas Durchsichtiges darübergelegt, ein winziger, weicher Fetzen. Irgendetwas aus dem Auge, dachte er angewidert, die Hornhaut oder so. Er versuchte, es abzuschütteln. Und in just diesem Moment begriff er, was das gewesen war. Eine Kontaktlinse.

Vorsichtig tastete er über seinen eigenen Mund. Es war die reinste Verwüstung. Die Schneidezähne waren nach hinten ins Fleisch hineingedrückt worden. Blut troff daraus hervor. Immer wieder musste er den Kopf in den Nacken legen und schlucken, er konnte den Mist nicht ausspucken, das tat zu weh, die Haut um seinen Mund herum war vollkommen zerfetzt. Warum in aller Welt hatte sie ihn geschlagen? Das war wirklich unnötig gewesen, sie hatte ihre Schuld doch beglichen, und damit waren sie quitt gewesen. Wenn sie nicht mit dem Stein auf ihn losgegangen wäre, hätte es nicht so enden müssen. Alles in allem war das wirklich unglaublich unnötig gewesen. Er hatte sie vor dem Ertrinken gerettet, sie hätte ihm zumindest ein klein wenig Dankbarkeit erweisen können. Aber Frauen mussten ja immer alles anders machen. Sie waren so hohl, so dunkel. Man konnte ganz einfach nicht in sie hineinschauen.

Barney spürte, wie der Schmerz durch seinen Stirnlappen pulsierte. Er brauchte irgendetwas, ein Alvedon oder einen Schluck Schnaps. Zögerlich durchsuchte er die Taschen der Frau, vielleicht hatte sie etwas dabei. In der Regenmanteltasche lagen ihr kaputtes Handy und ein nasses Taschentuch. In der Jeans fand er ein rotes, hübsches Portemonnaie. Es quoll über von Plastikkarten und Scheinen. Er zählte schnell nach, es waren fast zweitausend in bar. Jetzt wurde er erst richtig wütend. Sie hätte ihn bezahlen können. Sie hätte ihm einfach die Kohle geben können, dann hätte nichts von alldem passieren müssen. Aber so funktionierten Frauen nicht. Er nahm die Scheine an sich, ließ jedoch ein paar Hunderter übrig, schließlich war er kein Dieb. Er nahm nur die angemessene Summe Schmerzensgeld. Damit alles seine Ordnung hatte.

Eine Alvedon-Tablette fand er nicht. Umständlich schob er das Portemonnaie wieder zurück in ihre Hosentasche, es war deutlich schwieriger, als es herauszuziehen. Dann versuchte er nachzudenken, schluckte Blut, musste sich konzentrieren. Es gab immer einen Weg nach Hause, ganz gleich in welcher Wildnis man gelandet war. Irgendwo war der richtige Weg, man musste ihn nur finden.

Er dachte an seine alte Mutter. Ihre Bruchbude kurz vor Arjeplog, samischer Alkoholismus der schlimmsten Sorte. Immerzu tat sie so, als hätte sie dort draußen irgendwas zu tun, war mit dem Holz zugange oder mit den Fellen, aber in Wahrheit wollte sie nur so billig wie möglich leben, um ihre Rente versaufen zu können. Sie und ihre Saufkumpane, die wie die Krähen beisammenhockten, sobald ein Kanister auf dem Tisch stand. Er erinnerte sich an ihre berauschten Joiks, wenn sie gut gelaunt war, wenn die Promille anstiegen. Dann war sie gesellig und wollte alle umarmen, man konnte sich kaum vorstellen, was dann in der Regel folgte. Denn im Handumdrehen schlug die Laune um, sie fing an zu murren, zu schimpfen und die Messer zu wetzen. Er war im vergangenen Jahr dort gewesen, hatte mit der Hand vor Mund und Nase in der pisseverseuchten Hütte gestanden und sie auf einer dreckstrotzenden Matratze ohne Laken vorgefunden, sie hatte so heruntergekommen ausgesehen, dass er sie nicht einmal hatte berühren wollen. Dass er nur dort gestanden und sie betrachtet hatte. Und dann war er wieder gefahren, ohne dass auch nur ein Einziger aus dieser Suffbande aufgewacht wäre.

Mit wackligen Beinen stand Barney auf. Ihm war schwindlig, es ging ihm richtig schlecht. Vielleicht lag das an dem Blut, das er geschluckt hatte, das verklumpte und verdickte und verklebte zu einem schwarzen, schwellenden Kloß.

Hivás, dachte er. Lebewohl.

Dann packte er die Frau bei den Fußgelenken. Er schleppte sie zum Wasser hinunter, es ging ganz einfach. Ihr Hinterkopf schlenkerte hin und her, schlug herum wie eine Knollenfrucht. Keuchend kippte er sie in die Strömung. Er musste ein Stück ins Wasser waten, und seine Schuhe wurden nass, aber er hatte keine andere Wahl. Gestrüpp fing ihren Körper auf, riss ihr die Kapuze vom Kopf, und ihr blondes Haar breitete sich aus wie ein Schleier. Er nahm einen Ast zur Hand, mit dem er sie weiter hinaus in die Strömung drücken konnte. Ein Arm ragte schwankend aus dem Wasser wie zu einem Schwimmzug. Dann wurde sie davongetrieben. Der Regenmantel zerrissen, der Schädel zertrümmert. Der Fluss, die Kraft des Wassers, würde sich jetzt um alles Weitere kümmern. Immer schneller schwebte sie davon. Er folgte ihr mit dem Blick, sah, wie sie immer mehr Fahrt aufnahm. Der Körper wurde herumgeschleudert, er näherte sich der Dammkante, wurde in den Wasserfall gerissen und verschwand.

Er spürte nichts. War innerlich ganz leer.

Dann fiel ihm der Stein ein. Den sollte er nicht hier liegen lassen. Er hob ihn auf, einen schwarzen Diabas mit roten Blutflecken, und warf ihn, so weit er konnte, in die Strömung. Leises Platschen zwischen den Wasserwirbeln.

Schnell blickte er sich um. Hatte er irgendetwas vergessen? Der Körper würde gefunden werden, das war ihm klar. Aber für die Verletzungen gab es ja eine natürliche Erklärung. Man würde doch wohl nicht nach Sperma suchen? Und selbst wenn, dann gäbe es ja keins, dank jenes kleinen Schnipps durch den Doktor.

Dann fiel ihm die Kontaktlinse ein. War sein Fingerabdruck darauf? Verdammt. Er begann zu suchen, hockte sich auf die Erde und kroch herum. Nicht gut, gar nicht gut. Ein Spürhund der Polizei könnte sie finden. Aber dafür müsste es einen Anfangsverdacht geben, dafür musste jemand von der Sache berichtet haben.

Barney richtete sich auf und betrachtete nachdenklich die Frau dort draußen auf der Insel. Sie war auf ihrem kleinen Vorsprung in sich zusammengesunken, hielt sich aber fest, so gut sie konnte. Es war nur noch ein kleiner Rest des Damms übrig, eine winzige Schäre. Alles andere war bereits fortgespült worden. Sie starrte ihn an, er meinte zu erkennen, dass sie weinte. Ihr Mund war hässlich verzerrt.

34

VERDAMMT, WAR ER schwer. Und so unförmig. Lena hatte ihn bis ans Ufer bugsiert und mühte sich jetzt mit seinen langen, kalten Armen ab. Sie waren weiß und schlank, ihr Anblick erinnerte sie an Blumenstängel. Es schien, als hätte er den Fluss geschluckt, ihn wie ein Schwamm durch die Haut aufgesaugt. Es war schwer zu sagen, wo der Fluss aufhörte und Laban anfing, sie gingen ineinander über, die Grenzen waren fließend. War er bereits dabei zu ertrinken? Lena kämpfte, aber der Fluss zog genauso kräftig von der anderen Seite. Er hatte sich bereits Labans Bein ergattert, jetzt wollte er auch den Rest haben.

»Du musst mir helfen«, bat sie und schluchzte.

Laban antwortete nicht. Sein Kopf schaukelte unkontrolliert hin und her, an seinem Gesicht klebten Haarsträhnen. Sie musste eine Pause einlegen und ließ sich schwer auf den Hintern fallen.

Es war unangenehm kalt. Trotz der körperlichen Anstrengung fror sie, sie zitterte gottserbärmlich. Es regnete immer noch ununterbrochen, wie auf einem nassen Aquarell, in dem die Farben sich vermischten, floss alles ineinander.

Lena Sundh war trotz allem erleichtert, das Ufer erreicht zu haben. Der Fluss machte hier eine Biegung und bildete eine kleine, runde Bucht. Der Wald wich zurück und öffnete sich zu einer Lichtung, man mochte es fast eine Wiese nennen. Wie schön es hier war. Das Septembergras stand niedrig und war ganz weich, sonnengelbes Habichtskraut blühte ebenso wie die Goldrute mit ihren gelben Blütenständen. Das fette, blassgrüne Moos am Waldrand war übersät mit ziegelrotem Laub von einer riesigen Eberesche, die Farben leuchteten, zu gern hätte sie davon ein Bild gemalt.

»Laban, wir müssen höher hinauf! Nur noch ein kleines Stück.«

Mit neuer Kraft packte sie seine Handgelenke und zog daran. Sie hob den Körper ein paar Zentimeter hoch, dann sackte er wieder hinab. Sie hielt mit den Stiefelabsätzen dagegen und legte alle Kraft hinein. Stück für Stück glitt er aus dem Wasser. Er sollte auf der Wiese liegen. Dort sollte er sich ausruhen, jenseits der Gefahr, inmitten all der Schönheit.

Hier oben war es einfacher, ihn zu ziehen. Labans nackter Rücken rutschte über das nasse Gras. Gleichzeitig kam ihr die Schlange in den Sinn, die würde sich doch nicht hier irgendwo versteckt haben? Sie versuchte, so laut wie möglich aufzustampfen, um sie zu verscheuchen. Keuchend ließ sie Labans Arme los, als sie hoch genug gekommen waren, ließ sie einfach zu Boden plumpsen. Sie fielen seitwärts wie bei einem Säugling, er sah aus wie ein Neugeborenes, das dalag und schlief. Dann veränderte sich das Bild und wurde zu einer Kreuzigung. Ein langhaariger, sterbender Störenfried. Lena legte seine Arme dicht an den Körper. Mit kalten Fingerspitzen tastete sie nach seinem Puls. Sie konnte keinen fühlen, meinte aber zu sehen, dass er atmete. Gleichzeitig lief das Blut, ein stetes, klares rotes Rinnsal, aus dem fleischigen Beinstumpf.

»Laban?«

Keine Antwort. Sie musste sich beeilen. Sie nahm das Taschenmesser und sah sich suchend um. Ihr Regenmantel. Mit einer einzigen Bewegung schnitt sie einen Streifen vom Saum und hielt ein sich ringelndes Plastikband in der Hand. Dann krempelte sie eilig den Stoff seines Hosenbeins hoch und legte den Stumpf frei. Er sah fürchterlich aus. Zerfetzt und nackt. Fleisch und Sehnen, weiße, leuchtende Knochenhäute. Sie berührte die Wunde mit der Klinge, prüfend und fast neugierig. Nichts geschah, nicht das geringste Zucken. Ein Fetzen hing lose herab, er störte sie, die Wunde sah hässlich gezackt aus. Sie zögerte, dann packte sie den Hautlappen, schnitt ihn ab und warf ihn in den Fluss. Sie band den Plastikstreifen zu einer Schlinge und zog sie mit aller Kraft um den Stumpf, wickelte den Streifen so lange herum, wie es nur ging, und zog daran, damit sich der Verband in die Haut schnürte.

Lena Sundh betrachtete die Wunde, die Verheerung, stellte fest, dass sie weiter blutete. Also knotete sie alles wieder auf, umwickelte es von Neuem und zog so fest, wie es ihr nur möglich war. Sie meinte, erkennen zu können, dass die Blutung abnahm. Ein klein wenig Blut kam vielleicht noch, es war kaum zu erkennen, von überallher troff Wasser. Vom Fluss und vom Himmel.

Und dann plötzlich hörte er auf zu atmen. Es war fast nicht zu sehen, trotzdem bemerkte sie es sofort. Irgendetwas geschah mit seinem Körper. Zuerst wurde er ganz schlaff, verlor jede Spannung. Dann begann er plötzlich zu zittern und zu krampfen. Der rechte Unterarm bog sich im Ellenbogen, winkelte sich an, hob sich und zuckte auf und ab. Lena betrachtete ihn voller Entsetzen. Sie hatte noch nie zuvor jemanden sterben sehen. Es war, als winkte er, als nähme der Körper Abschied. Oder war das ein Notsignal, ein Arm, der nach Hilfe tastete, ein letztes Aufbäumen dessen, was noch in ihm war?

Lena setzte sich rittlings auf Laban, sank über seiner schmalen Taille nieder und beugte sich vor. Mit einer zärtlichen Bewegung schob sie seine langen Haarsträhnen zur Seite und legte den Nacken nach hinten. Das Kinn fiel hinab, sie sah seine Zähne, eine Füllung in einer der hinteren Kauflächen. Unsicher beugte sie sich vor und küsste ihn. Es war wie ein richtiger Kuss. Da drinnen war er immer noch warm, sie spürte den Geschmack seines Speichels, frisch und ein wenig würzig. Er erwiderte den Kuss nicht, war vollkommen schlaff. War es zwei Jahre her, dass sie das letzte Mal jemanden geküsst hatte? Nein, das musste länger her sein, sie hatte schon ganz vergessen, wie sich das anfühlte. Wie nahe man sich kam. Sie leckte seine Zunge und die Schneidezähne, er schmeckte so unglaublich jung. Wie Kalbfleisch. Wie ein Säugling, der niemals schmutzig wurde. Selbst Babyschweiß roch nach Vanille. Fast hätte sie vor Sehnsucht angefangen zu weinen, als sie daran dachte, wie nahe jene kleinsten Kinder der Schöpfung waren. Sie konnten noch nicht einmal allein gehen, sie lagen einfach nur da und warteten darauf, mit etwas angefüllt zu werden. Mit Milch und Licht. Mit Leben.

Dann blies sie. Atmete ihre eigene Luft in seinen Körper. Es war deutlich schwerer, als sie gedacht hatte. Sie blies kräftiger und hörte ein Zischen. Es kam aus seiner Nase, die Luft sickerte dort wieder hinaus. Mit Daumen und Zeigefinger drückte sie die Nase zu und versuchte es noch einmal. Jetzt hob sich sein Brustkorb ein wenig. Sie ließ ihn wieder zusammensinken, beugte sich dann vor und machte es noch einmal.

Ihre Atemzüge strömten in ihn hinein. Sie drangen in seinen innersten, in seinen tiefsten Raum.

Zwölf Mal einatmen, zwölf tiefe Atemzüge. Dann richtete sie sich mit einem leichten Schwindelgefühl auf. Labans Arm war auf den Boden gerutscht, die Krämpfe waren mittlerweile weniger heftig. Sie wusste nicht, ob das ein gutes oder ein schlechtes Zeichen war. Der Regen fiel jetzt stärker auf seine hohe Stirn. Sie versuchte wieder, den Puls an seinem Handgelenk zu finden, aber es gelang ihr nicht. Sein Brustkorb war klitschnass und eiskalt und erinnerte sie an die Schuppen eines Fisches. Er musste unglaublich frieren. Der Blutverlust bleichte die Haut, vielleicht hatte er auch noch Wasser in der Lunge.

Noch einmal zehn Atemzüge.

Ihr war ein bisschen übel, aber es gab niemanden, der sie hätte ablösen können. Sie war die Einzige, die helfen konnte. Sein Leben lag in ihren Händen.

Noch einmal acht. Immer noch kein Puls. Sie drückte auf seinen Brustkorb, war aber unsicher, legte die Handflächen auf und presste ein paarmal.

Weitere Atemzüge. Immer und immer wieder.

Langsam hörten die Krämpfe auf. Er wurde ruhiger. Und doch schien er weit, weit weg zu sein, unerreichbar hinter seinen geschlossenen Augenlidern. Sie konnte nicht mehr, musste eine Pause machen. Legte sich vornüber auf seine Brust und versuchte, irgendetwas darin zu hören.

Laban? Willst du wirklich leben? Ja, das willst du ganz sicher, sie erinnerte sich daran, wie er wie von Sinnen gerannt war. Hätte er das nicht getan, wäre er mit den Frauen fortgespült worden.

Aber hast du ein Recht zu leben? Bist du dessen würdig?

Zuerst erschien ihr der Gedanke fremd. Woran machte man eine solche Entscheidung fest? Lena erschien ein Bild vor Augen, sie musste es in einem Kunstbuch gesehen haben, ein altes Ölgemälde von einer Frauengestalt mit einer Waage. In der einen Schale lag das Böse in Form von Kröten und Schlangen. In der anderen die Blumen und Früchte des Guten. Aus der Unterwelt flackerte das Feuer der Hölle empor, während eine Leiter zu den Himmelspforten führte. In beide Richtungen schlängelte sich eine lange Menschenschlange.

Konnte man eine Menschenseele auf diese Art und Weise messen? Sie wiegen? Lackmuspapier hineinhalten und sehen, ob es rot oder blau wurde?

Sie dachte daran, wie Laban sich aufgeführt hatte. Selbstherrlich, narzisstisch, ständig Aufmerksamkeit heischend. Er gehörte zu der Sorte von Männern, die Frauen schadeten. Die sie zunächst entzündeten, um ihnen dann, wenn sie Feuer gefangen hatten, den Rücken zuzuwenden. Er würde sein erstes Kind mit dreiundzwanzig zeugen, es aber verlassen, noch ehe es zur Welt kam. Das zweite mit einunddreißig mit einer anderen, bildschönen, aber von Blindheit geschlagenen Frau. Das dritte mit vierundvierzig mit einer dritten Frau. Dieses Mal würde er sich einbilden, dass es etwas Ernstes wäre. Und dann mit fünfzig, fünfundfünfzig an der Schwelle zum Alter einen Nachzügler mit einer ebenso jungen wie hingebungsvollen, heiligengleichen Kunststudentin, die seinen grauen, schütteren Pferdeschwanz und seinen bitteren Zynismus all den jüngeren Künstlern vorzog, die ihn nach Ansicht der Kritiker hinsichtlich ihres Ideenreichtums und nicht zuletzt finanziell längst überholt hatten. Sie würde ihm eine letzte Tochter gebären, die schon bald ohne väterliche Unterstützung oder männliches Vorbild aufwachsen müsste, dafür mit einer verbitterten

Mutter, deren Lippen wie ein Aquarellmalkasten zusammengepresst wären.

So hätte es sein können. Wenn sein Weg breit und ohne Hindernisse gewesen wäre.

Aber jetzt hatte sich etwas ereignet. Eine plötzliche Lawine. Eine Sintflut. Das Kaleidoskop war geschüttelt worden, ein neues, unerwartetes Muster hervorgetreten.

Das Bein. Sie hatte sein Bein gekappt.

Der beinlose Laban. Laban mit dem Stumpf. Hiernach würde er nicht mehr so anmaßend sein. Schmerzen über Schmerzen, Operationen und danach Wochen, sogar Monate der Reha, bis er eine Prothese bekäme. Monate, in denen er viel Zeit zum Nachdenken hätte.

Sanft beugte sie sich hinab und legte ihm die Handflächen auf die Wangen. Er hatte einen weichen Bartflaum. Wenn man den abschnitte, dachte sie, Haar für Haar, könnte man ihn zu einem kleinen Pinsel sammeln.

Dann blies sie noch einmal, so kräftig sie nur konnte. Betrachtete seine halb geschlossenen grünvioletten Augenlider. Diese Farbkombination wollte sie sich merken, sie ähnelte keiner anderen, die sie bisher gesehen hatte. Sie war ihm so nahe. Sie krümmte sich und legte sich auf ihn, Bauch auf Bauch, Brust auf Brust. Vielleicht wurde ihm so ein bisschen wärmer, sie war sich nicht sicher. Zumindest würde es nicht kälter. Vorsichtig legte sie ein Ohr auf seine Rippen und lauschte. Nichts. Puff. Nichts. Und nach einem langen Zögern wieder ein Puff.

Es schlug fast nicht mehr, aber es schlug.

Sechs tiefe Atemzüge, sechs feuchte Seufzer. Dann musste sie wieder eine Pause einlegen, danach noch einmal sechs.

Und vielleicht bildete sie es sich nur ein, aber sie hatte das Gefühl, es würde etwas wärmer. Genau da, wo sie aufeinanderlagen, Laban und sie, in dieser dünnen Schicht zwischen ihnen. Bauch auf Bauch, Brust auf Brust, Laban und Lena. Nur sie und er auf der ganzen Welt, auf dieser üppig grünenden Paradieswiese.

35

NOCH IMMER WAR der Strom weg. Die Kasse funktionierte nicht, deshalb musste Marina den wenigen Kunden, die sich in der Dunkelheit hereingetraut hatten, eine handgeschriebene Quittung ausstellen.

»Da ist bei Boden bestimmt der Blitz eingeschlagen«, meinte jemand, »und hat das Stellwerk beschädigt oder so. Das kann eine Kettenreaktion bewirken, sodass alles ausfällt.«

Sofia Pellebro lauschte dem gemütlichen Luledialekt. Niemand schien besonders beunruhigt zu sein.

»Im Winter wäre es schlimmer. Ohne Heizung bei minus zwanzig Grad, da würdet ihr reichlich Teelichter verkaufen!«

Unruhig lief Sofia in dem fast leeren Laden herum und zupfte an allem möglichen Krimskrams, rückte ihn zurecht, damit es dekorativ aussah, so wie Carlos es haben wollte. Dann stellte sie sich in die Tür und schaute über die Straße. Immer noch der gleiche eintönige Dauerregen. Die gleiche trügerische Ruhe. Die Leute gingen ihren Geschäften nach, trugen Taschen und Tüten und verschlossene Mienen, waren mit sich selbst beschäftigt.

Da fing es an zu tuten. Ein lang anhaltendes, eintöniges Heulen.

»Was ist das?«, fragte Marina.

»Keine Ahnung.«

»Ist das ein Feueralarm? Das ist doch bestimmt die Feuerwehr, oder?«

Das Heulen hörte auf. Verstummte für ein paar Sekunden, dann ertönte es wieder.

»Mach das Radio an«, bat Sofia ihre Kollegin.

»Warum?«

»Vielleicht sagen sie etwas im Radio.«

»Wir haben keinen Strom.«

»Ach ja, wie dumm von mir.«

Sofia beobachtete immer noch die Passanten. Das Sirenengeheul fraß sich in sie hinein, es war irritierend, aber niemand dort draußen schien ernsthaft Notiz davon zu nehmen.

»Hast du keinen Radioempfang auf deinem Handy, Marina?«

»Nein, leider nicht.«

»Ich aber auf meinem. Aber man braucht ein Headset dazu, um es hören zu können. Du hast nicht zufällig eins dabei?«

»Nee, leider nicht.«

»Na, vielleicht ist es wirklich nur ein Feueralarm.«

»Oder eine Übung.«

»Ja, natürlich. Es könnte eine Übung sein.«

Unschlüssig standen sie herum. Sollte man irgendetwas Bestimmtes tun?, überlegte Sofia. Oder nicht? Sie wusste es nicht. Nein, man unternahm besser gar nichts, das war meistens das Richtige. Es war nur eine Übung, die vorübergehen würde.

Nach ein paar Minuten verstummte der Alarm. Sie sahen einander an. Marina zuckte mit den Schultern und ging zur Kasse zurück. Sie funktionierte immer noch nicht.

»Am liebsten möchte man gar nichts verkaufen, wenn man es nicht eintippen kann«, seufzte sie. »Bist du gut in Mathe?«

»Du hast doch den Taschenrechner.«

»Ja, aber die Mehrwertsteuer! Muss man die teilen oder malnehmen? Die Abrechnung muss doch stimmen.«

»Ich glaube nicht, dass Carlos das so eng sieht.«

»Natürlich sieht er das so eng, warum sagst du so was?«

»Ach, nur so ein Gefühl.«

»Nein, sag mal ehrlich, glaubst du, dass Carlos … Meinst du, dass er nicht …«

Im selben Augenblick setzte der Alarm wieder ein. Böööö … Böööö … Sofia zuckte unwillkürlich zusammen. Ein mulmiges Gefühl stieg in ihr auf. Das musste doch irgendetwas zu bedeuten haben? Sie sah das Bild einer Flugzeugstaffel vor sich, sie hatte es in irgendeinem Film gesehen, Formationen schwerer Bomber mit dumpfem Motorendröhnen, die immer näher kamen, während die Menschen am Boden nach oben blickten. Weiße Gesichter, weiße kleine Kegel, auf die man zielen konnte.

»Gibt es einen Luftschutzbunker hier?«, fragte Sofia plötzlich.

»Nein, glaube ich nicht. Meinst du hier im Haus?«

»Kam mir nur so in den Sinn.«

»Na ja, wir haben einen Keller. Sollen wir runtergehen, meinst du, wir sollen den Laden schließen?«

»Ich weiß nicht, was ich gemeint habe.«

»Ach, das ist doch nur eine Übung«, entschied Marina. »Beim ersten Mal hab ich gedacht, es ist etwas passiert, aber inzwischen bin ich wieder ganz ruhig.«

»Vielleicht wollen sie uns auf den Stromausfall aufmerksam machen«, überlegte Sofia. »Vielleicht wollen sie, dass wir Radio hören, falls es länger dauert. Damit wir rechtzeitig die Lebensmittel aus den Kühltruhen holen.«

»In einer Kühltruhe hält sich die Kälte mindestens einen Tag lang.«

»Und die Landwirte? Die müssen es ja wohl wegen der Tiere wissen, die Melkmaschinen werden doch bestimmt mit Strom betrieben.«

Marina antwortete nicht, sondern tippte nur hochkonzentriert auf dem Minitaschenrechner ihres Handys herum und machte sich Notizen.

»Ich geh mal raus und rauche eine«, sagte Sofia.

»Mhm …«

Von Unruhe gepackt verließ sie den Laden, blieb aber im Lager stehen und versuchte, die Kartons in Ordnung zu bringen. Wir brauchen ein besseres System, überlegte sie. Vielleicht nach dem Alphabet. Im Moment landet die jüngste Lieferung immer ganz oben, während die älteren von dem ganzen Kram begraben werden.

Die Sirene verstummte wieder. Gut. Hier drinnen war sie nicht mehr ganz so laut zu hören gewesen, aber sie war durch sie hindurchgejagt wie Herzrasen. Allein vom Zuhören blieb einem die Luft weg, es war wie Abrieb, wie eine Schürfwunde im Ohr.

Sofia Pellebro verzichtete auf die Zigarette und kehrte in den Laden zurück. Vor dem Schaufenster fiel der Regen jetzt stärker, in der Fußgängerzone bildeten sich Pfützen. Menschen strömten vorüber. Weniger als sonst, wie ihr schien, das lag sicher am Wetter. Die Tageseinnahmen würden enttäuschend sein.

Ein Mann kam von Smedjan herüber. Er zog ihren Blick geradezu an, er bewegte sich merkwürdig. Die Schultern wippten, die Ellenbogen pendelten hin und her. Es dauerte einen Augenblick, bis sie begriff, dass er versuchte zu rennen. Er hatte einen dunkelgrauen Hut auf dem Kopf und trug einen langen, ebenso dunklen und eleganten Mantel, schwarze Lederhandschuhe, blank geputzte Lederschuhe. Als der Mann vorbeieilte, sah sie, wie fett er unter seinem Mantel war, das Gesicht war flammend rot und verschwitzt, und er hatte es ungemein eilig. Schneller konnte er wohl nicht laufen. Sicher taten ihm die Knie weh. Sofia folgte ihm mit dem Blick, glaubte, Achselschweiß und Rasierwasser zu riechen, und sah, wie er in die Kungsgatan abbog.

Da kam noch jemand, der es eilig hatte. Dieses Mal war es eine Frau in einem Kleid, einiges über dreißig, und auch sie rannte. Die hochhackigen Stiefel behinderten sie, sie tippelte vorwärts wie ein Trabrennpferd, kloppetiklopp, kleine Hüpfer auf Pflasterstein.

Was war denn nur los?

Sofia zog ihr Handy heraus, hatte immer noch kein Netz. Anscheinend waren die Sendemasten außer Betrieb. Aber woran lag das? Hatte es wirklich einen Blitzeinschlag gegeben, hatten die denn kein Notstromsystem?

Da kam noch eine Frau, und die rannte wirklich. Strohiges blondiertes Haar und zu enge Jeans für ihr Alter.

»Hallo!«, rief Sofia, »was ist denn los?«

»Weg!«

»Wieso?«

»Weg hier! Weg!«

Ihr Blick war starr, aufgewühlt. Panik, dachte Sofia. Sie war am Rand der Panik. Sie wollte sie noch mehr fragen, aber die Frau war bereits zu weit entfernt. Ihre Angst hing noch in der Luft, scharf und spitz. Sie war echt gewesen.

»Was war denn mit der los?«

Ein junger Mann war stehen geblieben, Arbeitsklamotten mit Farbflecken, irgendein Handwerker.

»Keine Ahnung«, sagte Sofia. »Sie hat geschrien, wir sollen weg hier.«

»Das hab ich gehört.«

»Weg, weg ...«

»Ich kann Sie mitnehmen, wenn Sie wollen«, sagte er, »ich habe einen Firmenwagen ...«

»Nein, ich bleibe hier im Laden.«

»Ich glaube, ich geh dann mal. Sicherheitshalber, meine ich.«

»Ja, verstehe.«

»Haben Sie ein Auto?«, fragte eine Stimme hinter ihm.

Zwei Frauen in solider Regenkleidung mit zugeschnürten Kapuzen und Einkaufstüten. Eine große und eine kleinere, Mutter und Teenagertochter, erkannte Sofia.

»Was? Ja ...«

»Wir werden evakuiert«, fuhr die Größere fort. »Hätten Sie Platz für uns?«

»Evakuiert?«

»Das hat einer gesagt. Der hat das gehört. Wäre es möglich, dass Sie uns mitnehmen?«

»Wer wird evakuiert?«

»Die ganze Stadt.«

»Ach was.«

»Das haben sie gesagt. Die ganze Stadt.«

»Das ist doch unmöglich«, warf Sofia ein.

»Aber warum denn?«, wollte der Mann wissen.

»Keine Ahnung«, sagte die Mutter und klang zunehmend angespannt. »Haben Sie nun einen Wagen oder nicht?«

Sie gingen zusammen zum Parkplatz, wo das Auto des Mannes stand. Sofia blieb zurück, ihr war ein wenig mulmig. Sie drehte sich um, ging zurück in den Laden.

»Sie räumen Luleå«, murmelte sie.

Marina hob den Blick von ihrem Notizzettel.

»Wie bitte?«

»Eine Frau hat das gesagt. Sie hat es von irgendjemandem gehört.«

»Aber warum das denn?«

»Das wusste sie nicht.«

»Die können doch nicht die ganze Stadt räumen. Das ist doch wohl klar.«

Sofia hielt einen Moment unschlüssig inne. Dann holte sie ihren Mantel aus der Pantry und zog sich die Straßenschuhe an.

»Wo willst du denn hin?«, fragte Marina.

»Ich mach mich nur bereit. Falls es stimmt.«

Draußen waren jetzt mehr Menschen unterwegs. Marina trat an die Tür.

»Hallo, was geht denn hier vor?«

»Evakuierung«, war eine Stimme zu hören. »Das ganze Zentrum wird geräumt.«

»Ach, hör doch auf…«

»Eine Flutwelle. Wasser.«

Marina drehte sich zu Sofia um.

»Hast du gehört? Wasser!«

Sofia wippte auf den Fersen auf und ab. Es waren nicht allzu viele, die dort draußen herumliefen. Wie viele Menschen befanden sich an einem gewöhnlichen Vormittag hier im Zentrum, fünftausend?

»Ich glaube, ich haue ab«, sagte Sofia schließlich.

»Und was ist mit dem Laden?«

»Den schließen wir. Du kannst mit mir mitfahren.«

»Aber was, wenn Carlos… Das hier ist meine erste feste Stelle.«

Erst wollte Sofia schon wiederholen, dass sie ohnehin bald bankrott wären, konnte sich aber gerade noch bremsen. Das Mädchen tat ihr leid.

»Du hast doch die Schlüssel, oder?«

»Ich habe die Schlüssel.«

In diesem Moment steckte ein Mann den hochroten Kopf durch die Tür und klopfte sicherheitshalber noch gegen den Türrahmen: »Evakuierung! Wir müssen alle weg!«

Er lief die Fußgängerpassage weiter, sie hörte, wie er auch an die nächste Tür hämmerte. Sofia spielte mit den Autoschlüsseln, zögerte immer noch.

»Der war doch besoffen«, sagte Marina.

»Ich fahre jetzt.«

Marina antwortete mit einer vagen Geste, als wollte sie sagen: Tu, was du nicht lassen kannst.

Sofia winkte unentschlossen zum Abschied. Sie ging durchs Lager hinaus auf den Hinterhof, wo sie immer rauchte. Ihren Toyota hatte sie dicht an der Wand geparkt, um damit so wenig Platz wie möglich einzunehmen, das war die Bedingung dafür, dass sie sich die Kosten für das Parkhaus sparte. Sie warf ihre Tasche auf den Beifahrersitz, drehte den Schlüssel und manövrierte das Fahrzeug aus dem engen Hof. Aus den Lautsprechern summte U2: *I still haven't found what I'm looking for.* Nicht gerade ein Weltklasselied, sie hatten viel bessere aufgenommen, aber gleichzeitig die Art von Song, dessen man nie wirklich überdrüssig wurde. Er nutzte sich nicht ab, dafür enthielt er zu viel Gutes. Ihre Morgenpendlermusik auf dem Weg zu ihrem täglichen Golgatha, eine unausgesprochene Ermahnung, auszuhalten.

Auf dem Varvsleden herrschte auffallend viel Verkehr, es sah aus wie vor einem langen Wochenende. Sie wechselte auf die linke Spur, um abzubiegen, und sah die Ampel drei Mal auf Rot springen, bis sie endlich an der Reihe war. Stau wie in Stockholm. Auf der Kungsgatan war es noch schlimmer. Aus den Seitenstraßen versuchten die Fahrzeuge einzufädeln. Aus einer Einbahnstraße kam entgegen der erlaubten Fahrtrichtung ein Opel, der Fahrer hatte die Scheibe heruntergekurbelt und winkte ihr flehentlich zu. Sofia bremste und ließ ihn hinein, sofort begann der Wagen hinter ihr zu hupen. Langsam griff der Stress auch auf sie über, ihre Hände fühlten sich feucht und schmierig auf dem Lenkrad an. Ich muss die Musik wechseln, dachte sie und blätterte in der CD-Mappe, unbeholfen, unentschlossen. Man müsste das alles digitalisieren und abspeichern, aber wann hatte man dafür schon Zeit? Eine kleine Lücke tat sich zu dem Wagen vor ihr auf, hinter ihr hupte es wieder. Ein Audi, das wunderte sie überhaupt nicht. Audifahrer waren fast immer Idioten, Bauerntrampel, die in die Stadt gezogen waren und zu schnell zu viel verdient hatten. Sie legte den Blinker ein, ohne abbiegen zu wollen, nur um ihn zu ärgern. Wenn er noch einmal hupte, würde sie abrupt bremsen. An einem Auffahrunfall war immer das hintere Fahrzeug schuld. An der Östra-Schule vorbei und auf die Spur zum Landstingshuset. Jetzt müsste sie nach links auf den Bodenvägen abbiegen, aber auch hier eine dichte Autoschlange. Die Ampel sprang frustrierend langsam um und ließ jedes Mal nur einige wenige Fahrzeuge durch. Auch auf der Querstraße war dichter Verkehr, langsam sah es tatsächlich wie eine Evakuierung aus.

Sie wechselte vom CD-Player zum Autoradio und wählte einen Lokalsender. Infantiles Gesülze einer Partyband. Sie wollte schon einen neuen Sender suchen, wartete dann aber doch. Ihr Wagen rückte fünf Plätze vor, dann war wieder Stopp.

»Sie hören Radio Norrbotten, wir senden direkt von den Überschwemmungen am Luleälven. Der Rettungsdienst fordert sämtliche Anwohner auf, die Umgebung des Flusstals umgehend zu verlassen. Die Bewohner von Boden und Luleå werden gebeten, den lokalen Evakuierungsplänen zu folgen. Außerdem haben wir die Nachricht erhalten, dass das Mobilfunknetz überlastet ist, vermeiden Sie deshalb unnötige Telefonanrufe …«

Unwillkürlich trat Sofia aufs Gaspedal. Der Motor heulte auf, es war nur ein Reflex, das Bein, das sich bewegen wollte. Aber ihr Fahrzeug saß fest, ein eingeklemmter kleiner Würfel. Am liebsten hätte sie laut geschrien. Stattdessen hustete sie heftig auf ihre Knöchel. Evelina, dachte sie. Ich explodiere gleich.

Sie griff nach ihrem Handy und wählte noch einmal Evelinas Nummer. Es war kein Signal zu hören. Als sie sich umdrehte, hatte sie den Eindruck, dass alle in der Schlange das Gleiche taten. Jeder Fahrer saß da und versuchte zu telefonieren oder eine SMS zu schicken. *Evelina, hast du die Warnung gehört? Du musst von dort weg!* Sie drückte auf Senden, sah aber, dass die SMS den Nachrichtenausgang nicht verließ.

Endlich war sie an der Reihe. Sie bog ab und landete gleich im nächsten Stau. Ein paar hundert Meter vor ihr lag der Bodenvägen mit der Max-Filiale und dem OK-Center. Sie wechselte zwischen den Radiosendern hin und her, um mehr Informationen zu erhalten. Aber anscheinend gab es kaum Details zu berichten, nur dass einer der Staudämme beschädigt worden war. Die Evakuierung geschah sicherheitshalber. Der Fluss, dachte sie. Der Fluss ist gefährlich geworden.

Plötzlich scherte ein Renault aus der Schlange aus, rüber auf die entgegengesetzte Fahrbahn, laut hupend fuhr er im Slalom um die sich nähernden Fahrzeuge herum. Die Autos bremsten heftig, versuchten gegenzusteuern und Platz zu machen. Auf wundersame Art und Weise gelang es dem Renault, sich bis zur Kreuzung vorzutricksen, er fuhr auf der falschen Seite an der Verkehrsinsel vorbei und zwängte sich durch den dichten entgegenkommenden Verkehr.

Es dauerte nur wenige Sekunden, bis der nächste Fahrer beschloss, es ihm gleichzutun, dieses Mal ein Ford. Im selben Moment, als er ausscherte, war die Gegenspur dicht befahren, sie alle waren gezwungen zu bremsen und begannen, laut zu hupen. Der Ford hielt an und versuchte dann, in die Autoschlange zurückzusetzen, aus der er gekommen war, aber die Lücke hatte sich bereits geschlossen. Am Ende musste er auf die Standspur ausweichen und versuchte zu wenden, aber niemand machte ihm Platz. Die entgegenkommenden Autofahrer begegneten ihm nur mit wütenden Gesten hinter ihren Windschutzscheiben.

Nein, dachte sie verbissen. Es geht nicht schneller.

Die Rundfunkstimme sprach weiter, sie kannte diesen gekünstelten Luledialekt, war das nicht dieser Journalist, wie hieß er gleich wieder, Micke Dyberg? Spyberg? Es gelang ihm nicht, die Anspannung, den Stress in seinem Tonfall zu verbergen. Er hat es nicht im Griff, dachte sie. Nicht einmal die Redaktionen wissen offenbar, was genau passiert.

Worum konnte es sich bei dieser Überschwemmung nur handeln? Natürlich, der Regen, all der Niederschlag den ganzen Herbst über. Die Staudämme der Kraftwerke mussten irgendwann überlaufen, sie konnten das Wasser schließlich nicht endlos zurückhalten. Und einer dieser Dämme war also beschädigt.

Durch den Stromausfall und den Zusammenbruch des Mobilfunknetzes sei es nicht leicht, an Informationen zu gelangen, fuhr der Reporter mit seinen Erklärungen fort, so gelassen er nur konnte. Eine Frau aus der Regionalverwaltung saß bei ihm im Studio, auch sie wollte nicht über den Ernst der Lage spekulieren. Aber die Evakuierung habe augenblicklich durchgeführt werden müssen, betonte sie, es sei unerhört wichtig, dass sämtliche Anwohner das Gebiet am Fluss entlang umgehend verließen.

Sofia bekam eine Gänsehaut, irgendetwas stimmte da nicht. Sie verheimlichten etwas. Sie wussten mehr, als sie erzählten, wollten aber keine Panik verursachen. Oder waren sie der Dinge selbst nicht sicher? Nicht einmal die Behörden hatten einen Überblick.

Eines stand für Sofia Pellebro jedoch fest: Ihr Haus im beschaulichen Rasmyran außerhalb von Boden lag am Fluss. Jeden Morgen, wenn sie aufstand, konnte sie ihn vorbeiziehen sehen, seine ruhigen Bewegungen verfolgen, nachts konnte sie in ihren Träumen das Rauschen des Wassers vernehmen. Sofia hatte den Fluss immer geliebt. Er war der Grund, warum sie das Haus damals gekauft hatte. Sie hatte Stefan dazu überreden müssen, er war skeptisch gewesen, es lag für seinen Geschmack zu weit ab vom Schuss. Aber sie hatte gebeten und gebettelt, bis er zugestimmt hatte.

Stefan war mittlerweile schon seit vielen Jahren abgeschrieben, der letzte Hetero, den sie an ihren Körper herangelassen hatte, aber in dem Haus wohnte sie noch immer. Sie hatte wie ein Tier kämpfen müssen, um es sich leisten zu können, es zu behalten. In diesem Haus befand sich auch ein düster plakatiertes Jugendzimmer, in dem ein Mädchen wohnte, das gerade in der Schule war. Das hatte sie ihr zumindest versprochen. Heute wollte sie auf jeden Fall zur Schule gehen, es war ja ein kurzer Tag und ohne Sportunterricht obendrein.

Aber wenn sie es nun nicht geschafft hatte? Dann.

Dann lag sie in diesem Haus reglos unter ihrer Bettdecke, während die Stunden und das Wasser langsam vorüberströmten.

Es gab nur eine Möglichkeit, es herauszufinden, dachte Sofia. Ich muss nach Hause. Meine liebe kleine Evelina …

36

ADOLF PAVVAL STAND das Wasser bis zum Hals, und er atmete Reifenluft. Unerbittlich füllte sich die kleine Luftblase mit Kohlendioxid. Er hatte sich ein paar zusätzliche Sekunden erkämpft, das Leben war eine Spur länger geworden, aber war es das wirklich wert? Der Nacken tat ihm weh, während er versuchte, das Kinn über Wasser zu halten, sein Kopf hämmerte, sein Herz schlug flach und schnell, ihm fehlte Sauerstoff. Auf diese Art von Leben konnte man ebenso gut verzichten, dachte er. Eine Verlängerung der Qual, bevor das unausweichliche Ende eintrat.

Wie in einem Nachspann, dachte er. Der Film war eigentlich schon vorbei, und das Kinopublikum trödelte aus dem Kinosaal. Niemand las die Texte im Nachspann, und doch gehörten sie dazu. Ein paar dürftige Füllselsekunden, bevor der Filmstreifen zu Ende war. Lieber hätte er diese Bonuszeit irgendwo in der Mitte gehabt, dort, wo es ihm wirklich Freude bereitet hätte. Während eines Orgasmus beispielsweise. Oder beim Dire-Straits-Konzert in Wembley, bei Mark Knopflers Gitarrensolo in *Telegraph Road.* Da war Adolf gestorben, hatte sich wie eine Seegurke von innen nach außen gestülpt, seine

Gedärme hatten außen an seinem Körper gesessen wie ein Fleischkleid.

Das war so ein Augenblick gewesen, auf dem das Leben eines Menschen aufbaute. Wenn man zurückblickte, verschwanden die Tage und Wochen, ja, selbst die Jahre. Und nur einzelne Sandkörner, Kleingeld, zusammenhanglose Fetzen blieben. Die Mitternachtssonne über Kallaktjåkkå. Das Saugen eines Rentierkalbs an seinem kleinen Finger. Die peitschenden Weidenzweige an der Taille beim Angeln im Bach. Vereinzelte starke Fragmente. Aber kein Überblick vom Anfang bis zum Ende, kein Kern, keine klar umrissene Vorstellung von einem Ich.

Während er all das dachte, wurde die Dunkelheit um ihn herum ein wenig weicher. Das lag am Sauerstoffmangel, das war ihm klar. Das Gehirn, das geradewegs darauf zusteuerte, das Bewusstsein zu verlieren. Er schaltete das Display des iPod ein und sah sich um, das Wasser stieg in Sekundenschnelle. Die Luftblase war inzwischen so klein, dass er sich auf den Sitz knien und die Wange gegen das Wagendach drücken musste.

Als der Bildschirm wieder erlosch, schien es ihm, als würde es um ihn herum nicht mehr völlig schwarz sein. Nicht vollkommen. Es war, als hätte jemand einen Schuss Milch hineingekippt und umgerührt. Er suchte nach dem Grund, blinzelte und drehte sich in alle Richtungen. Schloss die Augen, öffnete sie wieder.

Es war schwer zu sagen. Er meinte, dass es von oben kam. Fing er schon an zu halluzinieren? Die Luft war kaum noch zu atmen. Adolf hustete in das dichte Kohlendioxid und merkte, wie ihm immer schwindliger wurde. Dieses himmlische Licht, all die Bilder, die er in seiner Kindheit betrachtet hatte. Schriften, die er von seinen gläubigen Tanten bekommen hatte. Der Himmel, der sich öffnete. Und über allem ein Auge in einem

Dreieck, Gottes Dreifaltigkeit. Bald würde er wissen, ob sie recht gehabt hatten, diese alten, runzligen Frauen, die Pfeife rauchten und in ihren Schnabelschuhen zu den gemeinsamen Gebeten schlurften. Vielleicht saßen sie jetzt dort oben und warteten auf ihn. Zusammen mit Jesus Christus. Von dort wird er kommen, zu richten die Lebenden und die Toten.

Adolf Pavval spürte, wie das Bewusstsein langsam zu weichen begann, während gleichzeitig das Licht zuzunehmen schien. Nur schade, dass es so wehtat. Es erschien ihm unwürdig, sein Körper zitterte und krampfte unkontrolliert. Bald würde alles vorbei sein, das war ein Trost, aber im Augenblick fühlte es sich einfach nur schwer an.

Am liebsten hätte er sich vom Wasser schlucken lassen, wäre hinabgetaucht und hätte so den Prozess beschleunigt. Aber dazu war er nicht in der Lage. Sein Körper gab auf, er presste die Lippen ans Wagendach, wollte so verzweifelt gerne Sauerstoff atmen.

Aber wenn das wirklich ein Licht wäre? Wenn es das Tageslicht wäre? Dann gäbe es dort draußen eine Wasseroberfläche. Die sich langsam auf sein Wagendach senkte. Wie weit oben konnte sie sich befinden? Einen Meter über ihm? Oder vielleicht nur einen halben Meter? Und sie sank, kam immer näher.

Ein roter Nebel nahm ihm die Sicht, er schwankte, das Wasser stieg ihm über den Mund. Mit verzerrtem Gesicht drückte er sich gegen die Decke. Gleich würde es vorbei sein. Wie oft würde er noch nach Luft schnappen, zehn Mal? Fünf Mal? Dann würde das alles keine Rolle mehr spielen.

Adolf schloss die Augen. Er versuchte, sich leer und schwer zu machen, wie Glas. Dann tauchte er ins Wasser hinunter. Er ließ sich sinken, entspannte die Nackenmuskeln, spürte, wie die Kälte über seinem Schädel zusammenschlug. Mit steifen Fingern tastete er nach dem Türfach. Darin lag der Handstaubsauger. Er stieg wieder hoch zu der Luftblase, hustete flach und zog den Schlauch mit dem Staubsaugerrohr nach sich. Dann tastete er nach dem Sonnensegel. Ein Spalt öffnete sich in der Fensterdichtung, und mit einem kurzen Zischen blubberte die letzte Luft hinaus. Jetzt gab es kein Zurück mehr. Er schob sich den Schlauch in den Mund und führte das Staubsaugerrohr durch die schmale Öffnung hinaus, so weit er konnte.

Mit einem prustenden Geräusch, einem lang gezogenen Husten, vielleicht war es auch ein Schrei, blies er kräftig hinein. Das Rohr schwankte in seinem unsicheren Griff. Er versuchte, es senkrecht nach oben auszurichten, und spürte den Widerstand der Wassermassen. Es war zu tief. Er würde es nicht schaffen.

Im selben Moment spürte er den Druck. Nur mit Mühe gelang es ihm, den Schlauch im Mund zu behalten. Der Druck nahm ab, er presste das Allerletzte aus seiner Lunge und holte dann so tief Luft, wie er nur konnte. Atmete ein und dann wieder aus. Der Schlauch verschwand in der herumwirbelnden trüben Masse. Die Sicht war so schlecht, dass er das andere Ende nicht sehen konnte.

Aber da war Luft.

Adolf Pavval stand auf dem Fahrersitz seines Saab, umschlossen von eiskalter, trüber Dunkelheit. Die Luftblase unter dem Wagendach war jetzt vollends verschwunden. Er hatte Wasser in den Augen, in den Gehörgängen, humusschwarzen Fluss um seine gesamte elende Gestalt herum. Aber er konnte atmen. Die Hand, die den Schlauch hielt, zitterte, Wasser drang hinein. Fast hätte er es eingeatmet, aber mit einem würgenden Schnauben gelang es ihm, das Rohr wieder freizublasen.

Er spürte, wie die Strömung daran zog, und kämpfte darum, das Rohr senkrecht zu halten. Es war aus Plastik und rutschig, er biss fest zu, damit es ihm nicht aus dem Mund glitt. Es schmeckte nach Schmutz, Asphalt, Straßenstaub vom Fußraum und von den Sitzen. Aber in erster Linie war da Sauerstoff. Gierig und mit halb geschlossenen Augen sog er ihn ein, trank die Luft wie ein Säufer, spürte das Leben in die Bronchien hineinsickern und bis in die allerkleinsten Lungenbläschen. Und gleichzeitig war er so vollkommen wehrlos. Ein dünner Schlauch, eine jämmerliche kleine Nabelschnur. Ihm blieb nichts übrig, als zu warten, die Sekunden verstreichen zu lassen. Mehr konnte er nicht tun. Nur aushalten. In seinem Kokon schweben und hoffen, dass die Zeit bald reif war.

37

VINCENT WUSSTE, DASS er falsch handelte, es war Wahnsinn, gegen jede Vernunft. Trotzdem lief er weiter auf das Haus zu. Die Wasserwand würde in wenigen Minuten ankommen, wenn er dann nicht in seinem Hubschrauber saß, würde er sterben. Aber es war nicht der Verstand, der ihn leitete, nicht mehr. Da war etwas, das stärker war. Henny hatte neben ihm gesessen. Sie hatte auf seinen Beinen gelegen, sie waren Seite an Seite über die Katastrophe hinweggeflogen. Noch einmal hatte er ihre Wärme spüren dürfen. Sie war da drinnen gewesen, unter der Haut, unter der Kleidung, genau wie früher.

Mit schwitzenden Fingern drückte er die Türklinke des Hauses, das er so verabscheute. Einars Haus, das Einar instand gesetzt und gehegt und gepflegt und das Vincents Frau aufgenommen hatte. Er setzte seinen Fuß auf den Teppich im Flur und spürte, wie die Magensäure in seinem Hals brannte. Hier drinnen lebten sie also. Über diesen marineblauen Teppich liefen sie, über diesen Parkettboden, und zwischen diesen Tapeten mit Bordürenmuster aßen sie Frühstück und vögelten, und sie hatte bereits so tief Wurzeln geschlagen, dass sie nicht mehr in der Lage war, sich von hier loszureißen.

»Henny«, versuchte er zu rufen, aber es kam nur ein Zischen heraus.

Schuld war die Luft, sie war angefüllt mit Einar, sie war in Einars Lunge gewesen. Er wollte sie nicht einatmen.

Widerstrebend ging er weiter. Er fühlte sich wie ein Virus, ein Eindringling, der die gesamte Immunabwehr des Gebäudes aktivierte. Der Raum schloss sich um ihn und versuchte, ihn einzukapseln, ihn unschädlich zu machen. Da war eine Küche mit Eichentisch, Eichenstühlen, Einbauherd und Spießigkeit. Das Wohnzimmer mit dem größten Flachbildfernseher, den er je gesehen hatte, Bücherregale aus Teakholz und, tatsächlich, auch ein Kronleuchter, aber von der modernen Art mit kleinen, glitzernden Weltraumaugen aus Halbedelsteinen.

Und dort war das Schlafzimmer. Es sah unbenutzt aus, geschmackvoll steril wie in einem Ausstellungsraum von Hästens. Hatten sie eine Putzhilfe? Eine Estin, die mit Sprühflaschen herumlief und alles abwischte? Vincent stellte sich neben das Doppelbett mit dem Messingrahmen aus sich windenden Weinranken. Welche Seite war wohl ihre? Welche war Einars? Hier lagen sie, hier waren sie sich am allernächsten.

Ich pisse rein, dachte Vincent. Das mach ich, ich hol den Pimmel raus und pisse, leere die ganze Blase über diesem Scheißbett aus.

Aber so weit kam er nicht. Er hörte ein Krachen. Vincent dachte noch, jetzt kommt er, der Fluss, jetzt ist es aus.

Aber es war etwas anderes gewesen. Er sah sich um, das Geräusch war von oben gekommen. Er fand die Treppe und rannte mit wenigen großen Schritten hinauf. Sein Herz hämmerte vor Anspannung, seine Brust schmerzte.

»Henny!«, quakte er.

Dieses Mal hörte sie ihn. Hier oben hatten sie ein Arbeitszimmer eingerichtet, mit einem Computer, einem Drucker und einem wunderbaren Blick auf den Fluss. Er erwartete einen ganzen Haufen an Sachen, Henny mit den Armen voll Besitztümer, die sie nicht zurücklassen wollte. Nicht drei Dinge, sondern dreihundert in einem schwankenden Turm.

Stattdessen zog sie an einem Bein.

Ganz hinten war in eine Nische ein Bett eingelassen, daraus hatte sie ihn hinunter auf den Teppich gezogen. Er war fett und fast nackt und wog mindestens hundert Kilo.

»Vincent, bitte …«

Ihr Gesicht war schweißüberströmt.

»Er schläft«, flehte sie ihn an. »Hab ich doch gesagt. Dass er vielleicht noch schläft.«

Vincent packte das andere Bein. Sein Körper war schlaff, ein Fuß steckte in einer Tennissocke. Eine weiße Unterhose von Salming, kein Unterhemd, nur behaartes, wabbeliges Bauchfett. Kein Lebenszeichen, kaum ein Schnaufen. Der hässlichste Mensch, den Vincent je zu Gesicht bekommen hatte, seit er den Militärdienst quittiert hatte.

»Henny, wir schaffen es nicht …«

»Wir müssen!«

Dieser Trotz. Diese Art, sich mit Befehlen durchs Leben zu schlagen, durch die Ehe, ihre Fähigkeit, jeden dazu zu bringen, ihr nachzugeben.

»Leg ihm irgendwas unter den Kopf.«

Sie stopfte ein Kissen unter Einars Nacken, versuchte, es dort zu halten, während Vincent den Teppich mit Einar darauf über den Treppenrand schob. Der plumpe Körper donnerte bei jeder Stufe schwer auf, das Schulterblatt und der fette Hintern. Vincent hielt, so gut er konnte, dagegen. Schließlich erreichte der Teppich mit einem Rumms das Parkett im Erdgeschoss. Einar stöhnte leise, vielleicht vor Schmerzen, hielt aber die Augen geschlossen.

»Wach auf, bitte, du musst mithelfen!«

Vincent sah, wie sie ihm mit einer herzzerreißenden Geste über die Bartstoppeln strich, er wusste, das war Liebe. Sie würde Einar nie zurücklassen. Vincent packte den Mann unter den Achseln und zog den Körper in eine sitzende Position. Henny half von der anderen Seite.

»Einar, du musst aufstehen! Du musst deine Beine benutzen, wir haben einen Hubschrauber...«

Auf unerklärliche Art und Weise drangen die Worte in ihn hinein. Die Beine begannen herumzukreisen, als würde er schlittschuhlaufen, er bewegte sich unkontrolliert, aber sie konnten ihn auf die Füße stellen. Zu dritt wankten sie durch die Haustür. Der halb geöffnete Mund stank nach Whisky und Cognac, vorzügliche Sorten, ein erstklassiger, stattlicher Zweitausendkronenrausch. Mühsam kamen sie die Vortreppe hinunter und schleppten sich über den Rasen zum Hubschrauber. Einars Arm lag schlaff um Vincents Nacken. Es fühlte sich widerlich an, die nackte Männerhaut und sein Männergeruch waren viel zu intim.

Das Gewicht kippte zu Henny hinüber, und sie taumelte. Sie hatte nicht die Kraft dagegenzuhalten. Einar rutschte auf das nasse Gras. Vincent war gezwungen loszulassen und sah, wie Einar auf Henny drauffiel. Fast wie zu einem Liebesakt. Sie schlang die Arme um seinen nackten Rücken, aber es war keine Umarmung, sie versuchte, unter ihm hervorzukommen. Vincent warf einen besorgten Blick auf den Fluss. Immer noch war alles ganz unwirklich ruhig. Für einen kurzen Augenblick dachte er, dass etwas Erlösendes passiert sein könnte, ein Wunder. Vielleicht hatte Gott seine Hand vom Himmel herabgesenkt, sie quer über den Flusslauf gelegt und die Wasserwand inmitten der Katastrophe aufgehalten. Jetzt stand das Ganze still und vibrierte nur noch ganz leicht, eine steile Mauer aus Wasser und Schlamm, ein See wie Wackelpudding, der innehielt, damit die Menschen Zeit hatten, sich in Sicherheit zu bringen.

»Vincent, hilf mir!«

Noch einmal brachten sie den kraftlosen Männerkörper auf die Beine, dieses Mal war es mühsamer. Einar schwankte zwischen Bewusstsein und Bewusstlosigkeit hin und her. Seine Salmingunterhose war triefnass vom Regen, und ihr entströmte der Geruch von Urin. Es waren noch mindestens vierzig Meter bis zum Hubschrauber. Mein Hubschrauber, dachte Vincent. Den Einar und Henny mir hatten wegnehmen wollen.

»Stemm dich dagegen«, stöhnte Vincent.

Er spürte, wie Einar wieder wegrutschte. Die Haut war glitschig von der Nässe, es war schwierig, ihn ordentlich festzuhalten. Henny kämpfte, so gut sie konnte, musste aber erneut stehen bleiben.

»Der Fluss kann jeden Moment kommen«, stöhnte Vincent.

»Nein …«

»Jeden Moment.«

»Wach auf, Einar!«

»Ich fürchte, wir schaffen es nicht.«

Henny verzog das Gesicht und nahm all ihre Kräfte zusammen, und es gelang ihnen, ein paar Meter weiter über die Wiese zu gehen. Der Hubschrauber lief immer noch im Leerlauf, sie hatten noch eine Chance.

»Wir schaffen das nicht, Henny.«

»Lauf, Einar!«, schrie sie. »Du musst laufen! Noch ein Schritt. Und noch einer.«

»Hör mal …«

»Da ist nichts, Vincent, da ist nichts.«

Sie hatte recht, da war kein Geräusch. Trotzdem spürte er, dass es kam. Er fühlte den Druck in der Luft, eine Vibration.

»Einar, lauf! Jetzt lauf doch!«

Mit einem Seufzer sackte er mit dem Oberkörper zu Henny hinüber, die mit Schulter und Rücken dagegenhielt. Zuerst wurde sie blass im Gesicht, dann rot, dann knickte sie unter Einars wogenden Kilos langsam ein.

Gemeinsam fielen sie zu Boden. Vincent sah, wie sie seinen Kopf packte, ihn mit den Händen rüttelte, küsste, schrie. Es klang merkwürdig, eigenartig verzerrt, wie ein kaputter Fernseher. Er sah die beiden an, und er erkannte, dass das, was hier vor seinen Augen geschah, so viel stärker war als alles, was Henny und er je versucht hatten zustandezubringen.

Vincent drehte sich um und lief los. Er ließ sie dort im Regen ineinander verflochten zurück. In wenigen Sekunden hatte er den Hubschrauber erreicht, er sprang hinein und gab Gas. Gleichzeitig spähte er zur Flussbiegung und meinte zu sehen, wie die Baumwipfel anfingen zu beben. Er legte den Pitchhebel um und spürte, wie die Hubkraft die Maschine durchströmte. Jetzt fliege ich, jetzt oder nie! Aber er schaffte es nicht. Dann stirbt Henny. Wenn ich jetzt abhaue, dann sterben sie, alle beide.

Aus dem Augenwinkel nahm er eine Bewegung beim Nachbarhaus wahr. Er traute seinen Augen nicht. Der Volvo kam zurück. Er bremste auf der Auffahrt, Junge und Mädchen stürzten hinaus. Ihnen folgte die Mutter, er sah, wie sie sich hinhockten und nach etwas suchten, ums Haus herumliefen und lockten. Die Katze, dachte er. Sie sind zurückgekommen, um die Katze zu holen. Und es gab nichts, rein gar nichts, was er tun konnte.

Das Letzte, was er von Henny sah, war, wie sie an Einars Armen zerrte. Der Kerl war nicht einmal in der Lage zu kriechen. Ihre Lippen bewegten sich hektisch, und mit all ihrer Kraft gelang es ihr, ihn einige Zentimeter weiter zu ziehen.

Ich bleibe hier, kam es Vincent in den Sinn. Soll der Fluss doch kommen, ich werde ihm zusammen mit ihr begegnen.

Doch dann stutzte er. Womöglich hätte er das gemacht, wenn da nicht Einar gewesen wäre. Aber der Gedanke, vom selben Wasser weggespült zu werden wie er, es Seite an Seite mit ihm in die Lunge zu bekommen, nein, das ging einfach nicht. Kurz entschlossen legte er den Pitchhebel um, bis er fühlte, wie die Maschine abhob. Er senkte sie noch einmal und öffnete den Mund zu einem Schrei. Aber sie hörte es nicht.

»Henny! Verdammte Henny!«

Und da, da kam es. Es war ihr gerade gelungen, Einar aufzusetzen. Es sah aus, als säße er da und sähe dem Tod entgegen. Und auch Tilda und Hampus und ihre Mutter sahen es. Huch, dachten sie noch, und dann ging die Verwunderung in Schrecken über. Einar kippte schwer zur Seite und blieb liegen. Die Mutter lief zu ihrem Wagen, drehte sich dann aber wieder um und rannte hinter den Kindern her. Das war alles, was geschah, alles, was sie noch zustande brachten, bevor der sich auftürmende Schlammberg über ihnen zusammenschlug.

Im letzten Augenblick hob Vincent ab. Sein Körper wollte es so, er wollte leben. Hinauf in den Regen. Die Maschine schaukelte und geriet in Schräglage. Der Wind, dachte er. Eine Windböe, die der Wasserfront folgt. Er ging auf dreißig Meter hoch und steuerte auf Einars Haus zu. Da stand es, direkt vor ihm. Und jetzt, mit einer einzigen, alles schluckenden Bewegung kam das Wasser mit einem Durcheinander aus abgeknickten Baumstämmen und Erde. Die Welle türmte sich unaufhaltsam auf, drückte die Fensterscheiben ein und stieg bis unters Dach, schien kurz dessen Festigkeit zu prüfen, drückte immer fester und schwerer, bis sie den schwächsten Punkt im Gebälk ausfindig gemacht hatte und ein paar Sparren sprengte, sie schlug Fensterrahmen heraus, schoss durch sämtliche Öffnungen hinein und vergrößerte sie, riss die Wandverkleidung und die Paneele los, die Isolierung, warf Möbel um, wölbte die Innenwände, bis die gesamte innere Struktur zerdrückt wurde und zusammenbrach. Dann gab eine Kante nach. Das gesamte Gebäude, Einars Villa, wankte. Das Dach senkte sich, jetzt, da die Stützbalken fehlten, und fiel hinab in die Wasserwirbel, das Gebälk knackte, die Mauern gaben nach, das Haus ging in die Knie, schien sich zu verbeugen, fand keine Gnade, das Gleichgewicht war zerstört, und jetzt kippte das ganze Haus, fiel zur Seite und wurde zermalmt.

Vincent verfolgte starr den sich dahinziehenden Todeskampf des Hauses. Er wusste nicht, ob ihm dieser Anblick in Zukunft Trost verschaffen würde, aber er hoffte es. Das war Einars Haus gewesen, und irgendwo in dem Mahlstrom befand sich auch Einar selbst. Es war heftig, nicht zu fassen, wurde zu einem Film, den er vielleicht irgendwann einmal hervorholen und sich immer wieder ansehen würde, ein Film mit einer schmerzenden Stelle in der Mitte, mit einer Wunde, die Henny hieß. Jetzt war sie fort, es war vorbei. Drei verfluchte Dinge. Er selbst hatte sie hierhergeflogen. Eigentlich hatte er zum Pårtemassiv fliegen wollen, war aber stattdessen hier gelandet, und an seiner Stelle war sie draufgegangen. Und in der Gischt und in dem Schlamm unter ihm lagen nun Lovisas Fotoalbum, das Tonband mit den Erzählungen des Großvaters und die Tagebücher. Alles Altpapier. Es wäre keine Liste nötig gewesen, sie hatte diese Dinge nicht gebraucht, um zu leben.

Drei Dinge, er fühlte, wie ein Schluchzen seinen Körper durchzog. Auf ihrem Sitz lag etwas Weißes. Es war der Zettel, auf dem sie sich Notizen gemacht hatte. Er nahm ihn in die Hand und las, was sie in ihrer schönen, geschwungenen Handschrift verfasst hatte.

Einar. Einar. Einar.

Drei Mal, dreifaltig. Das war alles, was dort stand.

Sie hatte nie etwas anderes haben wollen.

38

HINTER DEM MJÖLKUDDSKREISEL war wieder Stau. Normalerweise gab man hier Gas, Tempo neunzig war erlaubt, und die Leute rasten in Richtung Boden oder Sunderbyn oder wohin auch immer sie unterwegs waren. Heute nicht. Die Fahrbahnen waren verstopft, Autos standen Stoßstange an Stoßstange im Leerlauf. Graue Abgase stiegen in dem feuchten Nebel auf und vermischten sich zu Smog, den alle in der Schlange einatmen mussten. Irgendwann stellte Sofia Pellebro den Motor ab, ließ aber das Radio laufen. Sie probierte es noch einmal mit dem Handy, mehr konnte sie mit ihren Händen nicht tun. Sie biss die Zähne zusammen und presste die Beine aneinander, sie musste dringend pinkeln, der Druck war groß wie ein Sprengsatz. Nun fahrt schon! Verflucht, fahrt weiter!

Schließlich öffnete sie die Wagentür und stieg aus. Sie hielt es nicht länger aus. Ich laufe, dachte sie. Ich laufe nach Rasmyran, bis zum Abend bin ich da.

Andere Autofahrer hatten ihre Seitenfenster heruntergekurbelt. Sie sah Eheringe, die nervös auf das Blech trommelten, hörte den Lokalsender von allen Seiten. Keiner tat es ihr nach und schaltete den Motor ab, sie hockten alle da drinnen und atmeten ihre Giftgase ein. Sie war die Einzige in der Nähe, die noch im Vollbesitz ihres Verstands war.

»Hast du Empfang?«, rief ihr ein jüngerer Mann zu.

»Nein.«

»Verdammter Scheiß. Verdammter Scheiß ...«

Sofia sah sich um. Überall nur Frustration. Die Leute waren zum Bersten angespannt.

»Warum geht es nicht weiter?«

»Da vorne ist bestimmt ein Unfall«, vermutete eine Frau in einem Nissan ein Stück weiter hinten.

»Das kann noch Stunden dauern«, stöhnte der Mann.

Vom Kreisverkehr hinter ihnen war ein lautes Krachen zu hören. Ein Mercedes rutschte mit quietschenden Bremsen in einen Lieferwagen. Weitere Fahrzeuge fuhren auf, Hupen ertönten. Die Leute kurbelten ihre regennassen Scheiben runter, um besser sehen zu können, erregte Stimmen waren zu hören. Dann wurde es still. Der gesamte Kreisverkehr war verstopft, es war aussichtslos, in dieser Richtung vorwärtskommen zu wollen.

»Na, hurra«, meinte die Frau im Nissan ironisch, während sie den Tumult betrachtete.

»Idioten«, schimpfte der junge Mann, schien aber Gefallen daran zu finden, dass zumindest irgendetwas passierte.

»Es wird nicht besser davon, wenn du fluchst«, mischte sich ein anderer Mann ein.

»Ach, halt doch die Schnauze!«

»Du, pass auf, was du sagst!«

Das hat noch gefehlt, dachte Sofia. Sie setzte sich wieder in ihren Wagen und drehte das Radio lauter, um nicht mit anhören zu müssen, wie der Streit eskalierte. Die Evakuierung sei in vollem Gang, verkündete der Reporter. Das ganze Tal sei betroffen – Boden, Harads, Vuollerim, Porjus. Auch das Zentrum von Luleå werde bereits geräumt, und alles gehe sehr ruhig vonstatten, betonte er. Aber es sei wichtig, sich ohne zu zögern auf den Weg zu machen, es würden heftige Überschwemmungen erwartet.

Sie meinte, noch größere Anspannung in seiner Stimme zu hören, als verheimlichte der Reporter irgendetwas. Sicher hatte er mehr Informationen, musste aber den Schein wahren, fast hörbar tauschte er mit jemandem außerhalb des Senderaums schweigend Blicke aus.

In diesem Moment wurde ihr klar: Menschen starben. Gerade jetzt, in diesem Augenblick kämpften Menschen um ihr Leben. Man hatte die Kontrolle verloren, und das war erst der Anfang. Es würde noch viel schlimmer kommen.

Sofia umklammerte das Lenkrad und spürte, wie ihr Puls stieg. Der Verkehr ruhte weiterhin. Die beiden Männer hatten immer noch nicht entschieden, ob sie zu Handgreiflichkeiten übergehen sollten, sie waren zu nüchtern dazu, an einem Samstagabend hätten sie sich längst auf dem Asphalt gewälzt. Stattdessen standen sie da und beschimpften einander mit zittrigen Wangen. Die Leute in den umstehenden Wagen sahen interessiert zu.

Wie lange würde sie hier festsitzen? Zehn Minuten? Oder würde es Stunden dauern, bis Bewegung in die Schlange kam? Der Regen trübte die Windschutzscheibe, sie ließ den Scheibenwischer ein paarmal darüberfahren. Es gab niemanden, den sie hätte fragen können. Sie saßen alle da und warteten, jeder in seiner eigenen kleinen Zelle. Sie zog den Zündschlüssel heraus. Das Radio brach mitten in einer Rocknummer ab. Zehn Sekunden lang hielt sie den Atem an und spürte, wie die Zunge im Mund anschwoll. Dann stieg sie aus. Sie schloss den Wagen nicht ab, ließ ihn einfach stehen, nahm ihre Handtasche und schlug die Tür zu. Ohne sich umzuschauen, ging sie zwischen den Autos hindurch, auf dem schmalen Korridor zwischen den Spuren, auf denen Wagen links und rechts standen wie die Häuserfassaden entlang einer engen Gasse. Sie ging, so schnell sie konnte. Es war ein gutes Stück bis nach Boden, aber zumindest bewegte sie sich. Der Regen prasselte unentwegt. Sie würde klitschnass werden, der Mantel wäre ruiniert.

»Du kannst doch deinen Wagen hier nicht einfach stehen lassen!«, rief ihr ein Typ nach.

Sie drehte sich nicht einmal um. Sollten sie ihn doch in den Graben schieben, wenn sie wollten, es interessierte sie nicht. Jetzt war sie auf dem Weg. In schnellem Marschrhythmus schritt sie an der endlosen Kolonne von Autos im Leerlauf vorüber. Die Leute starrten sie durch ihre Windschutzscheiben an, als wäre sie eine Politesse. Dass es so viele Autos gab. Und jeder musste ein eigenes haben. Aber das kam dabei heraus, die Leitungen waren verstopft.

Sie lief durch Notviken mit seinen Großmärkten, Suomi Soffa, Barnens Hus, Lakkapää. Riesige Kaufhallen, in denen nur Leute einkauften, die ein Auto hatten. Zwischen den Ladenfassaden hindurch konnte sie weitere Autoschlangen sehen. Jetzt näherte sie sich dem Kreisverkehr in Richtung Storheden mit seinem berühmten Rostball. Auf die Entfernung sah die Skulptur aus wie ein kleiner brauner Golfball, aber je näher sie kam, umso größer wurde er, hoch wie ein zweistöckiges Wohnhaus, eine sinnfällig aufgebrochene Riesenkugel aus verwitterndem Stahl, vom Rost leuchtend braunrot gefärbt.

Immer noch stand der Verkehr auf beiden Spuren still. Es musste sich weiter vorn ein Unfall ereignet haben, ein Knäuel ineinandergeschobener Fahrzeuge, das die gesamte Fahrbahn blockierte. Oder setzte sich die Autoschlange ganz bis Boden fort? Dreißig Kilometer, Kühler an Auspuffrohr, dreißigtausend Meter, über fünftausend Autos? Waren es wirklich so viele? Schnell überquerte sie den Kreisverkehr, ging unter der riesigen Stahlskulptur hindurch. Sie schlug mit der Handfläche gegen die Außenhülle, sie war nicht massiv, sondern klang hohl und färbte die Handfläche leicht braun. Auch auf dem Kreisel selbst waren die Fahrbahnen dicht. Aus allen Richtungen versuchten Autos, sich hinaufzudrängeln. Ein Verkehrsgeflecht, dachte sie. Man hätte das Muster sticken und in Carlos' Laden verkaufen können.

Als sie weiterging, bemerkte sie, dass die Autoschlange unregelmäßiger und irgendwie kantiger wurde. Offensichtlich hatten mehrere Fahrer hier versucht zu wenden. Doch die Fahrbahnen waren verstopft, sogar im Straßengraben standen Wagen, die wohl versucht hatten, über den Standstreifen vorbeizukommen. Der Stress war offenbar in Panik umgeschlagen. Ein Passat lag auf dem Dach, die Räder in der Luft, das Blech der Fahrertür zerbeult und blutbefleckt. Weiter hinten hatte jemand im Regen ein Feuer entfacht, es qualmte aus dem Dickicht, und eine Handvoll Jugendlicher mit Kapuzen über den Köpfen saß um das Lagerfeuer herum. Sie ging wortlos an ihnen vorüber, niemand nahm Notiz von ihr. Sie saßen nur da und versuchten, sich zu wärmen, während eine Bonbontüte kreiste. Sic konnte sehen, dass sie froren. Sie selbst blieb warm durch die Bewegung, spürte aber, wie die Feuchtigkeit langsam durch den Mantel sickerte. Dieses verfluchte Wetter, das machte einen schier verrückt.

In einem Subaru saßen ein Mann und eine Frau und stritten lautstark miteinander. Sie beschimpften sich, während sie gleichzeitig vermieden, einander anzusehen, ihre Blicke waren starr geradeaus durch die Windschutzscheibe gerichtet, die Münder so weit aufgesperrt, dass die Zähne im Unterkiefer zu sehen waren. Sie waren angeschnallt, als würden sie immer noch fahren. Seine Hände lagen auf zehn vor zwei auf dem Lenkrad, während ihre Handflächen kleine, streichende Bewegungen in ihrem Schoß machten. Die Schreie wurden durch die Karosserie gedämpft, sodass man nicht hören konnte, worum es ging. Vielleicht hatte es aber auch von Anfang an keine Worte gegeben, nur die Detonationsgeräusche einer Ehe, die auseinanderbrach, ein schreckliches Donnern, wie wenn ein Gebäude zusammenfiel.

Der Streit wurde bald wieder vom Geräusch der Motoren aus der Autoschlange überlagert, all die Tausende monoton summender Hummeln. Der Lärm stieg an und ebbte ab, stieg an und ebbte ab mit jedem Fahrzeug, an dem sie vorbeiging. Doch dann gab es auch noch die aufdringlicheren Geräusche, die schrilleren. Ein scharfes Surren, nach dem sie sich umdrehte. Jemand fuhr zwischen den beiden Fahrbahnen den Weg entlang, den auch sie genommen hatte, und näherte sich ihr in hohem Tempo. Sofia stellte sich breitbeinig hin und versperrte ihm den Weg, breitete die Arme so weit aus, wie sie konnte, und winkte.

Das Motorrad kam mit so hoher Geschwindigkeit heran, dass sie fast zur Seite springen musste. Erst in allerletzter Sekunde wurden die Bremsen gezogen. Das Vorderrad blockierte, die Maschine kam ins Rutschen, blieb aber stehen. Das Visier klappte auf, und ein sehr blauäugiger junger Mann wollte sie gerade anschreien.

»Du kriegst einen Tausender«, kam sie ihm zuvor.

Sofia hatte die Scheine bereits in der Hand, zwei rote Fünfhunderter mit dem Konterfei von Christopher Polhem darauf.

Sie wedelte und raschelte damit und hoffte, ihr Duft würde in seine Nase steigen.

»Scheiße, ich hätt dich überfahren können!«

Ein unerwartet hoher Tenor. David Coverdale, dachte sie. Oder Sting.

»Ein Tausender, wir wollen doch sowieso in die gleiche Richtung. Bitte ...«

Mädchenhafte Unterwürfigkeit, die Andeutung eines Knickses. Das gleiche Theater hatte Carlos dazu gebracht, sie einzustellen. Und außerdem noch tausend Kröten, das sollte eine Weile fürs Benzin reichen. Der Typ nickte kurz und schob sich die Scheine in den Handschuh. Sofia sprang hinter ihm auf den Sitz, der leicht nach vorn kippte, sie rutschte mit ihrem Becken an seinen Unterleib. Die Arme schlang sie fest um seinen schwarzen Lederanzug und ballte die Fäuste, um die Wärme in den Fingern zu halten. Der junge Mann zog die Kupplung und fuhr abrupt los. Der Rückstoß war gewaltig. Wenn er hochschaltete, öffnete sich zwischen ihnen ein Spalt, der sich jedoch gleich wieder schloss. Sie wusste nicht einmal, wie er hieß. Sein Rücken wirkte kräftig, und seine Stimme war engelsgleich, wie ein Ritter. Ein Ritter für tausend Kronen. Das war mehr als ihr Tageslohn, etliche höllische Stunden in dem Laden, die sie jetzt gerade verbrannte. Aber mit jedem Augenblick kam sie Evelina näher. Und das war das Einzige, was von Bedeutung war.

Ihr Ritter gab wie ein Verrückter Gas, er schien es genauso eilig zu haben wie Sofia. Mehrere Male musste er abrupt bremsen, weil jemand vor ihm eine Wagentür öffnete. Er legte die Maschine auf die Seite und schlängelte sich wie ein Aal lebensgefährlich nahe zwischen Blech und Rückspiegeln hindurch. Sofia zog die Knie so dicht an, wie sie nur konnte, damit ihre Kniescheiben keinen Schaden nahmen. Ihr war bewusst, dass sie keinen Helm trug. Wenn es knallte, dann gute Nacht. Ohne Ledermontur würde sie die Straße entlangrutschen, und der Asphalt würde Kleidung und Haut abreiben, bis die Knochen freilagen.

Jetzt hupte ihr Fahrer, ein wütendes, durchdringendes Signal. Sofia spähte hinter seinem Rücken hervor. Mitten auf der Straße stand ein Kerl mit Kappe und Trenchcoat und wedelte mit den Armen, genau wie sie es getan hatte. Das Motorrad nahm Fahrt auf. Das Warnsignal ertönte weiter, ihr Fahrer hielt die Hupe mit dem Daumen gedrückt. Der Alte blieb stehen, jetzt konnte sie deutlich sehen, dass er etwas in der Hand hielt. Einen Stock, eine Krücke, die er ihnen entgegenhielt. Wie eine Szene aus einem Historienfilm, eine Schlacht mit vorwärtsstürmender Kavallerie. Und diese langen Speere, wie hießen die noch, Hellebarden? Man musste das Pferd mit der Spitze treffen. An den Ritter war nur schwer heranzukommen, aber das Pferd …

Ein heftiger metallischer Krach. Aus den Augenwinkeln sah sie, wie der Mann mit der Kappe herumgewirbelt wurde. Er taumelte über einen Kühler, die nasse Schuhsohle ragte in einem eigenartigen Ballettwinkel über seinen Kopf hinaus in die Luft. Es blitzte nur kurz auf, dann war die Szene vorüber. Sie hörte ihren Fahrer fluchen, spürte vielmehr die Vibration durch seinen Rücken, als dass sie ihn hörte. Nicht eine Sekunde lang war er vom Gas gegangen.

Sie kamen an Gammelstad vorbei. Zur Rechten erhob sich die mittelalterliche Kirche mit ihrem viereckigen weißen Steinturm und dem Wirrwarr kleiner roter Gemeindebauten. Jetzt wurde die Straße einspurig, es war schwerer voranzukommen. Immer häufiger wich der Motorradfahrer auf den

Straßenrand aus, fuhr streckenweise sogar ins Gras hinunter, um an den im Weg stehenden Fahrzeugen vorbeizukommen. Offensichtlich wollte er nicht hierhin, Sofia hoffte, bis Boden mitfahren zu können.

»Wie sieht es bis Luleå aus?«, rief ihnen eine Frau durchs Seitenfenster zu.

»Stau auf dem ganzen Weg!«, schrie Sofia zurück.

Das Verkehrschaos schien nicht besser zu werden, eher noch schlimmer. Ein paar Fahrer hatten versucht, andere Wagen zu umrunden, und steckten jetzt fest, mehrere waren ineinandergefahren. Immer mehr Personen taten, was auch Sofia getan hatte, und ließen ihre Autos stehen, um zu Fuß zu gehen. Und jeder zurückgelassene Wagen wurde zu einem weiteren Hindernis. Die Wartenden sahen sich zusehends Barrikaden gegenüber. Der Motorradfahrer ging mit der Geschwindigkeit herunter, Leute standen im Weg. Einige entluden ihre Wagen, Wertgegenstände, die sie zu sichern versuchten.

Sofias Hände wurden im Fahrtwind steif. Sie trug keine Handschuhe und spürte, wie die Fingerspitzen taub wurden. Sie versuchte, sie aneinander zu reiben, drückte sie in die Handflächen, konnte aber ihren Griff um die Ledermontur des Mannes nicht ganz lockern. Sie schmiegte sich dichter an seinen Rücken, in den Windschatten und in die Wärme. Sie konnte den eingenähten Rückenprotektor wie einen harten Streifen entlang des Rückgrats spüren. War es so, einen Partner zu haben? Einen Lebensgefährten? Sie hatte schon fast vergessen, wie sich das anfühlte. Sie vermisste es sehr. Gemeinsam mit jemandem irgendwohin zu fahren. Unter die Rüstung eines anderen schlüpfen zu dürfen.

»Kannst du mich bis Rasmyran fahren?«, schrie sie.

»Was?«

»Rasmyran? Ich wohne dort.«

Der Jüngling schüttelte den Kopf. Vielleicht hörte er sie nicht? Aber dann zeigte er schräg nach rechts. Hinter einem dichten Wald und ein paar Wiesen erschienen weiße Winkel, Glasfassaden und kupfergrüne Dächer. Der Ritter war bei seinem Schloss angekommen.

»Da willst du hin?«

Der Helm nickte. Sofia wusste, was dort vor ihnen lag, sie war oft dagewesen. Der riesige Krankenhauskomplex von Sunderbyn. Dort hatte sie mit Evelina in der Anorexieabteilung gesessen, hatte Ernährungstabellen entgegengenommen und Beratungsgespräche mit einer weiß bekittelten Frau mit Weihnachtswichtelbäckchen geführt.

»Arbeitest du da?«

»Was?«

»Arbeitest du da? Im Krankenhaus?«

Der Mann gab heftig Gas. Instinktiv packte Sofia fester zu. Er zog den Kupplungshebel, schaltete hinunter und nahm wieder Fahrt auf.

»Meine Freundin«, rief der Mann. »Sie ist krank.«

Seine Freundin.

»Wie heißt du? Kann ich dich anrufen …«

Da knallte es. Es kam so plötzlich, dass der Fahrer es nicht mehr schaffte zu bremsen. Sofia prallte hart mit dem Gesicht gegen seinen Rücken, schlug mit der Nase auf. Wie ein einziger Körper flogen sie über den Lenker. Gleichzeitig drehte es sich, die Maschine flog nach hinten, Blech schepperte. Sofia landete auf etwas Glattem, Federndem, einem Autodach. Jetzt rutschten die Körper auseinander und rollten jeder für sich allein weiter. Grauer Himmel und grauer Asphalt in einem lang gezogenen, schmerzhaften Wirbel.

Zusammengekauert fand sich Sofia am Boden wieder. Sie konnte sich nicht an die Landung erinnern, den letzten Aufprall. War sie ohnmächtig gewesen? Stimmen brüllten, ein Autoreifen stand direkt vor ihrem Gesicht, grauschwarzes Gummi, eine schmutzig graue Leichtmetallfelge. Jemand beugte sich über sie, eine alte, grauhaarige Frau. Goldzähne, Falten und Haarknoten. Klauenförmige Spinnenfinger, die sie abtasteten, die sich aufdrängten.

»Bleiben Sie liegen«, hörte sie die Alte mit slawischem Akzent sprechen, »bleiben Sie ruhig liegen …«

Sofia schob die Alte zur Seite und versuchte, sich aufzusetzen. Sie suchte Halt an dem Autoreifen und kämpfte sich in eine unsichere Hocke hoch. Sie blutete heftig aus der Nase. Der Rücken schmerzte, genau wie ein Bein und beide Ellenbogen. Mit schmerzverzerrtem Gesicht bog sie die einzelnen Gelenke, ging einen Körperteil nach dem anderen durch und versuchte, alles wieder zu einem Ganzen zusammenzufügen. Die Frau war lästig, sie kratzte Sofia mit ihren Klauenfingern und versuchte, sie wieder zu Boden zu drücken. Sofia wehrte sich, schlug nach ihr, es war nicht ihre Absicht, aber sie traf die Alte am Hals. Ein glucksendes Geräusch ging in ein ersticktes Husten über, und die Alte krümmte sich.

Scheiße, dachte Sofia. Scheiße, scheiße, scheiße.

Mit wackligen Beinen stand sie auf. Ihre Sicht war trüb. Zuerst bekam sie Angst, dann begriff sie, dass ihr Blut in die Augen gelaufen war. Wie lange hatte sie bewusstlos dagelegen? Ein paar Meter entfernt lag das Motorrad wie ein Rieseninsekt, ein blauer, glänzender Käfer. Dahinter stand ein Auto mit losgerissener Fahrertür, irgendein Idiot musste sie direkt vor ihnen geöffnet haben. Daneben standen zwei Gestalten und prügelten sich. Die eine war ihr Ritter, die andere ein glatzköpfiger Kerl in einem Ledermantel. Sie hatten sogar Publikum, eine Handvoll Zuschauer sahen zu, wie der junge Mann seinen Helm abnahm und eine blonde Mähne daraus hervorwallte.

Tausend Kronen, dachte Sofia, tausend Kronen im Eimer!

Sie rieb sich die Augen, ihre Finger waren kalt und steif. Die Augenhöhle fühlte sich schmierig an, als läge ein Film darüber. Sie zirkelte das Blut zu den inneren Augenwinkeln, blutiges Gelee, das sie auf den Asphalt schnippte. Der Blick wurde klarer. Aber sie brauchte Wasser, um sich die Augen auszuspülen. Sofia hob den Kopf, sah nach oben und ließ es auf die Iris regnen, kleine, nadelfeine Tropfen, wie fallende Tränen.

Sie schaute sich um. Die Alte war verschwunden, poff, wie eine Hexe. Ein paar Leute näherten sich und boten ihre Hilfe an, aber Sofia winkte ab. Allein diese kleine Bewegung tat höllisch weh. Mühsam humpelte sie zu dem Motorrad hinüber. Jemand half ihr dabei, es aufzurichten, sodass sie den Schaden in Augenschein nehmen konnte. Die Rückspiegel waren abgebrochen und der Scheinwerfer zertrümmert. Ein feiner Riss lief über den verbeulten Tank, aber er schien dicht zu sein. Sofia Pellebro stieg auf, der Schlüssel steckte noch im Zündschloss. Sie zog die Kupplung und drückte auf den Starter. Die Maschine sprang augenblicklich an. Versuchsweise trat sie das Schaltpedal und hörte es einrasten. Sie ließ die Kupplung kommen und fühlte den Ruck, als das Hinterrad griff. Ihre Helfer wichen zur Seite, ein Stück entfernt hörte sie jemanden brüllen, konnte aber kein Wort verstehen. Ohne sich umzublicken, rollte sie davon. Etwas Schwarzes, Kugelförmiges sauste dicht an ihrem Kopf vorbei, sie wich zur Seite, es ähnelte einer Kanonenkugel. Der Motorradhelm des Fahrers. Er hatte damit nach ihr geworfen, jetzt landete er in einer Autoscheibe, die mit einem Knall zerbarst. Sofia drehte am Gasgriff. Der Motor heulte auf, das klang nicht gut. Vorsichtig ging sie auf die Kupplung, und mit einiger Mühe gelang es ihr hochzuschalten. Die Drehzahl sank, und die Geschwindigkeit nahm zu. Das Brüllen des jungen Mannes war nicht mehr zu hören, er war bereits zu weit weg. Die Autoschlange rauschte in zunehmendem Tempo an ihr vorbei. Sofia raste am Krankenhaus von Sunderbyn vorüber und wich Leuten aus, die sich auf der Abfahrt gesammelt hatten. Mehrere winkten ihr hektisch zu und wollten mitgenommen werden.

Das könnt ihr vergessen, dachte Sofia und gab noch mehr Gas.

Die Fußgänger sprangen zur Seite. Sofia beugte sich hinter die kleine Windschutzscheibe. Was hätte sie für ein Paar wärmende Handschuhe gegeben. Aber zumindest kam sie voran. Die Welt war nicht stehen geblieben, nicht erstarrt. Sie hatte das Gefühl, dass einzig und allein sie sich noch bewegte. Ein einsames, kleines Insekt, das zurück zu seinem Bau krabbelte. Rasmyran hieß er und lag ein paar Kilometer hinter Boden. An dem gewaltigen Fluss.

39

DIE HÜTTE KIPPTE mit einem heftigen Ruck zur Seite. Hatte sich der Anker gelöst? Jetzt hörte sie ein Kratzen, ein dumpfes Scharren, das sich an der Hauswand entlang fortsetzte. Sie beugte sich vor und konnte durch die Haustür Zweige sehen. Ein Baum drängte sich herein. Er wurde von der Strömung in das Haus gedrückt. Die Ankerleine war bis aufs Äußerste gespannt. Deutlich konnte sie spüren, wie der Anker mitgeschleift wurde.

Das nicht auch noch, dachte sie.

Gleichzeitig hörte sie ein Donnern, ein dunkles Dröhnen. Wassermassen, die hinabstürzten und den Boden vibrieren ließen. Sie wickelte die Decke enger um sich, zog die Knie an und versuchte, alle Wärme in sich zu sammeln, die noch in ihr übrig war.

»Hilf mir … Hilfe …«

Das Gebet versickerte zwischen ihren verletzten Händen. Knorrige Zweige pressten sich durch die Türöffnung und bogen sich und zerknickten. Mit einem scharfen Knacken zerbrach das Türfutter, ein Schrei fuhr durchs Gebälk. Das Haus litt, es hatte Schmerzen. Sie musste irgendetwas unternehmen.

Lovisa wusste, dass sie sich beeilen musste. Die Wände neigten sich so tief, dass das Wasser bis zu ihrem Bett stieg. Sie lief Gefahr, eingeschlossen zu werden. Schmutzige Wellen leckten immer weiter in die Höhe. Ich muss hier runter, dachte sie. Ich muss hier raus!

Sie beugte sich vor und versuchte, sich durch das Fenster zu orientieren, meinte, das Ufer wiederzuerkennen. Das musste Porjus sein. Dann war es der Porjusdamm, den sie hörte.

Oder vielmehr war es der Porjusdamm gewesen, der jetzt aber ... Sie schob den Gedanken beiseite und starrte zur Tür. Die groben Äste sperrten sich und kratzten an den Wänden. Das Haus kippte weiter. Wenn es kenterte, wäre sie hier drinnen gefangen wie eine Ratte. Panik ergriff sie, und sie schwang die Beine über den Rand des Etagenbetts. Ein Kinderreim schoss ihr durch den Kopf. Beim Ersten hallt es, beim Zweiten schallt es, beim Dritten ... knallt es!

Mit einem Platschen sank sie bis zum Brustkorb ins Wasser. Sie keuchte, rutschte auf dem schrägen Boden aus und wäre fast hingefallen. Im letzten Moment fand sie Halt an der Wand, richtete sich wieder auf und machte sich, so schnell sie konnte, auf in Richtung Haustür.

Der Baum versperrte ihr den Weg. Wie sollte sie ihn aus der Tür herauslösen? Sie trat an den Schrank, holte die Wurfleine heraus und legte sie sich um Hals und Schulter. Das Haus schwankte beunruhigend, das Wasser reichte ihr inzwischen bis zu den Achselhöhlen. Halb watend, halb schwimmend arbeitete sie sich vor bis zur Türöffnung und dem wippenden, schaukelnden Baumstamm. Er hatte sich verkeilt, eine grobe, breit gewachsene Kiefer, die sich in den Türrahmen drückte. In der Strömung verwandelte sie sich in ein gigantisches Brecheisen. Sie hörte ein Knacken, als der Rahmen brach, grobe Nägel fuhren langsam aus dem Holz, als hätten sie in Butter gesteckt.

Lovisa zog vorsichtig an einem Ast. Er war dick wie ihr Oberarm, ein starker, kräftiger Kiefernast mit zimtfarbener Rinde. Es würde ihr niemals gelingen, ihn abzubrechen. Das Haus neigte sich weiter, die Angst in ihr wuchs. Sie musste hier raus. Das dichte Geäst erzitterte. Sie tastete sich mit den Füßen vor, unten im Boden fand sie eine Öffnung. Einen Moment lang zögerte sie, dann holte sie ein paarmal tief Luft und tauchte unter, machte einige schnelle Schwimmzüge hinab in die Tiefe, fand die Öffnung und zog sich hindurch. Sie konnte nichts sehen. Über sich fühlte sie Rinde und Zweige, sie packte sie und zog sich Stück für Stück an ihnen entlang. Es war anstrengend, bald würde sie Luft holen müssen. Gleichzeitig fühlte sie, wie etwas an ihr zerrte. Es zog an ihrer Schulter, und wenn sie sich bewegte, merkte sie, dass sie etwas hinter sich herzog.

Sie saß fest.

Das *sjuohpan*, dachte sie. Die Wurfleine.

Panik stieg in ihr auf, sie war kurz davor, die Atemluft hinauszuschreien. Zurück konnte sie auch nicht, die Wurfleine hatte sich in den Ästen verwickelt, sie musste sie loswerden. Aber sie saß fest an ihrem Körper, die Schlingen hatten sich um den Leib zugezogen. Als sie hineingriff, bemerkte sie, wie die Leine sich nur noch fester zuzog. Unwillkürlich atmete sie leicht aus. Sie musste Luft aufsparen, drehte und wand sich. Streckte den Arm nach hinten in die Dunkelheit und versuchte, sich an der Leine entlangzutasten. Ein dünner, fester Strang. Gleichzeitig versuchte sie, sich auf den Rücken zu legen. Es ging nur zur Hälfte, aber jetzt konnte sie besser um sich greifen. Sie versuchte zurückzugehen, nein, der Sauerstoff ging zur Neige, es war unmöglich. Sie schmeckte Rost, sie würde jeden Moment platzen. So lange es nur möglich war, würde sie dagegenhalten, aber ihre Lunge war kurz davor zu explodieren. Bald würde ihr Körper es von sich aus tun, würde Wasser einatmen.

Ganz hinten saß die Leine fest, an einem Vorsprung, einer Nase. Lovisa hörte auf zu ziehen. Stattdessen lehnte sie sich zurück, sodass die Schlinge sich lockerte. Sie tastete danach. Und endlich kam sie los. Mit wilden Tritten ging es wieder vorwärts. Sie bohrte sich durch das Geäst, riss, drückte, kämpfte um ihr Leben, während es ihr schwarz vor Augen wurde. Nirgends eine Wasseroberfläche. Nur Schlamm und Zweige überall, Unterwasserwelt, Kälte.

Dann öffnete sie den Mund und atmete ein. Es war nicht annähernd so schrecklich, wie sie gedacht hatte, und es ging überraschend einfach. Es war ein Geschmack wie von verdorbenem Kohl. Von alten Kartoffeln, die anfingen zu gammeln, von Kartoffelschalen und Spülwasser. Etwas, das lange gekocht hatte und dann langsam abgekühlt war, etwas, das unter einem Deckel vergessen worden war. Der Geschmack störte sie, sie hätte sich besser gefühlt ohne ihn, aber so war es nun einmal. Unerbittlich verdichtete sich die Dunkelheit.

40

BARNEY LUNDMARK HATTE schreckliche Schmerzen. Ja, sie waren noch um einiges von unangenehm auf teuflisch angestiegen, und er fürchtete, dass er das Ende der Skala noch nicht erreicht hatte. Er war kurz davor gewesen, sich an Ort und Stelle zu übergeben, aber in letzter Minute hatte er es noch bis zum Fluss geschafft. Die Magensäfte wurden mit dem Wasser weggespült, und das war gut so, schließlich war darin seine DNS. Schwerfällig setzte er sich hin, während das Pochen des Blutes aus dem Kiefer in den Schläfenknochen hinaufstieg und sich in eine Kneifzange verwandelte. Ein teuflisches Werkzeug mit zwei Schenkeln, die sich um seinen Schädel legten und ihn unerbittlich zusammenpressten. Der Regen wurde wieder stärker. So ging es die ganze Zeit, mal wurde er kräftiger, dann schwächer, dann wieder kräftiger, ohne jemals wirklich aufzuhören. Man wurde einfach nicht schlau aus dem Wetter, der ganze Herbst war so gewesen. Die Preiselbeerernte war ins Wasser gefallen, das Herbstangeln, die Elchjagd, alles war nass und matschig geworden.

Es war ihr tatsächlich gelungen, ihn richtig zu verletzen. Aber sie hatte dafür bezahlt, zumindest damit war er zufrieden, die Gerechtigkeit hatte gesiegt, und er brauchte deshalb nicht verbittert zu sein. Sie befand sich jetzt im Fluss, das war ein passendes Ende, der Fluss zog einen langen nassen Schlussstrich darunter.

Aber was war mit ihrer Freundin? Es störte ihn, dass sie immer noch da war. Die Insel war kaum noch mehr als ein Zuckerwürfel, ein letztes kleines Refugium im Rauschen des Stroms, ein Nunatak, an dem sich das Leben hatte festklammern können. Dieser letzte Rest Staudamm war stärker, als er gehofft hatte – und wenn er jetzt trotz allem standhielt? Das wäre alles andere als gut. Dann würde am Ende jemand kommen und die Schnepfe dort draußen retten und erfahren, was geschehen war. Ganz und gar nicht gut. Sie hockte immer noch zusammengekauert da, er konnte ihr deutlich ansehen, dass es ihr schwerfiel. Ab und zu taumelte sie und war kurz davor zu fallen, aber es gelang ihr immer wieder, sich festzuklammern. Barney winkte mit weit ausgreifenden Bewegungen, doch sie erwiderte seine Geste nicht. Wie weit war es bis dort, vielleicht vierzig Meter? Jedenfalls nicht mehr als fünfzig. Wenn das Wasser zur Ruhe käme, könnte man hinüberschwimmen, aber jetzt rauschte es zu beiden Seiten daran vorbei.

Barney hob einen Stein hoch, einen ganz kleinen. Dann ging er in Position, in erster Linie, um es zu testen, spannte seine muskulöse Schulter an und warf. Der Stein wurde vom Wind zur Seite gedrückt und plumpste ins Wasser. Er war zu leicht gewesen. Er versuchte es mit einem etwas größeren. Der flog deutlich weiter, fast bis an sein Ziel, und ließ die Dame zusammenzucken. Ach, du hast wohl gedacht, du könntest dort in aller Ruhe hocken bleiben, dachte er. Pass nur auf, Weibsstück!

Er suchte nach weiteren Steinen. Schon als Junge war er ein hervorragender Werfer gewesen, dabei ging es vor allem um die Technik. Die Hebelwirkung, der Drehmoment, das Timing zwischen Rumpf und Schlüsselbein, das die Peitschbewegung bis in den Handrücken übertrug. Und dann die Feinjustierung mit den Fingerspitzen, dort bekam das Ganze den richtigen Dreh, den Schwung, der über eine hohe oder flache Flugbahn entschied und Kraft und Präzision bestimmte. Dieses Wissen existierte seit Urzeiten. Das erste Jagdwerkzeug war ganz sicher ein Wurfstein gewesen. Es mussten erst hunderttausend Jahre vergehen, bevor ein Urmensch anfing, den Stein zu einer Spitze zu beschlagen und sie an einen Speer zu binden. Mit einem gezielt geworfenen Stein konnte man Vögel und kleine Säugetiere töten, das hatte er selbst mehrfach ausprobiert. Vor allem die Vögel waren so ungeheuer zerbrechlich mit ihren hübschen hohlen Beinen.

Bereits beim vierten Versuch traf er die Frau mit einem scharfen kleinen Diskus an der Hüfte. Sie zuckte zusammen und versuchte, sich noch kleiner zu machen. Ein Schrei war in dem Wasserrauschen nicht zu hören. Es konnte auch nicht besonders wehgetan haben. Ein kleiner blauer Fleck vielleicht, nichts gegen das, was er selbst momentan ertragen musste. Aber Angst hatte sie bekommen. Sie schlug die Hände vors Gesicht, das war eigentlich nur gut, dann konnte sie sich nicht festhalten. Er sah, wie sie versuchte, auf ihrer kleinen Insel Schutz zu finden. Aber dafür war nicht ausreichend Platz. Wenn er nur ein paar Schritte zur Seite ginge, würde sich der Schusswinkel verändern.

Er traf wieder, dieses Mal ihren Unterarm. Ein Glück für sie, dass sie ihn hochgehalten hatte, sonst wäre der Treffer direkt in ihrer Fresse gelandet, vielleicht auf der Nase, auf dem

Nasenbein. Er war ein wirklich guter Werfer, sie würde keine ruhige Minute haben. Aber anstrengend war es, sein Kopf pochte, und er konnte die Milchsäure in den Muskeln spüren. Die größeren Steine, die wirklich etwas bewirken würden, kamen nicht so weit, und die kleinen richteten nicht genügend Schaden an. Er machte eine Pause und massierte sich den Oberarm. Die Frau saß zusammengekauert da und hatte ihm den Rücken zugedreht. Unter ihrer Kleidung bildeten die blauen Flecken bestimmt schon eine hübsche Farbenpalette. Sie wunderte sich über die Feuerpause und warf ihm vorsichtig einen Blick zu. Er winkte grinsend zurück, ich bin noch da. Du hast doch nicht allen Ernstes gedacht, dass ich aufgebe?

Aber bald sah er ein, wie nutzlos es war. Er konnte hier stehen bleiben und mit Steinen werfen, bis es Abend wurde, sie würde unzählige Male getroffen werden, aber sich weiterhin festklammern. Außerdem ließen seine Kräfte nach. Er würde bald selbst Hilfe benötigen. Er hatte ein ekliges Gefühl hinter den Augen, als schabte ihm jemand mit einem scharfkantigen Löffel etwas aus dem Gehirn, ein Löffel graues Gelee nach dem anderen. Die lockeren Schneidezähne schnitten ihm in den Gaumen, sie schoben sich hin und her, obwohl er versuchte, sie mit der Zunge ruhig zu halten. Mit schmerzverzerrtem Gesicht packte er einen und zog ihn heraus. Er betrachtete ihn, der Zahnschmelz war klebrig, ein Fetzen Zahnfleisch hing daran, und eine große Ecke fehlte. Er warf ihn weit in den Fluss hinein. Der zweite Zahn saß fester, den musste er in seiner blutigen Grube sitzen lassen. Das würde teuer werden. Horrende Zahnarztrechnungen. Jetzt bereute er es, nicht alles Geld aus dem Portemonnaie der Hexe genommen zu haben, aber dafür war es zu spät. Sie schwamm inzwischen auf Luleå zu.

Und ihre Freundin? Barney sah sich in dem Uferdickicht um. Lange, dürre Birken und Salweiden. Er drückte gegen einen Stamm und testete seine Geschmeidigkeit. Er könnte einen Bogen bauen. Das hatte er bereits als Jugendlicher getan, kräftige Bogen, die man auf dem Rücken liegend mit den Beinmuskeln spannen musste. Und womit sollte er auf sie schießen, mit Holzpfeilen? Schneiden, zuspitzen und zusehen, dass sie auch gerade waren. Es würde den ganzen Tag dauern, und auf diese Distanz würden sie ohne Metallspitze zu leicht sein.

Barney zog sein Messer aus der Overalltasche und dachte nach. Eine Erinnerung tauchte in ihm auf, die Erinnerung an etwas, das er als Kind in der Kirche gehört hatte. Nachdenklich schnitt er ein paar lange Weidenzweige ab, setzte sich auf den Boden und begann, sie zu biegen und zu drehen, ganz vorsichtig, damit die Fasern nicht brachen. Die Frau auf der Insel beobachtete ihn. Sie hielt ihr Handy in der Hand. Versuchte sie zu telefonieren, funktionierte das Netz denn wieder? Aber er konnte ohnehin nichts dagegen unternehmen, also widmete er sich wieder seinen Zweigen. Er versuchte, sich daran zu erinnern, wie seine Mutter es gemacht hatte. Damals war es natürlich Frühsommer gewesen. Da stieg der Saft in den Zweigen, und sie waren weich und geschmeidig. Mutter hatte summend im Gras gesessen und mit geschickten Fingern die Zweige verflochten, während er sich um das Kaffeefeuer hatte kümmern müssen. Am Ende hatte sie es ihm wie einen Helm auf den Kopf gesetzt. Einen duftenden, geschmeidigen Weidenkorb. Damals war sie nüchtern gewesen, sie hatte sogar gelacht. Hatte ihn General Patton genannt, das stammte aus irgendeinem Film, den sie im Norden-Kino in Jokkmokk gesehen hatte. Guten Tag, General Patton, und dann hatte sie gleich noch einen zweiten Korb geflochten. Es war ihr leicht von der Hand gegangen. Drehen und winden mit kreisenden Bewegungen, bis die Holzfasern weich wie ein Seil wurden.

Die Herbstweide jedoch war hart und spröde, ganz und gar nicht wie das saftige Frühlingsholz. Sie schnitt in die Finger und schuppte. Doch am Ende hatte er eine ausreichende Menge beisammen. Er begann, die Stangen zusammenzufügen, sie zu verknoten und ineinander zu verschlingen, bis er einigermaßen zufrieden war.

Vorsichtig richtete er sich auf. Der Blutdruck sackte ab, er musste sich einen Moment vornüberbeugen, als ihm schwarz vor Augen wurde. Nach einer Weile ging es wieder besser, er musste es einfach nur ruhig angehen lassen. Seine Knie waren immer noch wacklig. Er betrachtete das Ding in seiner Hand. Es ähnelte einer Peitsche, aber das untere Ende war gekrümmt und wie zu einem kleinen Nest geformt. Dort hinein legte er jetzt einen ordentlich großen Stein, bedeutend schwerer als diejenigen, die er bislang geworfen hatte. Er packte die Stange und ließ sie über dem Kopf kreisen. In immer schnelleren Bewegungen. Im richtigen Winkel riss er den Arm zurück und sah, wie der Stein davonflog. Die Frau versuchte auszuweichen, hatte aber kaum Platz dafür. Im letzten Moment duckte sie sich, sodass der Stein ihren Nacken verfehlte und auf der Insel landete. Er zerbrach in mehrere Teile, die ins Wasser spritzten.

Es funktionierte. Jetzt war er voller Zuversicht. Es gab für alle Probleme eine Lösung, es gab immer einen Weg nach Hause, wenn man sich verlaufen hatte.

Jetzt ging es nur noch darum, Steine zu finden.

41

DIE HÄNDE AM Lenker wurden taub, das Gefühl in den Unterarmen verschwand. Sofia hatte die Mantelärmel über die Handgelenke gezogen, aber es nützte nur wenig. Außerdem fiel es ihr schwer, irgendetwas zu sehen. Zum Teil lag das am Fahrtwind, sie hätte wirklich einen Helm mit Visier gebrauchen können, außerdem troff irgendetwas von ihrer Stirn. Wahrscheinlich Blut. Sie musste sich den Haaransatz aufgeschrammt haben, das Blut vermischte sich mit dem Regen und tropfte. Ab und zu rieb sie sich mit dem linken Ärmel übers Gesicht und wischte das Gröbste weg. Sie sah sicher schrecklich aus. Eine Walküre auf einem Drachen. Der Rahmen musste sich bei dem Zusammenprall verzogen haben, er war nicht mehr richtig ausbalanciert, schien sich zur Seite zu neigen. Ein Rückspiegel war weg, der andere baumelte noch zerbrochen herab, und vom Hinterrad war ein rhythmisches Knirschen zu hören. Aber sie war wieder auf dem Weg. Gerade kam sie an den Golfbahnen und Konferenzhotels und idyllisch gelegenen Villen von Sävast vorbei. Die Straße war auch hier in beiden Richtungen verstopft mit Fahrzeugen im Leerlauf. Sie schlängelte sich zwischen den beiden Fahrzeugkolonnen hindurch und wich Leuten aus, die dort herumstanden, einige unternahmen riskante Versuche, sie aufzuhalten. Ab und zu war die Straße blockiert von Wagen, die versucht hatten zu wenden, dann aber stecken geblieben waren. Dort musste sie bis auf den Seitenstreifen ausweichen und sich im ersten Gang mühsam vorarbeiten. Einmal lenkte sie die Maschine auf eine Wiese mit nassem, hohem Herbstgras, weil sich ein Fernlaster quer auf die Fahrbahn gestellt hatte.

Evelina, dachte sie verbissen. Du bist doch in der Schule? Du bist doch heute Morgen aufgestanden, das hast du doch geschafft?

Der Zweifel war da, die Verzweiflung. Sie versuchte, an das Zimmer ihrer Tochter zu denken, an das Bett, an die Bettdecke. Ihre Gedanken zu einem Strahl zu bündeln, wie blitzende Stricknadeln, die durch die Luft fuhren.

Du musst dort weg, Evelina. Es ist gefährlich, du musst fliehen!

Aus den offenen Wagentüren konnte sie den Lokalsender hören, die angestrengten Stimmen der Reporter. Sie wissen es, dachte sie. Es ist schlimmer, als sie zugeben wollen, sehr viel schlimmer.

Sie ging vom Gas und wich dem Fußgängerstrom aus. Je näher sie Boden kam, umso mehr Leute ließen ihre Fahrzeuge stehen. Sie wollten um jeden Preis nach Hause. Vielleicht wollten sie auch jemanden abholen, genau wie sie selbst. Sich auf sicheres Terrain retten. Oder vielleicht wollten sie auch nur zusammen sein? Der Gefahr zusammen mit ihren Liebsten entgegensehen.

Sofia versuchte die Unruhe zu unterdrücken und sich aufs Fahren zu konzentrieren. Sie ließ die Kupplung schleifen, um nicht in jemanden hineinzufahren. Ein paar Leute hielten sich provisorischen Regenschutz über den Kopf, eine Zeitung, eine Plastiktüte. Mehrere trugen Taschen und Tüten mit Dingen, die sie nicht im Auto hatten zurücklassen wollen. Eine pummelige Frau humpelte sichtlich, bestimmt hatte sie Blasen von ihren schlecht sitzenden Schuhen. Ein Handwerker in blauem Overall sprang ihr unvermittelt und wild gestikulierend in den Weg. Demonstrativ gab sie Gas, aber er ging nicht zur Seite. Entschlossen beschleunigte sie die Maschine. Er wich erst im letzten Moment aus, sie spürte den Satz, als sie ihm über den Fuß fuhr, und hörte seine empörten Schreie: »Haltet die Frau auf! Haltet diese Wahnsinnige fest!«

Vor ihr drehten sich Leute um und versperrten ihr den Weg. Kurz entschlossen wich sie auf den Seitenstreifen aus. Das Vorderrad rutschte über das nasse Gras, die Maschine kam ins Schlingern und kippte zur Seite. Ein Blitz durchfuhr ihre Kniescheibe, eine Schmerzenssonne. Der Handwerkertyp rannte und kam immer näher, verdammt noch mal, sie klemmte halb unter dem Motorrad, kam aber wieder hoch. Das Bein war nicht gebrochen, aber das Knie fand keinen Halt mehr.

»Haltet sie fest!«

Mit aller Kraft wuchtete sie das Motorrad hoch. Es war schrecklich schwer und kaum möglich, es im Gleichgewicht zu halten. Glücklicherweise war der Motor nicht ausgegangen. Sofia setzte sich auf und schaltete in einen niedrigeren Gang. Im nächsten Moment spürte sie einen glühenden Schwindel. Der Mann hatte ihr in den Rücken geboxt, mit der steinharten Faust direkt in die Niere. Ihre Körperspannung wich dem Schmerz, sie taumelte und wäre fast hingefallen. Wie ferngesteuert ließ sie die Kupplung kommen und gab Gas. Das Hinterrad drehte durch und rutschte hin und her, sie spürte ein Gewicht und begriff, dass er die Maschine von hinten festhielt.

Er wurde mitgezogen, hüpfte hinterher und brüllte die ganze Zeit vor Wut. Sie traute sich nicht, sich umzublicken, gab nur wie wahnsinnig Gas, während die Maschine die ganze Zeit umzukippen drohte. Er hing immer noch an ihr und wurde mitgeschleift. Etwas Eckiges lag im Gras, eine alte Holzpalette. Sie steuerte, so nah sie sich nur traute, darauf zu und spürte den Stoß, als der Mann dagegenstieß. Sein Schrei klang jetzt anders, ging von Wut in Schmerz über.

»Lass los!«, schrie sie. »Lass endlich los!«

Dickicht türmte sich vor ihr auf. Sie nahm Anlauf und fuhr direkt darauf zu, duckte sich unter den peitschenden Zweigen hindurch und schaffte es. Ein scharfer Schwenk zurück in den Dschungel, Zweige, die brachen und knackten. Den dritten Gang schaffte sie nicht mehr. Der Griff löste sich, und sie spürte, wie das Fahrzeug sich aufbäumte. Sie warf einen schnellen Blick nach hinten. Der Auspuff war feucht und klebrig von seinem Blut.

Vor ihr verdichtete sich die Menschenmenge. Zwischen all den Fahrzeugen und Menschen konnte sie Uniformen entdecken, blinkendes Blaulicht, eine Handvoll Polizisten in Reflektorwesten, die versuchten, die Fußgänger zurückzuhalten. Sie fuhr langsam heran, musste sich ab und zu mit dem Fuß abstützen. Beunruhigt versuchte sie, die Situation einzuschätzen. Die Polizisten gestikulierten zu den Seiten hin und versuchten, den Strom zum Abbiegen zu bewegen, sie wiesen weg vom Fluss. Runter von der 97. Waren sie dabei, ganz Boden zu evakuieren? Aus der Richtung der Stadt kamen Leute, viele mit Tüten und Bündeln in den Händen.

»Keine Fahrzeuge!«, rief einer der Polizisten ihr zu.

Er war jung und braun gebrannt. Ein kräftiges Kinn mit drei Millimetern Bartstoppeln, braune, warme Augen.

»In Ordnung«, nickte sie.

»Sie tragen keinen Helm«, fuhr er fort. »Absteigen!«

Entschlossen trat er auf sie zu und signalisierte ihr zu halten. Es sah ein wenig unbeholfen aus, sicher kam er frisch von der Polizeihochschule. Sofia nickte wieder, gab sich kooperativ. Mit überdeutlicher Mimik zeigte sie ihm, wie schwierig es war, sich in dem Menschengewimmel voranzuarbeiten. Wo sollte sie denn parken? Und außerdem war sie ja verletzt, sah er das Blut nicht? Der Polizist zeigte mit der offenen Handfläche nach rechts.

»Steigen Sie sofort ab!«

Und dann zuckte sie vorgeblich zur Seite. »Verdammt, was soll das?«, schrie sie einen glatzköpfigen jungen Mann in Jeansjacke an.

»Ich habe doch nichts ...«

»Du hast mich geschlagen, jetzt bleib mal ruhig. Aua!«

Sofia hielt sich den Arm wie nach einem Boxhieb.

»Ich hab doch gar nichts gemacht«, wiederholte der Mann verwirrt.

»Ich zeig dich an, du hast eine Frau geschlagen!«

Der Polizist musterte sie beide. Eine schmächtige Frau und ein groß gewachsener Grobian. Jetzt bohrte er seinen Blick in den Mann.

»Hören Sie mal, Sie bleiben jetzt ganz ruhig ...«

Sobald der Polizist sich von ihr abgewandt hatte, drehte Sofia das Gas hoch. Mit quietschendem Hinterreifen schoss sie an den Beamten vorbei. Sie spürte den Zug des blau-weißen Absperrbands über der Brust, schob es behände zur Seite und fuhr weiter.

Hinter der Straßensperre standen auf beiden Fahrbahnen zurückgelassene Wagen, aber hier waren nur noch vereinzelt Fußgänger unterwegs. Sie raste mitten auf der Straße vorwärts, ohne es auch nur zu wagen, sich noch einmal umzusehen. Hatte er seine Dienstwaffe gezogen? Oder notierte er sich nur das Kennzeichen? Ihr Knie begann nach dem Sturz noch heftiger zu pochen, der Schmerz ging in ein Hacken wie von einem Meißel über. Sie versuchte, den Unterschenkel möglichst still zu halten, spürte, wie das Gelenk anschwoll. Die Kälte drang durch ihren Körper. Sie war nass wie ein Hund, ihre Kleider waren zerrissen, die Schuhe rutschten von ihren Füßen. Zum Glück war es nicht mehr weit.

Bei Ågärdan traf sie auf eine weitere Straßensperre mit Wachleuten in reflexgelben Overalls. Kamen die von der Kommunalverwaltung oder von der Verkehrszentrale? Sie standen mit dem Rücken zu ihr und dirigierten den entgegenkommenden Verkehr über die Kreuzung in südliche Richtung auf Älvsbyn zu. Sofia rauschte an ihnen vorbei, noch ehe irgendjemand reagieren konnte. Linker Hand sah sie etwas aufblitzen. Da lag er, der Fluss. Breit und glänzend unter den tief hängenden Wolken und in aller Ruhe floss er aufs Meer zu. Der Luleälven, ihr Trost, dachte sie, ihr geliebter Lebenspartner. Willst du mir wirklich Böses antun?

Ohne Vorwarnung begann der Motor zu stottern. Es klang wie ein Räuspern, als würde sich ein Redner die Kehle reinigen. Sofort war es wieder vorbei, aber dann kam es erneut. Die Maschine verlor an Kraft. Sie gab mehr Gas, aber das Stottern wurde nur schlimmer, und bald verstummte der Motor vollkommen. Unter Fluchen schaltete sie in den Leerlauf und rollte weiter. Das Tempo wurde langsamer, obwohl sie sich tief über den Lenker beugte, um den Luftwiderstand zu verringern. Die Reifen quietschten feucht auf dem Asphalt. Schließlich hielt die Maschine an, und sie musste die Füße auf den Boden stellen. Breitbeinig balancierend drückte sie den Starter. Der Anlasser arbeitete ins Leere. Lag es am Benzin? Im Tankdeckel war ein Schloss, sie schob den Schlüssel hinein und öffnete ihn. Drinnen schwappte es noch halb voll. Sie versuchte es weiter mit dem Starter und hoffte, dass die Maschine auf irgendeine magische Weise anspringen würde, merkte aber nur, wie die Batterie immer schwächer wurde. Schließlich gab sie auf. Sie stellte den rechten Fuß auf den Boden und klappte mit dem linken den Seitenständer heraus. Ein elektrischer Schlag schoss ihr durchs Knie. Es tat so weh, dass sie fast hingefallen wäre, sie musste sich an dem breiten Plastiksitz festhalten. Mit zusammengekniffenen Augen fühlte sie, wie die Schmerzwellen langsam abklangen.

Vorsichtig verlagerte sie ihr Gewicht auf das gesunde Bein. Umklammerte die verletzte Kniescheibe mit den Händen und versuchte, ihr Halt zu geben. Dann machte sie ein paar kleine Schritte. Es war schwer und mühsam. Sie sah sich nach Hilfe um, aber die Straße lag menschenleer vor ihr. Aus der Ferne hörte sie, wie sich ein einzelnes Fahrzeug näherte. Ungelenk winkte sie dem dunkelgrünen V70 zu, sah ihn aber nur vorüberrauschen. Vor ihr breitete der Asphalt sich aus wie eine graue, sich ringelnde Schlange. Wie weit war es noch bis nach Hause? Vielleicht sieben, acht Kilometer. In diesem Tempo würde sie den Rest des Tages dafür brauchen. Evelina, Evelina … Ein kurzer, schleppender Schritt. Dann noch einer. Sofia musterte wieder den Fluss, der glänzend wie Eisen dalag. Kein Anzeichen von Gefahr. Aber irgendetwas war auf dem Weg. Tief in seinem lang gestreckten Körper braute sich etwas zusammen.

42

DAS WASSER BRODELTE und zerrte an Gunnar Larsson, während er sich an Hinken festklammerte und mit seinen Wollstrumpffüßen verzweifelt um sich trat. Er spürte die Kraft des Wassers in seinem ganzen Körper, wie es lebte, wie es ihn mit seinem Gewicht vorwärtsdrückte. Es wollte nach unten. Und nur darum handelte es sich hier, um das innerste Wesen des Wassers. Wassertropfen, die aus den Wolken auf den Boden fielen. Die dort auftrafen und sich sammelten wie schmale Pfeile, die allesamt nach unten zeigten, die in Mulden in der Landschaft sickerten, sie füllten, bis sie überliefen und zu Rinnsalen wurden, die auf wieder andere Rinnsale trafen und weiterliefen. Mal bewegten sie sich langsamer, mal schneller, aber die Richtung war immer dieselbe.

Das hier ist nicht die Schuld des Wassers, dachte Gunnar und tat alles, um die Nasenlöcher über Wasser zu halten. Das Wasser will uns nichts Böses. Wir haben einfach zu schlecht gebaut, wir waren nicht demütig genug.

Ein Liter Wasser wog ein Kilo. Aus einem Meter pro Sekunde gewann man zehn Watt. So hatte es einmal angefangen. Irgendjemand hatte sich das ausgerechnet, jemand, der Strom haben wollte. Und dann war sein Blick auf den Luleälven gefallen.

Und jetzt ging alles zum Teufel, anders konnte er es nicht ausdrücken. Die überfüllten Wasserspeicher dieses Herbstes, Millionen Kilowatt. Eine grausame Zahl von Atombomben, wie er feststellte. Wie viel elektrische Wärme das ergeben hätte… Nicht genug, dass er kurz davor war zu ertrinken, sein Kopf beschäftigte sich auch noch mit solchen sinnlosen Spekulationen.

Gunnar klammerte sich fester an Hinken, um die Wärme in dessem prallen Körper zu spüren. In der Kälte wurden seine Bewegungen langsamer. Er versuchte, den Körper näher an Land zu steuern, hatte aber das Gefühl, als käme er kaum von der Stelle. Würde er erfrieren, noch bevor er ertrank? So hatte er sich das Ende nicht vorgestellt, dennoch zog er das Erfrieren vor. Ertrinken wäre schlimmer. Es bedeutete Krämpfe und Ersticken, als würde man langsam gehängt. Kälte war eher wie Schlaf. Wie Lydias Schlaftabletten, ab und zu nahm auch er eine davon. Sie waren klein und blau. Irgendwie eisig. Er wartete immer, bis sie eingeschlafen war, dann war der Tag für ihn vorüber. Dann konnte sie nicht mehr schreien oder sich die Windel vom Leib reißen und auf die Matratze pinkeln. Oft saß er dann vor dem Fernseher, um einfach nur den Kopf freizubekommen, da konnte laufen, was wollte, Ballerfilme, Bingo, Sport, ja, am besten Sport. Aber wenn Lydia einen schlechten Tag gehabt hatte, wollten sich die Gedanken nicht beruhigen. Dann trank er einen Kaffee, nahm eine blaue Tablette und glotzte in das viereckige Licht. Sah, wie es sich langsam in eine Tür verwandelte. Durch die man eintreten konnte. Es wurde zu einer Hütte, zu der niemand sonst den Weg fand, eine Jagdhütte mit knisterndem Feuer und Frieden.

Die Jagd vermisste er am meisten. Das Erste, was er tun würde, wenn er wieder für sich wäre: Er würde sich einen neuen Hund anschaffen. Er hatte sich von Bamse trennen müssen, als es mit Lydia immer schlimmer geworden war, sie hatte den Hund gequält, bis der angefangen hatte, sie zu beißen. Da hatte er ihn fortschaffen müssen. Er hatte es auf die traditionelle Art und Weise getan, er war mit seinem alten Jagdkameraden in den Wald gegangen und hatte ihn erschossen. Es war ein schrecklicher Verrat gewesen. Bamse hatte ein Stückchen Wurst bekommen und seine Hand abgeleckt, während er das Gewehr entsichert hatte. Und als er zurück nach Hause gekommen war, hatte Lydia sich schlimmer aufgeführt denn je, sie hatte mit Sachen um sich geworfen und ihre Kleidung zerrissen, weil er so lange fort gewesen war. Er hatte nicht einmal die Möglichkeit gehabt zu trauern.

Bestimmt war sie inzwischen wach. Unruhe erfüllte ihn, jeden Moment würde sie anfangen zu schreien und zu randalieren. Dann kam er zu dem Schluss, dass das ja nur gut wäre. Wenn sie schrie, hörte sie vielleicht jemand und ginge zu ihr. Dann müsste sie nicht daliegen und sich quälen.

»Ja, du hast es gut, Hinken«, versuchte er zu sagen, doch seine Kiefer waren zu steif. Es klang nach: »A-uhha-e-uu …«

Mit einer blauen Pille wäre es einfacher, dachte er wieder. Aber die hatte er nun einmal nicht dabei. Hinken war bereits unterwegs auf die andere Seite, er selbst würde ihm bald folgen. Wieder begann er, Wasser zu treten, er konnte die Beine kaum noch beugen. Trotzdem kämpfte er weiter, bekam einen Schwall Wasser über den Kopf und musste husten.

Im selben Moment wurden sie in etwas hineingetrieben. Zweige und Rinde kratzten über seine Wangen, ein ganzer Haufen erhob sich über dem Wasser. Gestrüpp. Ein Wirrwarr aus Ästen und Zweigen. Gunnar versuchte, sein Gesicht zu schützen, sah ein paar größere Holzstücke, an die er sich klammern konnte. Das Gestrüpp schien sich an irgendetwas festgehakt zu haben, er konnte sich nicht vorstellen, wie das möglich gewesen sein sollte. Es sah aus wie eine winzige Insel. Sie saß in der Strömung fest, das Wasser floss drumherum, aber wie sehr er auch mit den Füßen um sich herumtastete, er fand keinen Boden unter sich, nur gluckerndes Wasser. Gunnar drückte die Zweige zur Seite und bohrte sich in das Durcheinander aus Müll und Schlamm. Ganz im Innern lag etwas Größeres halb im Wasser versunken vor ihm, ein Rand ragte hervor. Gunnar streckte die Hand aus, spürte die leicht gebogene Form und verstand sofort.

Eine Holzwand. Ein Boot.

Aber all das Gestrüpp? Gunnar wühlte weiter. Ein gespanntes Seil ragte in die Tiefe. Der Anker musste wohl aus dem Boot gekippt sein und sich im Grund verhakt haben, und dann hatten sich Treibholz und Äste daran gesammelt. Die starke Strömung presste und ließ das Seil vibrieren. Gunnar beeilte sich. Er packte die Bootswand mit beiden Händen und versuchte, sich daran hochzuziehen, schaffte es aber nicht. Seine Arme waren steif und kraftlos. Er legte sich auf die Seite und kämpfte sich mit den Beinen hinauf. Es fühlte sich an, als würde er sich in zähem schwarzem Teer bewegen. Das Boot war fast vollständig mit Wasser vollgelaufen, die Bootswand ragte nur noch eine Handbreit über die Oberfläche. Was seine Unternehmung ein wenig erleichterte. Er keuchte und schnaufte, schluckte Wasser, würgte und spuckte. Die Zweige waren im Weg, er blieb daran hängen. Mit der Energie der Verzweiflung zog er sich hoch. Mit pfeifendem Atem bekam er einen bestrumpften Fuß über den Rand, fand aber keinen Halt. Er hakte die Ferse unter und schob die Wade hinüber, während er gleichzeitig den Oberkörper aus dem zähen Wasser drückte. Alles war so viel schwerer, sobald er über der Wasseroberfläche war. Die Bootswand kippte, und Wasser strömte hinein. In einer Seitwärtsrolle gelang es Gunnar schließlich, sich hinüberzuschieben. Er landete mit dem Gesicht nach unten, ein Bein hing an der Dolle fest. Eine weitere widerliche Welle schwappte über ihn hinweg, er schrie unter Wasser, stemmte sich mit rudernden Armen hoch, befreite sein Bein und spürte, wie es in der Hüfte zwickte. Dann krampfte sich sein Magen zusammen, und er übergab sich. Er versuchte, den Fluss aus sich herauszuspülen. Mehr Wasser strömte über die Bootswand. Er zwang sich, ruhig zu bleiben, das Boot war bis zum Rand voll, es schwamm kaum noch. Ich muss das Wasser hinausschöpfen, dachte er. Er legte seine steifen Hände aneinander und begann, Wasser über den Rand zu kippen. Das meiste sickerte zwischen seinen Fingern hindurch. Sicher hatte hier irgendwo einmal ein Schöpfeimer gelegen, aber der war wohl weggespült worden. Sei's drum, hinunter mit den Händen, wie eine Schale. Und dann weg damit. Kleine Pfützen platschten über die Bootswand. Doch dann zog sich der Körper wieder zusammen, und er musste würgen und eine Pause einlegen. Dann machte er weiter. Zitternd und wacklig. Wenn er nur nicht so schrecklich frieren würde!

Im Gestrüpp lag Hinken halb auf der Seite und wiegte sich in der Strömung, das eine Ohr ragte gerade so aus dem Wasser heraus. Er lag da und lauschte dem, was dort vor sich ging.

So, so, du schöpfst Wasser, sagte er.

Ja, verdammt.

Aha, und dann?

Da ist ein Motor.

Ach, ein Motor.

Es gibt einen Motor, Hinken, es ist ein Motorboot.

Da war er eine Weile still, der gute Hinken.

Dann bleibst du also da oben?, kam es schließlich.

Ja, ich denke schon.

Du lässt mich allein.

Gunnar antwortete nicht. Seine Arme begannen zu schmerzen. Verzweifelt langsam hob sich die Bootswand aus dem Wasser, ein Sarg aus nassem Holz. Du musst schneller schöpfen.

Es tut weh.

Dann hör doch auf damit, kam es von Hinken.

Ich kann nicht. Ich muss weitermachen.

Warum?

Ich muss einfach. So ist es nun einmal.

Warum?

Es gibt auch einen Tank, Hinken. Der ist angekettet, deshalb ist er noch nicht weggeschwemmt worden.

Ein Treibstofftank.

Ja, Hinken. Benzin. Eventuell. Ich hab noch nicht nachgeschaut.

Der Motor startet nie im Leben.

Natürlich startet er.

Das schaffst du nie. Du siehst doch, was da vorn auf dich wartet.

Die Arme taten weh. Gunnar musste eine Pause einlegen und die übersäuerten Muskeln ausschütteln. Vorsichtig krabbelte er auf dem schwankenden Untergrund nach hinten, voll Angst, wieder Wasser hineinschwappen zu lassen. Der Tank rasselte an der Kette. Er kippte ihn zur Seite, deutlich war da ein Gluckern zu hören. Wenn er nur all das Wasser hinausschöpfen könnte. Damit das Boot nicht kenterte. Und dann das ganze Gestrüpp, dieser Holzstau, der sich rundherum auftürmte. Gunnar riss einen Ast los und warf ihn in den Fluss. Er schaukelte davon, doch währenddessen wurde neuer Abfall angespült. Wie lange würde die Ankerkette halten? In der Ferne erahnte er, was Hinken gemeint hatte. Der Porjusdamm. Er war nicht mehr da, er war weggespült worden. Eigentlich hatte er es längst gewusst. Jetzt hatte sich dort ein Wasserfall gebildet. Er konnte ihn nicht sehen, hörte aber das Tosen. Oder konnte es vielmehr spüren. Die Vibration, die durch die Wassermassen hindurch bis in den kleinen Lautsprecher des Bootes übertragen wurde, ein Zittern in so tiefer Frequenz, dass es sich kaum noch um ein Geräusch handelte.

Ist das der Tod, Hinken?

Das ist der Tod.

So klingt er also …

Hinken drehte seinen Arm in die Strömung, als zeigte er auf irgendetwas. Hinab. Hinab in die Tiefe. Hinunter auf den tiefsten Grund, auf dem die Tropfen des Meeres ruhten. Das war ihrer aller Richtung. Hinkens, seine eigene und die des schäumenden, strömenden Luleälven. Dort würden sie alle ihren Frieden finden.

Wenn er nur den Motor starten könnte. Wie weit mochte es bis zum Ufer sein? Hundert Meter, vielleicht hundertzwanzig? Vielleicht schaffte er es bis dahin, das sollte doch möglich sein. Sich mit donnerndem Motor in Sicherheit zu bringen, weg von diesem alles verschlingenden Wasserfall dort vorn.

Aber zuerst musste er das Boot leerschöpfen. Es lag wie unter einer dicken Schneedecke begraben, langsam schaufelte er es hinauf ans Licht. Mit jeder Handbewegung kippte ein wenig über den Rand, und mit jeder Handvoll hob sich das Boot ein klein wenig.

Während er weiterschöpfte, musterte Gunnar den Bootsmotor, einen schwarz lackierten, verschrammten Mercury. Er kannte das Modell. Er war bestimmt dreißig Jahre alt, ein treuer Diener mit verlässlicher Gummidichtung und abblätterndem Lack. Sicher gehörte er einem Rentner, vielleicht einem alten Samen, der sein Netz im Stausee auszuwerfen pflegte. Der Motor war im Achtersteven verschraubt, die Schraube lag im Wasser. Gunnar wickelte den Benzinschlauch vom Tank und schloss ihn mit einer kurzen Drehung an den Bajonettverschluss des Motors an. Dann drehte er die Luftschraube auf, zog den schwarzen Bakelitknopf des Chokes heraus, griff nach der Gummiblase und pumpte. Er konnte spüren, wie der Treibstoff hineinströmte. Die Kupplung stand auf neutral, er nahm den Startergriff in die Hand. Und dann zog er mit einem kräftigen Ruck.

Ein kurzes Gurgeln. Noch ein Zug. Noch ein bisschen Pumpen. Ein Zug nach dem anderen. Weg mit dem Choke, damit der Motor nicht sauer wurde. Ein Zug nach dem anderen, das Grausen jedes Bootsbesitzers. Das zerfranste Startseil, das über eine Feder zurückgerollt wurde, der Plastikgriff, der in die Hand schnürte, die Anstrengung, die ihn schwitzen und fluchen ließ.

Hätte er Werkzeug, hätte er die Zündkerze überprüft. Stattdessen saß er halb im Wasser und zog und zog, immer wieder, versuchte hinzuhören, einem Hinweis nachzulauschen. Bekam der Motor Treibstoff? Kamen Funken, stotterte es aus dem Auspuff? Frustriert beugte er sich vor und öffnete die Sperre auf der Rückseite. Dann kippte er die Motorhaube hoch. Wie er es befürchtet hatte. Mit Grünspan überzogenes Metall und altes Fett. Die Kabel schienen Brandschäden aufzuweisen. Derjenige, der sich um den Motor gekümmert hatte, war nicht gerade die Reinlichkeit in Person gewesen. Hätte er nur seinen Werkzeugkasten dabei, dann gäbe es Hoffnung.

Das Wasser schien wieder zu steigen. Offenbar hatte das Boot ein Leck. Er beugte sich hinunter und fing wieder an zu schöpfen, kleine, jämmerliche Pfützen.

Da fiel sein Blick auf die große, massive Motorhaube. Er benutzte sie wie einen Eimer, füllte sie und kippte das Wasser über Bord. Ein kräftiger Schwall. Und plötzlich ging es voran, das Wasser sank in raschem Takt. Mit frisch erneuerten Kräften packte er die Startschnur, spannte den Rücken und zog und zog, bis ihm die Schulterblätter abzufallen drohten. Nichts passierte. Er spürte, wie ihm wärmer wurde, das war der einzige Unterschied, aber der verdammte Motor blieb mausetot.

Da kommt was, sagte Hinken.

Was?

Etwas Großes.

Jetzt sah Gunnar es auch. Es kam langsam mit der Strömung auf ihn zugetrieben. Ein schwankender, triefender Riese, der direkten Kurs auf ihn genommen hatte. Gunnar traute seinen Augen nicht. Dann überkam ihn die Angst. Es war groß und rot und hatte weiße Giebel. Es war ein Haus.

Jetzt stirbst du, sagte Hinken. Jetzt stirbst du gleich.

Donnern rollte vom Porjusdamm herüber.

43

IN SEINER EINZIMMERWOHNUNG am Medborgarplatsen in Stockholm versuchte Carsten Azon, das Kreuzworträtsel in der *Dagens Nyheter* zu lösen. Er saß in seiner Küchenecke, die kaum größer war als ein anständiger Bauernschrank. Um dort überhaupt Platz zum Essen zu haben, hatte er einen Klapptisch an die Wand geschraubt, den er nach jeder Mahlzeit wieder herunterklappen konnte. Eigentlich hieß er Andersson, aber Azon sah im Lebenslauf besser aus und klang nach Spanien und nicht nach der Provinz Medelpad, woher er eigentlich stammte.

»Alte Sichtweise« mit sieben Buchstaben. Der zweite Buchstabe war das O aus »Ausdruck der Fankultur«. Tifo. Damit hatten die Östermalmer bestimmt Probleme, die gingen ja nicht zum Fußball. Aber die »Sichtweise« war kniffliger. Konzeption? Motivation? Nein, nichts passte.

Carsten nahm einen weiteren Kardamomkeks aus der Tüte und tauchte ihn in die warme Milch. Er beugte sich vor und blickte in den Innenhof. Dort war es grau und trüb wie schon den ganzen Herbst über. Es regnete ununterbrochen. Die Kastanien hatten bereits ihr Laub verloren, es war zu einem glänzenden Haufen bei den Fahrradständern zusammengeweht worden. Herbst und ein Kater, dachte er. Hermansson wollte ihn abfinden, ihn aus dem Nest schubsen. Er wusste, dass Hermansson die Chefs hinter sich hatte. Diese Arschlöcher.

»Sichtweise.« Vielleicht eine Art von Beleuchtung? Es gab bestimmt irgendwelche Stockholmer Ausdrücke, die er in seiner Jugend in Stöde nie gehört hatte, ein Fachbegriff für Einheimische. Notlicht? Rotlampe?

Carsten stand auf und stieß sich den Kopf an der Schranktür, die er blöderweise hatte offen stehen lassen. Die Kante traf ihn genau auf dem Schädel, verdammt, nachdem er sich ihn gerade erst rasiert hatte. Das würde eine rot leuchtende Schramme geben. Er würde sie für die Pressefotos später am Tag überschminken müssen, und weh tat sie zu allem Überfluss auch noch. Blut tropfte heraus, ein nasses Rinnsal. Er trat einen Schritt vor, einen Schritt nach rechts, einen nach hinten und dann wieder einen nach rechts. Diese Schrittfolge brachte ihn in die Toilette. Die Tür öffnete sich nach innen und schlug gegen den Toilettensitz, eine vollkommen idiotische Konstruktion. Er hatte die Wohnungsverwaltung aufgefordert, die Tür so aufzuhängen, dass sie sich nach außen öffnete, aber die hatten sich geweigert und erklärt, so wäre es in allen Einzimmerwohnungen. Deshalb musste er den Bauch einziehen und sich am Waschbecken vorbeizwängen, um die Tür hinter sich zu schließen. Nur so hatte er ein wenig Platz vor dem Spiegel. Mitten auf seinem Schädel klaffte eine hässliche Wunde. Er sah aus wie ein Skinhead, der Prügel eingesteckt hatte. Blut sickerte über die Schläfe, er riss ein wenig Toilettenpapier ab und befeuchtete es unter dem Wasserhahn.

Doch dann hielt er inne.

Es sah echt verwegen aus.

Carsten zog sein Handy aus der Tasche des Morgenmantels und machte eine schnelle Serie von Selbstporträts aus verschiedenen Perspektiven. Die Glatze, die Wunde, der unergründliche Blick. Mit einem Akzent käme es noch besser… und vielleicht eine Tätowierung? Oder irgendwas Anachronistisches, irgendwas total far-off, vielleicht ein Monokel?

Monokel.

Sichtweise.

Das war einer jener magischen Augenblicke, in denen die Schleier der Welt sich lüfteten. Alles erstrahlte in einem klaren Licht, die Aufgaben des Tages, das Pressefoto, das am Nachmittag geschossen werden sollte, die rote Bluttusche über der Schläfe.

Und im selben Augenblick erloschen die Lampen.

Es blieb eine, höchstens zwei Sekunden lang dunkel. Dann flackerte die Leuchtstoffröhre des Badezimmerschränkchens wieder auf.

Es war nur ein Blitzen gewesen. Eine Blende, die geschlossen und dann wieder geöffnet wurde. Ein Monokel.

Diese beiden finsteren Sekunden waren die einzige Störung im Großraum Stockholm.

44

LABANS BRUSTKORB HOB sich leicht. Plötzlich empfand Lena so etwas wie Zärtlichkeit. Sie war es, die ihn zurück ins Leben geholt hatte, sie hatte ihn aus dem Griff des Flusses befreit.

Wasser rann aus ihm heraus, es gurgelte und gluckerte, wenn er versuchte zu husten. Lena packte ihn und drehte ihn auf die Seite, aus der Lunge floss Dreck. Sie wartete, bis die Krämpfe abklangen, bis er das Schlimmste herausgewürgt zu haben schien, und ließ ihn dann wieder auf den Rücken zurückrollen. Es erschien ihr das Beste, ihn so liegen zu lassen. Himmelwärts, offen. Horchend. Seine Augen waren in den Schädel hinein verdreht, sie hatte so etwas einmal auf Bali gesehen. Bei einem Yogi mit zottigen Haarwürsten und einer Kette aus rotbraunen Samen, die aussahen wie kleine Gehirne. Vor ihm hatte eine Metallschale gestanden, in die man Münzen oder Obst legen konnte. Mit den gleichen weißen Augenhöhlen hatte er inmitten der Touristenmassen gesessen, mit einem Blick, der kein Blick war. Und während ihrer ganzen Tempelführung hatte er nicht ein einziges Mal auch nur gezuckt.

Sie betrachtete Labans unangenehm bleiche Körperfarbe.

Der Beinstumpf leckte immer noch ein wenig, die Lebensflamme flackerte darin. Wie ein Keim, dachte sie. Etwas winzig Kleines und Zerbrechliches, das sie selbst erweckt hatte. Mit ihrem Atem. Jetzt fing er wieder an zu zittern, die Muskeln zuckten und versuchten, Wärme zu erzeugen. Es war übel um ihn bestellt. Ohne ihre Hilfe hätte er es niemals geschafft.

Noch einmal beugte sie sich über ihn. Dieses Mal öffnete sie ihre Regenjacke und knöpfte Strickjacke und Bluse auf. Vorsichtig begegnete sie ihm Haut auf Haut. Er war kalt wie ein Hecht. Sie erschauderte und schlug ihre Kleidung um seinen Körper, versuchte, die Seiten mit den Schößen der Regenjacke abzudecken. Wie in einem Nest. Als säße sie brütend über ihm. Unter ihrem Gewicht fiel es ihm schwerer zu atmen, und die Krämpfe hielten an. Aber wo sich ihre Körper begegneten, ließen die Krämpfe nach einer Weile nach. Ihre Körperwärme strahlte in ihn hinein. Sie strahlte aus und strömte, und Laban nahm entgegen, er brauchte alles, was sie geben konnte. Sie leerte sich in seine Poren und wurde aufgesogen. Und er war ohne Boden, er konnte gar nicht genug bekommen. Sie versuchte, ihm noch näher zu kommen, schlug die Arme um ihn und versuchte, die Kälte von ihm abzuschirmen.

Halt aus, dachte sie. Ich helfe dir. Es gibt nur noch uns beide auf der ganzen Welt, es gibt sonst niemanden mehr.

Dann gab sie ihm eine schnelle Ohrfeige. Es klatschte, und sein Kopf flog zur Seite. Keine Regung in seinem Gesicht, keine Schmerzreaktion. Aber sie glaubte, dass er mehr Farbe bekommen hatte, seine Haut war nicht mehr ganz so grau. Und als sie sich noch dichter an seinen Brustkorb drückte, hörte sie ein deutliches Pick, pick, pick. Kleine, dumpfe Herzschläge in dem mageren Brustkorb.

»Laban«, flüsterte sie zärtlich. »Wach auf, Laban …«

Er schien wärmer geworden zu sein. Vorsichtig strich sie ihm über die Stirn, den Hals, die Oberarme. Dort war es kalt und nass. Sie krümmte sich und schob die Hand unter seinen nassen Hosenbund. Dort war es zu eng, sie musste den Jeansknopf öffnen. Legte die Fingerspitzen auf seine Leiste, auf die Schlagader, die hinunter zu seinem Schenkel führte, ja, da war es warm. Da schmolz es ein wenig. Langsam wich die Kälte zurück, sie brauchte nur Geduld.

Als sie dic Hand zurückzog, streifte sie sein Geschlecht. Es erschien ihr sonderbar platt und kalt, nur ein zusammengezogener Hautfetzen. Das war also seine Männlichkeit, dachte sie. Ein Ballon, aus dem die Luft entwichen war. Sie zögerte. Konnte nicht anders, sie musste noch einmal fühlen. Raues Haar rundherum. Und dann der kleine Schniedel. Laban. Laban mit seiner Ausstrahlung. Laban, der während der Morgensitzung unter den Augen aller seinen Aquarellpinsel zerbrochen hatte, die Teile weggeworfen und alle aufgefordert hatte, es ihm gleichzutun. Pinsel sind Pfusch, hatte er ausgerufen. Pinsel schaffen Distanz und Starre. Man sollte Aquarelle mit den Fingern malen, mit den Nägeln, mit dem eigenen Haar und dem eigenen Herzblut. Dann war er zwischen den Frauen herumgelaufen, die durcheinandergequatscht hatten. Die arme Kursleiterin, die Skizzenübungen zu Musik geplant hatte, um die Pinselführung weicher zu machen, hatte im Nu umdenken müssen. Laban hatte sich in den Mittelpunkt gestellt, und dort wollte er auch bleiben. Ein paar von den Ladys hatten bestimmt feuchte Höschen bekommen.

»Laban, mein Laban ...«

Er war doch wärmer geworden, oder nicht? Ihr schrecklicher Teufel. Ein Königssohn ohne Reich, in den Fängen der Zeit. Jetzt lag er da und gab Flüssigkeiten von sich, ein Sekret, das nach Schlamm roch. Es war substanzlos, durchsichtig und unzusammenhängend. Genau wie seine Kunst. Sie riss ein paar Gräser los und wischte ihm damit über die Mundwinkel und übers Kinn, aber es kam immer mehr, es hörte nicht auf. Die Lunge rasselte und blubberte wie Sumpfbläschen.

Da spürte sie etwas. Eine kaum wahrnehmbare Bewegung, ein Knöchelchen. Oder eher ein Tier, ein Maul, das sie anstupste. Verwundert führte sie ihre Hand hinunter.

Es lebte. Es begann, sich zu rühren.

Ganz still lag sie auf ihm, klammerte sich an ihm fest. Es lag bestimmt an ihrer Wärme. Sie konnte sie deutlich an ihrem Unterleib fühlen, die warme Beule. Die Saat keimte, nachdem sie zuvor in der Dunkelheit geruht hatte. Jetzt wollte sie ans Licht. Hervorbrechen und wachsen.

Als sie ihn streichelte, war er ganz glatt. Die Haut war das Weichste, was sie je gespürt hatte, gar nicht mehr wie ein Hecht.

»Laban?«

War er aufgewacht? Er atmete schwer und rasselnd, die Augen waren noch immer geschlossen. Vielleicht war es nur … ein Reflex? Sie hielt unschlüssig inne. Dann streckte sie sich weiter hinunter, berührte seinen Beinstumpf, ein kleiner, entschlossener Druck ganz unten auf das rohe Fleisch. Wenn er bei Bewusstsein wäre, hätte er losgebrüllt. Aber er gab keinen Laut von sich. Sie umfasste sein Geschlecht mit der hohlen Hand und konnte nicht umhin zu lächeln. Es war so lange her, dass sie auf diese Art einen Mann gehalten hatte. Viel zu lange war es her. Warum hatte sie sich das verweigert? All die quälenden Jahre, die waren jetzt vorbei. Der Fluss hatte den ganzen Schmutz weggespült, die Welt gereinigt. Sie fühlte sich wie nach einer Dusche. Oder nach dem Besuch einer Sauna, einer duftenden Holzsauna. Ihr Körper prickelte, obwohl sie doch in ihren nassen Sachen hätte frieren müssen. Vorsichtig schob sie seine Vorhaut zurück, legte die kleine Kuppel der Eichel frei. Er war nicht besonders hart, das war verständlich. Das Blut, das noch vorhanden war, reichte nicht so weit. Leicht zitternd zog sie ihre eigene Hose so weit hinunter, wie es nötig war. Es war, wie sie es sich gedacht hatte, nicht gerade einfach, sie musste ruckeln und zuckeln, bevor sie es schaffte. Aber dann war er dort, wo er hingehörte. Gut aufgehoben.

»Es gibt nur noch uns …«, flüsterte sie. »Nur dich und mich. Alle anderen sind verschwunden.«

Dann begann sie, sich ganz vorsichtig zu bewegen.

»Nur wir … Laban und Lena …«

Sie half ihm, gab ihm von allen Seiten Halt. Schenkte ihm Wärme im Überfluss. Das stärkte ihn, weckte und belebte ihn. Jetzt konnte sie sich sogar ein bisschen freier bewegen. Die Regenjacke raschelte, der Regen nahm wieder zu. Weiche, sanfte Bewegungen. Männer stießen immer so hart zu. Sie führten eine Waffe, für sie war es Krieg. Doch damit war es jetzt vorbei. Dem hatte sie einen Riegel vorgeschoben. Auf einem Bein marschierte man nicht. Aus Einbeinigen wurden keine Soldaten. Sie konnten nur daliegen und sich vom Weiblichen nehmen lassen. O ja, das war nur gerecht. Nach einer Weile verstärkte sie die Intensität ein wenig, spürte die Paradieswiese unter sich, die Erdkugel.

Und jetzt bewegte er sich! Er versuchte zu helfen. Vielleicht war es auch etwas anderes, ein Krampf. Etwas Seismisches, das sich Bahn brach. Die Welt schwankte, und sie suchte instinktiv Halt. Ein kleines Äffchen auf dem riesigen Rücken der Mama, die sich durch gewaltige Baumkronen schwang.

Dann wurde es ganz still. Wunderbar warm durchströmte

es sie. Irgendetwas war geplatzt, eine reife Frucht mit sonnenwarmem Saft, der heraussickerte. Sie blieb mit halb geschlossenen Augen liegen. Der Regen prasselte auf ihre Lippen. Er schmeckte durchscheinend, leicht salzig. Eine neue Farbe zog über die Welt, eine Farbhaut. Helles, saftiges Grün. Melone. Alle Unruhe wich von ihr, die Schneemassen des Winters, die die Welt hatten beschwerlich erscheinen lassen, all die hässlichen von Treckern gezogenen Furchen, die kreuz und quer durch sie hindurch verlaufen waren, sie waren auf einmal fort. Der Fluss floss wieder frei. Die Zeit, die angefüllt gewesen war mit unauflösbaren Knoten, hatte sich in aller Seelenruhe verflüchtigt. Sie hatte Seide in ihren Fingern, ein sich geschmeidig ringelndes Seidenband. So fühlte es sich an zu leben. Eine Innerlichkeit, die sie nicht mehr erlebt hatte, seit sie ein kleines Kind gewesen war.

Aber warum war er so still? Das Röcheln hatte aufgehört, dieses leise Gurgeln. Die Körperspannung war aus ihm gewichen, der Muskeltonus. Dieser Widerstand wie Gummi, wenn man den Löffel in einen bis zum Rand gefüllten Teller mit Brei steckt, die Oberflächenspannung der Haut. Alles war schlaff.

Eine Weile blieb sie liegen und versuchte zu hören, ob er atmete. Vielleicht würde der Atem gleich wieder einsetzen. Vorsichtig tastete sie über sein Handgelenk, über das blaue Adernbündel. Dann rutschte sie ein Stück hinunter und legte ein Ohr direkt auf seinen Brustkorb. Alles war still. Zuerst meinte sie noch, ein Ticken zu hören, ein einziges. Aber das war wohl nur etwas da drinnen, das sich löste.

Lange blieb sie so liegen. Das eine Ohr erfüllt vom Rauschen des Flusses, das andere von der Stille seines Körpers. Fleisch, dachte sie. Grünes Fleisch. Sie könnte irgendetwas tun, dachte sie. Es gab so vieles, was sie tun könnte, was ständig darauf wartete, erledigt zu werden. Sie könnte ihn beatmen. Versuchen, das stumme Herz in Gang zu setzen. Oder sie konnte es bleiben lassen.

Langsam setzte sie sich auf und knöpfte die Bluse und die Strickjacke zu, Knopf für Knopf. Laban lag da, sie ließ ihn ruhen. Und auch sein Penis ruhte bläulich über der Leiste, sie ließ ihn so liegen. Vielleicht würde irgendwann ein Tier vorbeikommen und daran knabbern. Irgendwie war das ein schöner Gedanke. Ihn der Natur zurückzugeben, als eine Art Dank. Ein Kreislauf.

45

ADOLF SCHLOSS DIE Augen und saugte. Sein Körper fühlte sich an wie ein starrer Eisklumpen um seinen riesigen Mund. Die Lippen waren das Letzte, was von ihm noch lebte, nasse, geschwollene Häute. Sie umspannten das Staubsaugerrohr, kämpften darum, an dieser Zitze zu bleiben, die ihn mit dem Leben verband. Mehrmals lief er Gefahr, dass sie ihm entglitt. Er dachte an Tjalmi und ihre vier Welpen, jeder einzelne hatte sich an seiner Zitze festgesaugt, und daran, wie die Hündin sich hingestellt und gegähnt hatte, während die Welpen an den Zitzen in die Höhe gezogen wurden. Wie sie tatsächlich für einen Moment in der Luft schwebten, bevor sie mit einem leisen Schmatzen den Halt verloren und holterdipolter zurück in den Korb purzelten.

Das Einzige, was er hören konnte, waren die Luftblasen beim Ausatmen. Adolf atmete durch den Mund ein und durch die Nase aus, das brachte er immer noch zustande. Die Luft im Rohr blieb rein und frisch, sofern er sie nicht mit seinem eigenen Kohlendioxid vermischte. Gleichzeitig versuchte er den Körper möglich still zu halten, so verlor er weniger Wärme. Auf seiner Haut lag die Kleidung über einer hauchdünnen

Wärmeschicht, aber jedes Mal, wenn er seine Position veränderte, wurde sie hochgespült.

Das Staubsaugerrohr war nicht viel dicker als ein Daumen. Er hielt es mit beiden Händen senkrecht, sobald es sich auch nur um eine Winzigkeit neigte, drang Wasser hinein. Das Licht von draußen schien abzunehmen. Stieg der Fluss wieder? Dann wäre es bald vorbei. Dann würde sein letzter Atemzug bald aus Flüssigkeit bestehen, die das Rohr hinabfloss und die er in sich hineinschlürfen würde wie durch einen Strohhalm.

Nur schade, dass es so verdammt wehtun musste, stellte er erneut fest. Die Kältekrämpfe zogen hinauf bis zu seinen Kaumuskeln, die Zähne fingen an zu klappern, obwohl er versuchte, fest aufzubeißen. Er kämpfte darum, den Schlauch aufrecht zu halten, schaffte es aber nicht. Sein Körper zuckte unkontrolliert, und wie ein Schnuller wurde das Staubsaugerrohr ihm langsam aus dem Mund gezogen.

Als Letztes packte er das Lenkrad. Der Körper sank zurück auf den Fahrersitz. Er umklammerte das vertraute Rund, drückte sich in den Sitz und spürte, wie die Füße sich intuitiv auf Gas und Kupplung stellten. Sofort war das Saabgefühl zurück und verschaffte ihm Linderung in dieser schweren Stunde. Er meinte, den Leerlauf zu hören, ja, tatsächlich. Jetzt waren sie zu ihrer allerletzten Reise gestartet. Adolf legte den Gang ein und merkte, wie er anfing, sich zu bewegen. Er in dem Saab und der Saab in ihm, sie waren eins, waren jetzt unzertrennlich. Sein Herz legte sich um die Kurbelwelle, Benzin strömte durch die Venen, die Stirn wurde zu einer harten, schnittig geformten Windschutzscheibe, während der Turbo seine Gesäßmuskulatur antrieb. Raus aus dem Schlamm und der Finsternis, ein fauchendes Projektil geradewegs in Gottes glänzendes Gesicht. Adolf spürte, wie sich das Himmelslicht über ihn senkte. Er fühlte, wie sanft, ruhig und schön alles wurde. Ein Traumbild, das immer heller leuchtete.

Aber er schaffte es nicht. Er konnte es ganz einfach nicht. Die Hände ließen das Lenkrad wieder los und suchten nach dem Staubsaugerrohr. Es war in die Dunkelheit gerutscht. Er ruderte, tastete, und schließlich gelang es ihm, es wiederzufinden. Er mühte sich wieder hinauf auf den Sitz, drückte das Ende durch die schmale Öffnung unter dem Wagendach. Einmal kräftig, krampfhaft durchpusten. Nein, er hatte nicht mehr genug Luft. Die Lunge hatte nicht mehr zu bieten, sie war angefüllt mit Pech. Wütend schlug er sich auf die Brust. Und tief in seinem Innern gab es tatsächlich noch eine Luftreserve. Der letzte Rest der Wassersäule wurde aus dem Rohr hinausgedrückt, und endlich hatte er wieder Sauerstoff. Die schmale Öffnung des Schlauchs. Adolf kämpfte gegen die Panik an, die Muskeln verkrampften, das freigesetzte Adrenalin brannte in den Adern. Einatmen. Ausatmen. Rein durch den Mund, raus durch die Nase. Wieder rein. Raus. Währenddessen verstrichen die Sekunden.

Das Licht schien zurückzukommen. Die Kältekrämpfe nahmen zu, wieder rutschte ihm das Rohr aus dem Mund. Adolf kämpfte es sich an Ort und Stelle zurück, hielt es mit den Lippen fest. Er schüttelte sich und schnaufte, seine Muskeln taten unglaublich weh. Es fiel ihm immer schwerer zu denken. Das Blut floss zäh und dick in seinen Adern. Er wollte nur noch schlafen. Alles hinter sich lassen.

Eine Sekunde. Noch eine. Und danach noch eine. Immer langsamer verfloss die Zeit.

Und schließlich stand sie still. Da hob er den Blick und entdeckte etwas ganz weit entfernt hinter der Windschutzscheibe.

Es war ein Strich.

46

SIE HATTE EINEN Stock gefunden. Er hatte im Straßengraben gelegen, grau vom Alter, ungehobelt und rau, gut einen Meter lang. Das eine Ende lief spitz zu und war ganz dunkel, es hatte irgendwo in der Erde gesteckt, und mitten darauf stand mit schwarzer Tinte *PL 763-E* geschrieben. Hatte ein Landvermesser ihn zurückgelassen, vielleicht hatte er ja in der Ecke eines zu vermessenden Ferienhausgrundstücks gesteckt? Jetzt schlug er wie der harte Absatz eines Pumps auf den Asphalt, während Sofia Pellebro ihr rechtes Bein nachzog. Dank des Stocks war ihre Schrittlänge auf dreißig Zentimeter angewachsen. Sie bewegte sich langsamer als eine Laus im Teer, aber sie kam voran.

In der nächsten Kurve lag etwas Dunkles auf dem Asphalt, zuerst glaubte sie, es wäre ein überfahrenes Ren. Doch als sie näher kam, sah sie, dass es ein zerfetzter Autoreifen war. In der Kurve weiter vorn stieß sie auf ein Durcheinander aus zusammengedrücktem Blech. Glassplitter funkelten auf der Fahrbahn, Motorhauben und Karosserien waren eingedrückt, fünf demolierte Pkws versperrten die Fahrbahn. Ein sechster lag umgekippt im Graben und stank nach Diesel. Menschen waren keine zu sehen, die Wagentüren standen offen, eine zerbrochene Windschutzscheibe war blutbesprenkelt. Aber keine Körper, keine Schreie. Ein offener Erste-Hilfe-Kasten lag auf einem Vordersitz. Sofia wühlte darin herum und fand eine Mullbinde, die sie über der Hose fest um ihr Knie wickelte. Jetzt hatte ihr Bein deutlich besseren Halt, jetzt konnte sie es belasten. Auf dem Rücksitz lag eine umgekippte Tüte mit Lebensmitteln. Sie griff hinein und zog einen Liter Joghurt heraus. Dankbar drehte sie den Verschluss auf und trank gierig. Was gab es da noch, Frühlingszwiebeln, Paprika, eine eingeschweißte Packung mit Steaks, Tampons, eine kleine Spülbürste. Und eine Tafel sechsundachtzigprozentiger dunkler Schokolade, sie brach sie in große Stücke und aß die Hälfte, den Rest schob sie sich in die Manteltasche. Dann trank sie noch ein paar Schlucke Joghurt, erst jetzt registrierte sie den Kirschgeschmack. Als die Packung leer war, warf sie sie weg, nahm ihren Stock und setzte ihre humpelnde Wanderung fort.

Danach ging es Sofia besser. Der Blutzucker stieg, die Kopfschmerzen ließen nach. Aber immer noch ging es viel zu langsam voran. Sie sah auf die Uhr, es waren mehrere Stunden vergangen, seit sie sich in Luleå ins Auto gesetzt hatte. In diesem Tempo würde es noch Stunden dauern, bis sie zu Hause war. Würde sie es rechtzeitig schaffen? Unruhig schaute sie zum Fluss hinüber und lauschte stromaufwärts. Aber alles war ruhig.

Vor ihr tauchte Vittjärv auf. Sofia konnte die Häuser schon sehen und bemühte sich, schneller zu gehen. Die Hand, in der sie den Stock hielt, war aufgeschürft, kleine, eklige Blasen, die sich bereits aufrieben. Sie zog sich den Mantelärmel wie einen Handschuh über die Finger, aber er rutschte immer wieder hoch. Und das Knie schmerzte zusehends. Bei jedem Schritt spürte sie darin einen Stromstoß. Ich muss mich krankschreiben lassen, dachte sie, mindestens eine Woche. Carlos wird durchdrehen.

Mit ihrem klappernden Stock hinkte sie in die Stadt. Die Häuser sahen verwaist aus, nirgends standen Autos auf den Auffahrten, keine Kinder, die draußen spielten. Umso überraschter war Sofia, als sich plötzlich eine Tür öffnete. Eine ältere Frau in einem gelben Regenponcho kam mit einem kleinen Terrier an der Leine heraus. Der Hund stellte sich auf die Hinterbeine und fing sofort an, Sofia anzukläffen.

»Hallo!«, rief Sofia und winkte.

»Ja?«

»Hallo, ich will nur … Fahren Sie weg?«

Die Frau schob die Kapuze vom Kopf und versuchte, den Hund zu beruhigen.

»Denn wenn Sie wegfahren, wäre ich Ihnen dankbar, wenn ich mitfahren könnte«, bat Sofia lächelnd.

»Ich fahre nirgends hin.«

»Aber Sie haben doch sicher im Radio gehört …«

»Ich bleibe hier.«

»Und der Fluss?«

»Der kommt nicht bis hier oben.«

Die Frau klang entschlossen. Geradezu trotzig. Sofia breitete die Arme aus.

»Ja, das ist natürlich Ihre Entscheidung.«

»Sie sehen doch selbst, dass er nicht bis hier oben kommt.«

Sofia schaute zum Flussufer hinunter.

»Nein, womöglich nicht. So hoch kann er doch bestimmt nicht steigen.«

»Nein, das kann er nicht.«

Offenbar hatte schon zuvor jemand versucht, die Frau zu überreden. Der Ehemann? Oder vielleicht die Kinder?

»Ich muss nach Rasmyran«, erwähnte Sofia wie beiläufig.

»Aha.«

»Ich wohne dort. Mein Auto ist vor Boden im Stau stecken geblieben, und jetzt habe ich mir auch noch das Bein verletzt.«

»Ja?«

»Sie haben nicht vielleicht ein Fahrrad, das ich mir ausleihen könnte? Nur bis morgen?«

Die Frau sah auf ihren Hund hinab, konzentrierte sich voll und ganz auf ihn und schaute ihm dabei zu, wie er sich hinhockte und auf den Rasen pisste. Dann drehte sie sich um und ging wieder hinein, ohne ein Wort zu sagen. Sofia hörte das Klicken des Sicherheitsschlosses.

Angst. Sie nahm vielerlei Gestalt an, dachte Sofia.

Auf der benachbarten Auffahrt standen zwei Fahrräder, beide ordentlich angeschlossen. Sofia hinkte zur Haustür und klopfte. Niemand öffnete, das Haus schien leerzustehen. Sie ging weiter zur Rückseite und gelangte auf eine Terrasse mit Plastikmöbeln und einem Gasgrill. Drinnen sah sie ein Wohnzimmer mit einem riesigen Flachbildfernseher und einem Ledersofa, einem Vitrinenschrank mit Glasnippes und lackiertes Eichenparkett. Mit dem Stock klopfte sie an die Scheibe. Niemand zu Hause. Sie holte tief Luft, kniff die Augen zusammen und stieß hart mit dem Stock gegen das Glas. Es krachte ohrenbetäubend, als große Scherben herabregneten. Aber sie war noch nicht ganz durch, die Tür war dreifachverglast, sie musste noch mehrere Male zuschlagen. Vorsichtig fuhr sie mit der Hand durch das gezackte Loch zur Klinke und öffnete die Tür.

Ob die Frau mit dem Hund sie gehört hatte? Sofia hatte keine Zeit abzuwarten, mühsam zog sie sich hinein und versuchte, ruhig zu bleiben. Wo konnten sich die Fahrradschlüssel befinden? Ohne zu zögern, eilte sie zur Küche. Die war ganz in Weiß gehalten und sah frisch renoviert aus. Eilig zog sie die Schubladen heraus und suchte zwischen Besteck und Küchenhandtüchern. Weiter durch einen Flur mit Schränken und einer abgebeizten alten Kommode, dann in ein Schlafzimmer. Weiße Nachtschränkchen zu beiden Seiten eines Doppelbetts, die Tagesdecke war mit einer Art japanischem Holzschnittmotiv bedruckt. Sie zog die Schubladen der Schränkchen heraus, aber auch hier lagen keine Schlüssel.

Hinter dem Schlafzimmer lag die Waschküche und dahinter die Garage. An der Stirnseite stand eine kleine Werkbank. Sofia öffnete den Werkzeugschrank darüber. Vielleicht würde sie hier eine Bogenfeile finden, mit der sie eines der Fahrradschlösser aufsägen konnte? Aber vermutlich würde das zu lange dauern. Sie ließ den Blick schweifen, er blieb an der Decke hängen. Dort baumelte von einem Haken ein Kinderfahrrad, ein blaues kleines Ding mit dicken Crossreifen. Sofia ruckelte mit einer Stange an dem Haken, bis sie das Rad losbekam und es auf den Boden stellen konnte. Es war nicht abgeschlossen. Die Reifen waren aufgepumpt. Ein Racing Hero.

Nur wenige Minuten später rollte sie darauf durch Vittjärv. Der Sattel war so niedrig eingestellt, dass die Knie gegen den Lenker stießen, wenn sie in die Pedale trat. Sie stieß sich wie auf einem Roller mit dem gesunden Bein ab, das verletzte ließ sie auf dem Pedal ruhen. Das war unpraktisch, aber es funktionierte. Wieder ging in einem Haus weiter oberhalb eine Tür auf, und ein Mann kam wild gestikulierend heraus.

»Weg von der Straße! Es ist gefährlich da unten!«

Sofia winkte abwehrend zurück. Sie wollte nicht, dass er hinter ihr herkam. Als er weiterschrie, rief sie zurück: »Polizei!«, und hielt ihm die Handfläche hin, als würde sie ihm irgendetwas zeigen. Aus der Ferne sah es hoffentlich aus wie eine Polizeimarke. Er verstummte, blieb aber stehen, bis sie hinter einer Kurve verschwand. Kümmere dich um deinen eigenen Kram, dachte sie. Ich will nach Hause. Das geht dich gar nichts an.

Sofia hatte ein paar Kilometer geschafft, als sie ein Motorengeräusch hörte. Sie drehte sich um und sah, wie sich ein SUV näherte, hoch, marineblau, die Front voller Scheinwerfer. Er fuhr neben sie, und der Fahrer kurbelte das Seitenfenster runter. Es war der Mann, der ihr vorhin zugewunken hatte.

»Hey, du!«, rief er.

Sie rollte weiter. Trat und rollerte voran.

»Du hast bei den Tores das Fenster eingeschlagen!«

Sie starrte verbissen nach vorn. So würde er vielleicht bald von ihr ablassen.

»Hör mal, ich rede mit dir!«

Als sie immer noch nichts erwiderte, lenkte er den Wagen näher an sie heran. Sie hatte immer weniger Platz, und am Ende war sie gezwungen, über den Seitenstreifen zu rollen. Verbissen setzte sie ihre Fahrt über den Kies fort.

Der Alte fuhr langsam neben ihr her, sie spürte, dass er irgendetwas im Schilde führte.

»Du bist gar nicht von der Polizei«, stellte er fest. »Du bist bestimmt so ein Junkie. So ein Junkie aus Boden.«

Er fuhr einige Meter voraus, dann bremste er scharf und stieg aus. Entschlossen stellte er sich auf die Fahrbahn, ein großer, kräftig gebauter Mann um die sechzig mit grauem Seemannsbart. Jetzt musste Sofia anhalten und seinen Blick erwidern.

»Ich bin unterwegs nach Rasmyran«, erklärte sie.

»Für weitere Einbrüche.«

»Ich wohne dort.«

»Dann müsste ich dich doch kennen.«

»Normalerweise bin ich mit dem Auto unterwegs. Einem dunkelblauen Toyota.«

Er dachte nach. Musterte sie, als wollte er sichergehen, dass sie keine Waffe bei sich trug.

»Du kommst hier nicht vorbei«, erklärte er dann knapp.

»Das bestimmen nicht Sie.«

»O doch«, sagte er. »Das tue ich sehr wohl.«

Sofia wusste genau, was er meinte. Er war definitiv stärker als sie, und außerdem war sie verletzt.

»Der Fluss steigt«, setzte sie an.

»Mhm.«

»Da kommt eine Flutwelle.«

»Ich weiß«, sagte er. »Deshalb kannst du nur froh sein. Du solltest dankbar sein, dass ich mich um dich kümmere.«

»Meine Tochter ist womöglich zu Hause. Könnten Sie mich vielleicht nach Rasmyran fahren?«

Sie hätte auch noch *Bitte* sagen können. *Bitte, bitte.* Aber das tat sie nicht.

»Vergiss es«, sagte er halb zu sich selbst. Dann näherte er sich ihr breitbeinig. Sie sah sich um. Im Graben lag Müll, eine Flasche, ein mittelgroßer Stein. Den hob sie auf. Er schüttelte nur ruhig den Kopf.

»Wenn du damit wirfst, wirst du es bereuen«, stellte er sachlich fest.

»Ich treffe nicht Sie«, schrie sie, »sondern den Wagen!«

Er blieb stehen.

»Einen Schritt näher, und ich werf ihn auf den Wagen. So fest ich kann. Direkt auf den Lack!«

Er öffnete langsam den Mund. Schloss ihn wieder. Drehte sich zu seinem SUV um, als wollte er ihn beschützen.

»Wenn du den Wagen anrührst, dann bring ich dich um.«

»Zurück! Sofort!«

Der Mann stand wie versteinert da. Sofia hob den Stein, um ihm zu demonstrieren, dass sie es ernst meinte. Langsam wich er einen Schritt zurück. Aber es war nur eine Finte gewesen. Unerwartet geschmeidig und mit ausgebreiteten Armen stürzte er wie ein Hockeytorwart auf sie zu. Da warf sie. Er sah den Stein kommen und streckte sich nach ihm, aber er flog über ihn hinweg, drehte sich in der Luft, landete mit einem trockenen Knall auf der Motorhaube und hinterließ dort eine weißliche, staubige Beule. Aus der Kehle des Mannes stieg ein Knurren herauf. Es klang primitiv, fast tierisch. Mit erhobenen Fäusten stürzte er sich auf sie. Seine Pupillen sahen aus wie die eines Haies, alles Menschliche war daraus verschwunden. Sofia versuchte, das Fahrrad zwischen sie zu schieben, schaffte es aber nicht ganz. Er packte es und warf es mit einer einzigen fließenden Bewegung zur Seite. Sein Blick war direkt auf sie gerichtet, geradewegs auf ihr Herz.

Sofia wartete, bis er direkt bei ihr war. Sie sah, wie seine Hände größer wurden, sie waren hell und riesig mit überraschend gepflegten Fingernägeln. Jetzt packten sie nach ihrer Kleidung, wollten sich festkrallen und sie zu Boden werfen. Blitzschnell trat sie einen Schritt zurück und drehte sich zur Seite. Er griff ins Leere, nur die Finger der ausgestreckten Hand trafen sie direkt über dem Auge, irgendetwas schrammte über ihre Haut, ein Ehering? Sofia sah, wie er das Gleichgewicht verlor. Sie verlagerte ihr Gewicht auf das gesunde Bein und sah ihn in den Graben stolpern, fallen und sich abrollen. Schnell klaubte sie die leere Flasche auf, die dort gelegen hatte, und schlug den Boden heraus. Nadelspitze Glaszacken standen wie Messerklingen hervor. Vielleicht sah er sie nicht, vielleicht war er auch nur blind vor Wut. Er kam hoch und schlug nach ihr, sie brauchte nur die Flasche auszustrecken. Dann hörte sie, wie die Hand darauf traf und eine Scherbe durch Knorpel schnitt. Zuerst schien er es gar nicht zu bemerken, wollte erneut zuschlagen. Doch dann spritzte Blut hervor. Es quoll über die Knöchel, troff von den Fingerspitzen und landete in dicken Tropfen im Gras am Straßenrand.

»Du verfluchte … verfluchte …«

Sie sprintete zu seinem Auto. Sie hatte gehofft, dass der Schlüssel stecken würde, aber das war nicht der Fall. Sie löste die Handbremse und sprang wieder heraus. Langsam begann der Wagen zu rollen. Der Mann versuchte noch immer, den Blutstrom zu stoppen, als er sah, was sie getan hatte. Die Vorderreifen rollten bereits auf den Graben zu, und die Neigung verlieh dem Fahrzeug Fahrt. Er warf sich auf den Fahrersitz und versuchte gegenzusteuern, schaffte es aber nicht mehr. Der Wagen hing bereits zu tief über der Kante. Zu spät bekam er die Handbremse zu fassen. Sofia sah, wie das Fahrzeug verlangsamte und seitlich geneigt im Graben stehen blieb. Sie eilte zurück zu dem Kinderrad und hob es auf. Mit unbeholfenen Tritten gab sie Schwung. Hinter sich hörte sie den Automotor aufheulen. Sie blickte kurz über die Schulter und sah, wie der Mann versuchte, rückwärts aus dem Graben herauszukommen, doch die Reifen fanden keinen Halt. Sie nagten an dem unebenen Boden, doch der Wagen kam nicht frei. Sofia trat, so schnell sie konnte, und nahm erleichtert zur Kenntnis, dass der Abstand wuchs.

Ihre Schläfe hämmerte nach der Ohrfeige, und ihr war übel. Nur mit Mühe konnte sie das linke Auge aufmachen. Er hatte sie an der Augenbraue getroffen, die Haut war gerissen, und sie konnte die Schwellung spüren. Vorsichtig strich sie mit der

Handfläche darüber. Ihr Sichtfeld schrumpfte, verdammter Arsch, jetzt konnte sie nur noch mit einem Auge sehen. Aber sie kam immer noch voran. Das war das Wichtigste. Niemand würde sie mehr aufhalten können. Sie musste nach Rasmyran, zu ihrem Haus unten am Fluss, und jetzt war es nicht mehr weit bis dorthin.

47

IRGENDETWAS HATTE DEN Hubschrauber erwischt, er schien Schlagseite zu haben. Doch Vincent Laurin mochte nicht weiter darüber nachdenken, es war alles einerlei.

Einar. Einar. Einar.

Einar und Henny in inniger Umarmung im selben Wasser.

Jetzt war er allein. Er flog in weitem Bogen über den Fluss hinweg, sah das Gerümpel darin schwimmen. Fragmente von Häusern, Dächer, Möbel, eine Trümmerwelt aus den Dingen, mit denen Menschen sich umgaben. Ein jaulendes Kätzchen. Eine panische Mutter mit zwei zappelnden Kindern in buntem Regenzeug. Einar. Henny. Alles vermischte sich und wurde braun. Das war die Farbe des Todes, das war alles, was nach der Vernichtung noch übrig blieb.

Eigentlich hätte er selbst längst tot sein sollen. Er wusste nicht, warum er sich überhaupt noch die Mühe machte, auch jetzt noch einmal abzuheben, es war doch sinnlos. Was sollte er denn jetzt tun, zum Pårtemassiv fliegen und dem Ganzen ein Ende setzen? Erneut übernahm wie ein Roboter der Pilot in ihm das Kommando, schnelle, automatisierte Muskelbewegungen. Wenn man nur auf diese Weise leben könnte. Einen verlässlichen Autopiloten hätte, der einen über Klippen und durch scheiternde Ehen lotste, der über Radar eine Warnung ausgab, wann immer sich ein Unwetter näherte.

Ich lasse einfach den Knüppel los, dachte er. Lehne mich zurück und mache die Augen zu. Dann dauert es höchstens noch dreißig Sekunden, und alles ist vorbei.

Er versuchte es, aber es funktionierte nicht. Sein Körper sperrte sich dagegen. Er wollte irgendetwas, er wusste nicht, was, vielleicht sehnte er sich einfach nach seinem Zuhause. Aber was war sein Zuhause? Das verwaiste Haus mit den ausgebuddelten Pfingstrosen? Scheiße, er hätte sie nicht herausreißen sollen. Sie hätten ihn an Henny erinnern können. Vielleicht waren sie dort draußen im Waldgestrüpp immer noch am Leben, vielleicht konnte er sie noch retten?

Vincent spürte, wie ihm die Tränen in die Augen stiegen. Verdammte Scheiße! Er hatte Lust, sich volllaufen zu lassen, sich zu besaufen wie ein Schwein, sich in einen konturlos wabernden Teig zu verwandeln, der nicht mehr nachdachte. Genau wie Einar. Vincent konnte es einfach nicht begreifen, ein Alkoholiker? Henny hatte ihn für einen Saufkopf verlassen? War das Liebe? Wenn sie so aussah, dann würde er nie aus ihr schlau werden. Dafür war das Leben zu kurz und zu flüchtig.

Und jetzt soff Einar irgendwo dort unten Wasser. Jetzt war Schluss mit dem Pegeltrinken, das bereits vor dem Frühstück begann, jetzt trieb er dort unten inmitten der Reste seiner schicken Villa umher. Während Vincent in seinem Hubschrauber saß. Der Hubschrauber war angeschlagen, hatte so einiges durchgemacht, und der Treibstoff ging auch langsam zur Neige, aber er flog trotz allem.

Vincent fuhr sich mit dem Handrücken über die Augen. Sie

waren feucht, tränennass. Lovisa, dachte er. Wie sollte er es ihr erklären? Deine Mama ist tot. Es gibt sie nicht mehr. Und er selbst war es gewesen, der es hatte geschehen lassen. Er hätte sich weigern müssen, zu Einar zu fliegen, er hätte sie auf dem Kiesweg zu den Pfingstrosen absetzen sollen.

»Da hast du deine blöden Mistblumen!«

Dann würde sie jetzt noch leben. Sie wäre rasend vor Wut gewesen und hätte mit Steinen nach ihm geworfen, sobald er abhob, aber er hätte ihr das Leben gerettet.

Mitten in diesen Gedanken spürte er einen leichten Ruck durch den Flugkörper. Ein Schaukeln wie von einer Windböe. Vincent steuerte reflexartig dagegen und spürte, wie sich die Balance veränderte. Die Maschine neigte sich nicht mehr, sondern flog wieder gerade, schön stabil, es schien, als wäre eine Art Lähmung wieder verschwunden. Verwundert spähte er aus dem Cockpitfenster.

Er konnte gerade noch ein Platschen sehen. Weiße Gischt unten im Fluss. Es dauerte eine geschlagene Sekunde, bis er sie in Zusammenhang mit dem Hubschrauber brachte. Dieser kleine Ruck, den er gespürt hatte, die Veränderung des Gleichgewichts. Er musste etwas verloren haben.

Dann sah er die Farbe. Die rote Jacke, fast kirschrot, die sich in der Strömung drehte.

Henny!

Der Körper verschwand aus seinem Blickfeld. Er gab zu hastig Gas, das Fahrzeug verlor an Höhe und Stabilität. Er versuchte zu parieren, während er die Wasseroberfläche absuchte. Der Körper musste untergetaucht sein, er war verschwunden, verschluckt. Vincent folgte der Wasserströmung mit dem Blick, hielt nach irgendeiner Landmarke Ausschau, spürte, wie es ihn innerlich zerriss.

Sie musste sich unten festgeklammert haben. Das war die einzige Erklärung. Im letzten Moment hatte sie Einar zurückgelassen und die Landekufen umklammert, während Vincent abgehoben war. Sie hatte sich an einer der Kufen festgeklammert. Im Motorenlärm geschrien, vergeblich versucht, ihn auf sich aufmerksam zu machen. Bis sie keine Kraft mehr gehabt hatte, bis sie hatte loslassen müssen und abgestürzt war.

Wie weit konnte der Körper getrieben sein? Hatte sie das Bewusstsein verloren und war von den Wirbeln auf den Grund hinabgezogen worden? Er ging auf zehn Meter hinunter, die Rotoren peitschten das Wasser auf. Dann begann er, Runde um Runde in immer größeren Spiralen über der Oberfläche zu kreisen. Seine Augen fühlten sich sonderbar starr an, er hatte vergessen zu blinzeln. Noch weiter stromabwärts? Hatte er sie zwischen all dem Gerümpel verloren? Weiße Plastikkanister, abgerissene Paneele, Teile einer Veranda. Und dann diese lehmigen Wassermassen, die braune, eiskalte Brühe, die kein Ende zu nehmen schien.

Da, etwas Rotes. Ein Fetzen, der aufblitzte, er steuerte darauf zu. War das Plastik, eine alte Einkaufstüte? Nein, das war Stoff. Es sah aus wie Stoff. Aber es bewegte sich nicht, es trieb wie Müll dahin, leer und leblos. Vincent beugte sich zur Seite, warf die Tür auf und brüllte. Er schrie, dass sich seine Stimme überschlug, dass sie in zwei Stücke zerbrach, und diese zerbrachen wiederum in zwei Stücke und so weiter und so fort, bis sein Hals nach Blut schmeckte.

Da bewegte sich die Jacke.

Er taumelte und geriet außer Balance. Hektisch warf er sich zur Seite und zog am Pitchhebel. Das Fahrzeug fand sein Gleichgewicht wieder.

Und die Jacke? War sie wieder versunken? Nein, dort drüben war sie. Eine rote, aufgeblähte Blase. Die sich nicht bewegte. Die eine Spur langsamer als die Strömung und beinahe amöboid forttrieb. Plötzlich sah er einen Arm. Einen halbherzigen Schwimmzug, einen Versuch, sich zu drehen.

Dieses Mal senkte er die Maschine, so präzise er nur konnte. Die ganze Zeit hielt er nach Brettern, Bauteilen, nach allem Ausschau, was sich verhaken und ihn aus dem Gleichgewicht bringen konnte. Wieder verschwand sie aus seinem Blickfeld. Er musste nach Gefühl gehen, das Fahrgestell fast bis an die Wasseroberfläche bringen. War er ihr nahe genug? Schaffte sie es? Vorsichtig versuchte er zu steigen, spürte aber kein Gewicht. War sie zu schwach? Vielleicht wollte sie auch nicht, vielleicht hatte sie beschlossen, unten zu bleiben? Zusammen mit Einar.

Vincent zog die Maschine weiter nach links. Etwas Schweres donnerte gegen das Fahrgestell und rutschte die Kufen entlang, wenn es sich nur nicht festhakte! Er kippte die Maschine in Schräglage, bis es sich gelöst zu haben schien, und ging dann vorsichtig höher. Jetzt schien der Hubschrauber schwerer zu sein. Hatte sich Treibholz in den Kufen verfangen? Ein Stock oder ein Ast? Er konnte es nicht sehen, hing sie schon unten dran? Nichts Rotes war mehr in dem aufgepeitschten Wasser zu erkennen, war es ihr gelungen, sich festzuhalten?

Vincent stieg ein wenig auf, spürte das Gewicht noch immer. Er blickte zum Ufer und nahm behutsam Fahrt auf. Der Flugkörper schwankte, als pendelte etwas daran. Ein schwerer, schaukelnder Körper, wie damals bei den Flügen, als er nach der Samenjagd einen frisch erlegten Elch abtransportiert hatte. Schweres Fleisch, das an einem Stahlseil hing. Er meinte, von unten einen Schrei zu vernehmen, obwohl das bei dem Motorenlärm gar nicht möglich sein konnte, dennoch war er da.

Ein langer, messerscharfer Schrei. Sein Blick suchte die Uferlinie ab, aber dort waren nur der Fluss und Durcheinander. Er musste höher hinauf. Weiter landeinwärts. Die Flughöhe betrug nur vier, fünf Meter, er traute sich nicht, weiter aufzusteigen, vielleicht würde sie sonst den Halt verlieren und hilflos hinabstürzen. Weiter oben machte er einen Weg aus. Verdammt, nein, davor verlief eine Stromleitung. Dahinter ein Waldstück, er musste darüber hinwegfliegen. Halt aus, Henny, zwanzig Meter steil nach oben, die Kiefernwipfel unter ihm zuckten wie scharfe Speerspitzen in dem peitschenden Rotorwind. Jenseits der Bäume wurde es lichter und öffnete sich zu einer alten Wiese. Über den dicken Büscheln vergilbten Herbstgrases, den verwelkten Weidenröschen, spitzen Disteln und braunen, verblühten Kräutern ging er hinunter. Er wagte es nicht zu landen, sie durfte sich nicht zwischen den Landekufen einklemmen, stattdessen schwebte er einen knappen Meter über der Erde, bis das Gewicht sich löste. Dann flog Vincent zwanzig Meter weiter, bevor er unsanft landete. Während die Rotoren sich weiter drehten, riss er sich das Headset ab, warf die Tür auf und sprang hinaus. Die Wiese federte uneben unter seinen Schritten, das Gras glänzte nass. Er stolperte über Grasbüschel und Pfützen, all das Wasser, das sein Leben überschwemmt hatte. Mit immer nasserer Hose watete er durch das kniehohe Gras, das modrig und nach Schlamm roch. Die Wurzeln tief unten in der Erde würden verrotten. In diesem verdammten Regenherbst wurde einfach alles zerstört und in grauen Speichel ersäuft.

Und mitten in diesem Grau lag etwas Rotes. Es sah verirrt aus, wie eine ausgegrabene Pfingstrose, die aus einer Schubkarre gekippt worden war.

»Henny!«

Ihre Jacke war zerrissen, an den Säumen ganz dunkel und zerknittert und klebte an ihrem Körper. Sie lag halb auf der Seite, das Gesicht war verdeckt. Er sank neben ihr auf die Knie, seine Hände zitterten hilflos wie große, flatternde Flügel. Schließlich landeten sie auf ihr und packten sie an der Schulter, wollten irgendetwas tun, sie aufwecken.

»Henny…«

Vorsichtig drehte er sie um, sie war schwer. Irgendetwas knirschte. Haare klebten ihr im Gesicht, er schob die Strähnen beiseite und sah, dass ihre Augen wie im Schock weit aufgerissen waren.

»Es ist alles gut«, murmelte er, »ganz ruhig, Henny. Wir sind gelandet, wir zwei…«

Sie gab keine Antwort. Irgendetwas stimmte nicht mit ihr. Er spürte den Schrecken, das Flattern in der Brust. Beunruhigt beugte er sich zu ihr hinab, doch, sie atmete. Kurze, flache Züge, die Brust hob sich hektisch unter der Jacke.

»Frierst du?«

Jetzt schien sie ihn zu hören, die Lippen öffneten sich. Die Kiefer zuckten, wie ein Nagetier, das kaute. Er riss sich seine Uniformjacke vom Leib und wickelte sie darin ein, stopfte sie zu beiden Seiten unter wie bei einem kleinen Kind.

»Ich bring dich in die Notaufnahme, Henny.«

Sie hatte die Augen immer noch weit aufgerissen, blinzelte kein einziges Mal. Irgendwas stimmte mit der Zeit nicht, dachte er. Sie verstrich zu langsam, sie schlich nur so dahin. Er schob seinen Arm unter ihren Rücken und versuchte, sie aufzurichten.

»Soll ich dich tragen?«, fragte er. »Ich heb dich hoch, in Ordnung?«

Er bezweifelte, dass er es schaffen würde. Es wäre besser,

wenn sie auf eigenen Beinen ginge. Er würde sie stützen, ihren Arm um seinen Hals legen.

Sie stieß einen heiseren Laut aus und fing an, ihn zu schlagen, ihn abzuwehren. Ihre Pupillen fuhren blicklos herum. Er ließ von ihr ab. Hatte sie Schmerzen?

»Was ist los, Henny?«

Mit verzerrtem Gesicht hob sie die Hand und zeigte nach unten. Die Beine, dachte er. Vorsichtig tastete er sich an den Jeansbeinen entlang, über die Knie und hinunter übers Schienbein. Ihre Gliedmaßen waren schlaff und reglos, hatte sie sich etwas gebrochen?

»Komm, lass uns gehen«, beschloss er.

Sie schlug wieder nach ihm. Er konnte nicht länger warten, jetzt musste sie hoch. Eine Spur zu hart umfasste er ihre Arme und versuchte, sie hochzuziehen. Er drückte seine Knie durch, die Schenkel spannten sich an, und er begann zu zittern.

»Du musst mir helfen, Henny«, flehte er sie an.

Da knackte es wieder. Weich und widerlich. Auch Henny hörte es, und sie begann, an seinen Fingern zu zerren, kratzte ihn mit den Nägeln, bis er sie wieder ins Gras gleiten ließ.

»Du kannst hier nicht bleiben!«, rief er verzweifelt. »Wenn ich dich hierlasse, wie sieht das denn aus?«

Es klang wie ein Streit, dachte er. Der Auftakt zu einer Streiterei, der erste Aufschlag. Jetzt würde sie gleich höhnisch zurückkeifen. Genau wie früher.

Aber sie blieb beunruhigend still. Sie war kreideweiß, blutleer, der Blick rutschte weg. Und dann sah er, dass zwischen ihren Lippen Schaum austrat. Dünnflüssig und rosa zu Beginn und dann immer dunkler.

»Warte, Henny, verzeih mir …«

Er versuchte, den Schaum mit der Handfläche wegzuwischen, verschmierte ihn aber nur. Ihr Kopf kippte von einer Seite zur anderen, er stützte ihn mit seinem Schenkel. Strich ihr über die Stirn, immer und immer wieder. Die Augen verengten sich zu Schlitzen, und er bekam Angst. Sie musste wach bleiben. Er beugte sich vor und streifte mit den Lippen ihre kalte Wange. Sie war so wunderbar glatt und weich. Die Berührung wurde zu einem Kuss, ganz zärtlich und vorsichtig. Er wusste nicht, warum er das tat, vielleicht war es eine Erinnerung? Vielleicht war er zurück an den Ausgangspunkt gelangt, die Zeit hatte einen Bogen geschlagen und war sich selbst wiederbegegnet. Und sie waren wieder in Rautas, an ihrem ersten gemeinsamen Wochenende. Einen einzigen Saibling hatten sie an jenem Wochenende gefangen, aber er konnte sich noch immer an den Duft des Rentierfells erinnern, an den Petroleumofen und an ihr hitzig wiegendes Becken.

Ihr Körper begann zu beben. Es blubberte und sickerte aus ihrem Mundwinkel. Fror sie? Er drückte sie fester an sich, schmiegte sich dicht an ihren leblosen Unterleib. Das Zittern ging in Krämpfe über.

»Sie liegen in einem Graben«, flüsterte er hilflos, »in irgend so einem Graben, ich zeig dir, wo, sie haben es bestimmt überlebt …«

Hörte sie ihn überhaupt? Die Krämpfe wurden heftiger, ihre Finger schlossen sich wie Blütenblätter. Er versuchte, sie zu öffnen, sie weichzumachen, er würde alles tun, damit sie wieder erblühten.

48

MIT EINEM TIEFEN Blöken stürzte er aus ihr heraus. Der Luleälven. Er war in ihrem Körper gewesen, *Julevädno* in all seiner Gesamtheit, von den Quellbächen oben in Akkajaure quer durch das ganze Königreich bis hinunter nach Gråsjäl am Bottnischen Meerbusen. Er hatte wie eine zusammengerollte Kobra in ihr gelegen, aber jetzt war er wieder frei und fauchte und zischte mit aller Macht, eine glänzende Kette aus Milliarden von Wassermolekülen, Schub um Schub Wasser und Mensch, sie gingen ineinander über, sie vermischten sich zu langen Fäden, die im Licht schimmerten und schwammen, sie und der Fluss, der Fluss und sie und dann das Kind in ihr, all das und all diejenigen, die in dieser schweren Stunde lebten und starben.

Als sie dort mit dem Oberkörper über einem Kiefernast hing, erinnerte sich Lovisa nicht mehr daran, wie sie herausgekommen war. Äste und Nadeln überall. Sie fühlte sich wie ein Eichhörnchen, nass durch und durch, durchgespült. Es knackte bedrohlich, wenn von dem Baum ein Stück absplitterte. Die Kiefer wurde von dem kräftigen Strom vorwärtsgedrückt, und das Haus legte sich bedrohlich zur Seite. Sie dachte an Hjalmar Nilsson. Jede einzelne Planke hatte er in der Hand gehalten, sie zugesägt, mit sicheren Hammerschlägen eingepasst. Doch jetzt stand das Ende bevor. Wie Menschen konnten auch Häuser sterben. Von vorn näherte sich das Grollen vom Porjusdamm, Wasser schwer wie Blei, wie Hunderte Hammerschläge. Lovisa spürte, wie der Fluss voranpresste, wie der grobe Kiefernstamm sich bog und in das Haus bohrte. Und plötzlich hörte sie einen Knall. Einen singenden Ton im Wasser, als die Ankerleine riss. Sie konnte es in der Haut wie einen Schlag spüren, wie einen Stromschlag. Mit einer trägen Bewegung kippte das Haus um. Der Fluss schoss mit seiner gleichgültigen, tödlichen Kraft durch die Tür und verschlang mit seinem riesenhaften Schlund Küchenmöbel und Schranktüren. Lovisa sah die Gefahr sofort. Sie schlang die Arme noch fester um den Ast, während der Baumstamm unter Wasser gedrückt wurde. Die Wände krächzten, Fenster zerbarsten mit einem trockenen Knacken. Unerbittlich nahm das Haus Fahrt auf und näherte sich dem Wasserfall. Sie musste losschwimmen. Gleichzeitig wusste sie, dass es sinnlos war, die Strömung war zu stark.

Da schrie jemand. Sie konnte nicht erkennen, woher es kam, der Fluss rauschte in ihren Ohren, schirmte ihr Hirn mit seinem Dröhnen ab. Die sperrige Riesenkiefer drehte sich in der Strömung, doch dahinter huschte etwas vorbei. Ein Schatten, eine Bewegung.

»Hierher!«

Eine Männerstimme. Grob und zart zugleich.

»Ich kann … nicht …«

Das Haus wurde in den Mahlstrom hinabgedrückt, Lovisa wurde rückwärts geschleudert. Sie tauchte unter, kam schnaubend wieder hoch und spürte, wie sich ihr Magen von Neuem zusammenkrampfte.

»Schnell!«

Jetzt sah sie es. Er saß in einem Boot. Hustend kämpfte sie sich aus dem Geäst. Das Boot steckte zwischen Gestrüpp und Gerümpel und entfernte sich immer schneller. Meter für Meter verschwand es stromaufwärts, während sie selbst stromabwärts trieb. Sie musste hinüberschwimmen. Sich aus der Baumkrone befreien und um ihr Leben schwimmen.

Da fiel ihr das *sjuohpan* ein. Das sie fast ertränkt hätte. Mit einer ungelenken Bewegung zog sie sich die Wurfleine über den Kopf und wickelte eilig die Schlingen ab. Dann zielte sie zwischen den Zweigen hindurch. Halb im Wasser liegend riss sie die Schulter nach hinten, in dieser Haltung auszuholen war kaum möglich. Sie wollte einen hohen Bogen werfen, nicht wie in den Rentiergehegen, wo man flach und zielgenau warf. Das Boot war zwischen dem Gestrüpp kaum mehr zu erkennen. Sie spürte in ihrem Schlüsselbein, wie der Arm sich nach hinten legte, das Gelenk sich in der Kapsel drehte, sie spürte, wie ihr Unterarm und das Handgelenk nach vorne peitschten. Mit einem weichen Zischen flog die Wurfleine in hohem Bogen davon. Die Schlingen öffneten sich, zogen sich auf, und die Öse tauchte irgendwo weit vor ihr ins Wasser.

Dann straffte sich die Leine. Sie spürte den Ruck. Ein aufmunternder Ruf, durch das Rauschen waren die einzelnen Worte nicht zu verstehen, doch sie wickelte sich das Seil mehrmals um das Handgelenk. Zweige und Nadeln kratzten über ihr Gesicht, während sie kraulte, kroch, versuchte, sich von den Ästen zu befreien. Mit kräftigen Beinschlägen zerteilte sie das Wasser, spürte, wie es sie umströmte. Jetzt hieß es, sie gegen den Fluss. Hinter ihr trieb das Haus wie ein Schiffswrack davon. Die Wurfleine schnitt ihr in die Haut, jemand zog am anderen Ende. Sie versuchte, ihm mit schwerfälligen

Schwimmbewegungen entgegenzukommen. Ihre Kleidung zerrte schwer an ihr, die Beine waren steif und unbeholfen, der Kopf hielt sich gerade so über der Wasseroberfläche. Sie kraulte mit dem freien Arm und schlug heftig mit den Beinen. Der Fluss zog an ihr, Wellen schwappten ihr über Mund und Nase.

»Hier!«

Sie streckte sich und bekam eine Hand zu fassen. Einen Rand, eine Bootswand. Instinktiv zog sie sich hoch. Die Bootswand kippte ihr entgegen, und das Boot schwankte unkontrolliert.

»Vorsicht! Erst die Beine!«

Die Beine. Sie konnte sie kaum noch spüren. Sie lagen irgendwo unten in der Tiefe, zusammengewachsen wie ein breiter, plumper Meerjungfrauenschwanz. Sie wechselte den Griff, bekam etwas Weiches zu fassen. Etwas Schnörkeliges, das sich anfühlte wie Gummi. Ein Menschenohr. Panik ergriff sie, raus aus dem Wasser, weg von hier. Sie schaffte es, ein Bein über die Bootswand zu wuchten, der Mann zog sie hinauf, während das Boot bedrohlich schwankte. Halb rutschte, halb rollte sie schließlich hinein. Schlug mit der Stirn auf den Boden auf, im Innern des Bootes war es genauso nass wie draußen.

»Das ist Hinken«, sagte der Mann beiläufig.

Es war Gunnar Larsson. Der alte Vattenfaller, der immer in der Stadt spazieren ging. Sein Haar klebte am Kopf wie altes, graues Vlies, seine Stimme klang wacklig und erschöpft. Er hockte zusammengekauert da und zitterte wie ein Hund.

»Danke«, brachte sie zwischen Hustenanfällen hervor.

Der Mann drehte sich wieder um und widmete sich dem Außenbordmotor. Er bollerte träge und feucht. Stromabwärts sah sie, wie sich Hjalmar Nilssons Hütte dem Wasserfall näherte. Noch immer hielten die Wände zusammen, obwohl das Gebäude gekentert war. Das Dach stieß gegen die Dammkante, die noch aus dem Wasser herausragte, noch hielt sie dem Druck stand, aber schon bald würde er übermächtig werden. Mit einer Drehbewegung kippte das Haus über den Abgrund und verschwand.

»Du musst schöpfen«, rief Gunnar.

Er deutete auf die Motorhaube. Sie war schwer und eckig und innen ganz schmierig von Motorfett und Zweitaktöl. Sie füllte sie und goss eine Wasserkaskade über die Bootswand.

Draußen lag Hinken und schaukelte im Strom. Der Mantel, der sich in einem Ast verhakt hatte, kam los, und als die Strömung den Körper packte und ihn langsam rotieren ließ, bildete sich ein kaum sichtbarer Wirbel. Gemächlich glitt er aus dem Gestrüpp. Nur der Rücken ragte noch heraus, der dunkelgraue Wollmantel. Ein Flusspferdrücken, der sich langsam davonmachte.

Ein weiterer Zug, das gleiche nasse Brummen. Gunnar Larsson spürte, wie sein Arm müde und immer steifer wurde. Gleichzeitig schaute er beunruhigt stromaufwärts, immer mehr Gerümpel trieb heran. Ein einziger einigermaßen großer Baum, und das Boot würde gerammt oder der Anker herausgerissen werden. Dann würden sie in den Abgrund stürzen. Schieres Glück, dass das Haus ihn nicht erwischt hatte. Es war so dicht an ihm vorbeigetrieben, dass er die Wand hätte anfassen können. Es war Hjalmar Nilssons Hütte gewesen, wie er gesehen hatte. Und dann hatte er da drinnen jemanden prusten gehört. Eine Frau.

Gunnar zog an der Startschnur, und dieses Mal klang das Brummen anders. Es wurde dumpfer, hatte mehr Resonanz, bevor es wieder erstarb. Aber zweifelsohne hatte er gezündet, das hatte Gunnar gehört. Dann kam der Sprit also. Dann gab es noch einen Funken. Der Motor war noch nicht mausetot.

»Schaff das Gestrüpp weg!«, rief er.

Sie trieben immer näher an den Wasserfall heran. Die Strömung schien stärker zu werden und drückte hart gegen das Treibgut. Lovisa beugte sich über die Bootswand und drückte alles zur Seite, was sie greifen konnte. Die Wunden brannten, ihre Hände hatten wieder angefangen zu bluten. Immer wieder beugte sich Gunnar über den abgegriffenen Plastikgriff der Startleine, winkelte den Arm an und zog.

Brrr-rrr-rrrrr…

Er lief für ein paar Sekunden. Ein erneuter Zug. Dieses Mal gab er mehr Gas. Der Motor schien für einen Augenblick Kraft zu sammeln, bis er es sich offenbar doch wieder anders überlegte und murmelnd erstarb. Gunnar wusste nur zu gut, was das bedeutete. Die Benzinzufuhr war schlecht. Vermutlich der Vergaser, der nach jahrelanger Schlamperei verstopft war. Ein dichter Filter. Es dauerte nur ein paar Minuten, ihn loszuschrauben und zu reinigen, man musste nur hin und wieder daran denken. Aber die meisten kümmerten sich einfach nicht darum.

Plötzlich begann es aus dem Vergaser zu qualmen, dichter weißer Zweitaktrauch. Der Motor lief ein paar Sekunden lang. Dann erstarb er wieder.

Gunnar ließ nicht locker und legte den Gang ein. Die Schraube begann, sich zu drehen, und nahm Schwung auf. Dann blieb sie wieder stehen.

»Der Damm!«, rief Lovisa und wies flussabwärts.

Dort näherte er sich. War das Wasser hier zu tief, sodass der Anker den Grund nicht mehr erreichte?

»Schaff das Gestrüpp weg!«, rief Gunnar.

»Die Leine sitzt fest!«

Lovisa zog an der Ankerleine und sah, wie sich das Geäst ein wenig anhob. Sie beugte sich über den Rand, die Leine war an einem Stahlring befestigt. Sie zerrte an den triefenden Seemannsknoten, aber sie hatten sich zu fest zusammengezogen. Wenn sie nur ein Messer gehabt hätte. Sie versuchte, an dem Stahlring zu reißen, ihn aus der Bootswand zu lösen, aber er bewegte sich nicht. In ihrer Verzweiflung beugte sie sich vor und biss zu. Wollte das Seil wie eine Ratte durchnagen. Die Leine schmeckte nach Plastik und Schimmel, gab aber nicht im Geringsten nach.

»Ich brauche ein Messer!«, schrie sie.

»Es gibt keins …«

Etwas Kleines, Hartes drückte gegen ihren Oberschenkel. Sie griff in die Tasche und zog etwas Glänzendes ans Licht. Den Dosenöffner. Zunächst begriff sie nicht, was der dort zu suchen hatte. Aber dann drückte sie die kleine Schneide gegen das Ankerseil und begann zu feilen. Fasern rissen und sprangen auf. Sie drückte fester zu. Das Seil wurde immer dünner, und mit einem dumpfen Ruck gaben auch die letzten Fasern nach. Das Gestrüpp kam los, und das Boot begann zu treiben.

»Scheiße, noch nicht!«, schrie er.

Die Strömung packte das Boot und trieb es direkt auf den Wasserfall zu. Gunnar gelang es wieder zu starten, er legte den Gang ein und gab vorsichtig Gas. Das Boot hob sich übers Wasser und nahm für einige Sekunden Fahrt auf – bis der Motor von Neuem erstarb. Der Abgrund kam immer näher. Gunnar zog erneut, der Motor kam wieder in Gang. Vorsichtig drückte er auf die Gummiblase, um den Benzinfluss anzukurbeln.

»Heb den Tank an!«

Lovisa kroch über die Planken zu dem rot gestrichenen Metallbehälter. Er saß in einer selbst gezimmerten Holzkonstruktion, ein paar Sparren waren quer darübergenagelt. Sie trat sie mit der Ferse los, legte den Tank frei und hob ihn in Brusthöhe. Er fühlte sich fast leer an, ein letzter Rest Benzin schwappte darin hin und her. Sie versuchte, den Tank waagerecht zu halten, während der Motor noch einmal erstarb. Ein neuer Versuch, Gang einlegen, vorsichtig Gas, ja, so...

Achtern senkte sich das Boot ins Wasser, und der Bug hob sich ein klein wenig, als die Schraube Schwung aufnahm. Die Zylinder husteten, Gunnar drehte das Gas zurück, damit die Umdrehungszahl hinunterging. Lovisa hielt den Kanister wie etwas Heiliges in den Armen, wie eine Urne. Ängstlich spähte sie zu dem Abgrund hinüber, wo der Fluss in einer Wolke aus Dunst und Dampf verschwand. Im selben Moment kippte eine schwere graue Gestalt über den Rand. Der Wasserdruck hatte ihn angeschoben, sodass er Schwung aufgenommen hatte. Wie ein dunkler, plumper Vogel schwebte er über den Porjusdamm und fiel in die brodelnde, schäumende Tiefe.

Merkwürdig, dachte Hinken. Ich kann mich von außen sehen.

Er schwebte in der Gischt über der Dammkrone, während sein schwerer Körper in den Abgrund stürzte.

49

NOCH BEVOR DER Stein sich aus der Schleuder löste, wusste Barney, dass er treffen würde. Wie bei einem vollendeten Trampolinsprung, einem Golfschlag, einem Strike. Jede einzelne Muskelfaser spielte mit, manövrierte Sehnen und Knochen in den optimalen Winkel, sodass der ganze Körper zu einer treffsicher funktionierenden Waffe wurde. Man überließ dem Körper das Kommando, ließ einfach das Steuer los und folgte dem Weg. Barney erinnerte sich an seine kurze Karriere als Leichtathlet. Wie er als Junge mit einem geliehenen Jugendspeer auf dem Schotter geübt hatte. Immer wieder die gleiche Bewegung, die gleichen kurzen Bogen, die Markierung mit Stöckchen, wo der Speer auf dem Boden auftraf. Es war Raumo, sein Trainer, gewesen, der ihn dazu gebracht hatte, nicht aufzugeben.

»Es geht einzig und allein darum zu treffen«, hatte er in seinem singenden Dialekt immer und immer wieder erklärt. »Zwischen dir und dem Weltrekord liegt ein Rohr. Durch dieses Rohr hindurch verläuft die perfekte Wurfbahn. Jeder Werfer hat sie immerzu vor sich, du musst nur richtig zielen. Die Öffnung ist nicht größer als ein Einkronenstück, du musst lernen, wo genau sie in der Luft liegt. Auch wenn du dein ganzes Leben lang wirfst, triffst du vielleicht nur ein einziges Mal genau. In diesem Rohr verläuft der exakt richtige Winkel. Dort wird der Speer wie in einen Gartenschlauch hineingesogen. Und dann passiert es. Der Speer bekommt Fahrt und wird in den Himmel gezogen. Das ist dein Traumwurf. Der Weltrekord.«

Raumo hatte ihm auch noch andere Tipps gegeben, so sollte ein Speerwerfer beispielsweise immer wieder seinen Urinstrahl studieren. Dessen Neigungswinkel zur Erde hin entsprach der Kurve des Speers. Wenn man beim Pinkeln den Strahl in verschiedene Bahnen lenkte, konnte man wertvolle Informationen sammeln.

Zwar hatte Barney seine Sportkarriere schon bald beendet, aber Raumos Worte hatten sich für ewig in ihm eingeprägt. Und jetzt, genau in diesem Moment, stiegen sie wieder in ihm auf, gerade als der Stein die Weidenschlinge verließ.

Der Wurfstein war leicht rotbraun, fast ockerfarben. Barney hatte einen kleinen Haufen Munition gesammelt, bevor er wieder losgelegt hatte, aber bis jetzt hatte sie es da draußen geschafft, sie hatte sich weggeduckt, war zur Seite gewichen, hatte sich unter den Steinen, die vorübersausten, hindurchgewunden. Aber dieser Stein hatte eine höhere Bahn eingeschlagen und war schwerer einzuschätzen. Er stieg kreiselnd auf und schien am Scheitelpunkt einen Moment zu verweilen, sich umzublicken, um erneut Anlauf zu nehmen. Dann senkte er sich in einer leicht schraubenden Bewegung, die sie falsch einschätzte. Erschrocken lehnte sie sich zur Seite – zu spät. Der Stein traf sie voll von vorn, hoch oben auf dem Schädel. Sie hatte versucht, sich einen Schutz zu basteln aus Regenkapuze, Handschuhen und irgendwas Violettem, einem Halstuch womöglich, hatte sich all das zu einem primitiven Helm zusammengesteckt, der den Aufprall ein wenig dämpfte, trotzdem konnte er sehen, dass er sie voll getroffen hatte. Der Stein schlug auf ihrem Kopf auf und segelte dann mit einem Platschen ins Wasser. Die Frau schwankte leicht. Offenbar war ihr schwindlig, und sie sank in sich zusammen.

Jetzt hieß es die Gelegenheit beim Schopf packen. Schnell den nächsten Stein in die Schlinge. Der ging weit daneben, Barney war zu aufgeregt gewesen. Doch dann traf er erneut, dieses Mal über dem Schenkel, in Hüfthöhe. Zufrieden sah er, wie sie sich die Stirn abwischte, Blut sickerte davon herab. Geduldig machte er weiter, nahm sich die Zeit, ordentlich zu zielen. Einer der Steine erwies sich als regelrechter Glückstreffer, direkt oberhalb ihres Handgelenks. Er konnte deutlich erkennen, wie die Knochen zersplitterten. Als sie den Arm hob, stand die Hand in einem unnatürlichen Winkel ab. Unvermittelt wogte Mitgefühl in ihm auf und ließ ihn innehalten. Jetzt hatte auch sie bezahlt. Genau wie die andere. Jetzt konnte er es eigentlich auf sich beruhen lassen. Aber dann würde sie alles ausplaudern. Gerichtsverhandlung und die Bullen, und wer würde ihm glauben, dass eine schmächtige Frau einem so großen Kerl wie ihm das Maul zerschmettert hatte?

Sie saß jetzt fast reglos da und versuchte kaum noch, sich zu schützen. Es wäre nur gut, wenn sie in Ohnmacht fiele. Ihr Kopf sank immer tiefer, trotzdem versuchte sie, ihn nach jedem Treffer wieder zu heben. Wie ein Boxer, der in den Seilen hing, dachte er, und der sich nicht dazu durchringen konnte aufzugeben. Er spürte, wie der Triumph in ihm wuchs. Dann schoss er mehrere Male daneben. Die Munition ging zur Neige, er musste sich neue Steine suchen. Und sie, sobald er passende gefunden hatte, mit aller Kraft schleudern.

Dann landete er erneut einen Treffer auf ihren Kopf. Dieses Mal auf die Wange, in Höhe der Kiefer. Er sah, wie der Nacken sich drehte, ein Peitschenhieb fuhr durch ihren Hals, und sie kippte langsam zur Seite. Eine wiegende Bewegung in Zeitlupe. Ihm kamen Fernsehbilder aus dem Vietnamkrieg in den Sinn, die brennenden buddhistischen Mönche, die ins Gebet vertieft dasaßen, und das Benzin, das sie in Flammen einschloss, bis sie leicht schwankend umkippten.

Ganz gemächlich sackte sie schließlich ins Wasser. Die Regenjacke wurde von der Strömung gepackt und breitete sich über der Wasseroberfläche aus. Der Oberkörper versuchte dagegenzuhalten, sperrte sich, gab letztlich nach. Mit einer plumpen Drehung wurde sie davongespült. Er sah keine Panik, keinen verzweifelten Versuch, sich zu wehren. Wie ein Schatten wurde sie vom Suorvafall verschluckt und war fort.

Barney Lundmark blieb stehen und lauschte dem dumpfen Dröhnen. Der Ellenbogen tat ihm weh, er musste ihn in einer übereilten Bewegung überdehnt haben. In seinem Mund war es noch schlimmer, die Reste seiner Zähne schrammten gegen den Gaumen, die Nerven und das Zahnmark lagen frei. Erst jetzt merkte er, wie erschöpft er war. Müde warf er die Weidenschleuder ins Wasser und sah, wie sie eintauchte. Sie verschwand und wurde zu einem Teil der Tonnen von Ästen und Zweigen, die durch das Flusstal geschoben wurden. Niemand würde ihn je damit in Verbindung bringen können – oder mit den beiden Verunglückten, die wohl irgendwann viele Kilometer weiter stromabwärts an Land gespült würden. Es würde der Fluss sein, der die zwei Frauen gezüchtigt, der sie zusammengeschlagen hatte. Und in gewisser Weise stimmte das ja auch. Es war das Wasser, das den ganzen Mist überhaupt erst ausgelöst hatte. Dieser ununterbrochene verdammte Regen.

Und seine kaputten Zähne? Die waren das Ergebnis eines Sturzes. Vielleicht wäre es sogar noch besser, wenn er sich bei der Arbeit verletzt hätte. Ein schlecht befestigtes Regal, ein Gasbehälter, der umgekippt wäre und ihn getroffen hätte. Ja, natürlich. Dann wäre es ein Arbeitsunfall, mit Berufsgenossenschaft und Versicherung und Krankengeld.

Barney Lundmark war hochzufrieden, dass er nach alldem, was er durchgemacht hatte, immer noch so klar denken konnte. Jetzt wollte er hoch zur Hauptstraße gehen. Es war nicht allzu weit bis dorthin, dort würde er sich hinsetzen und warten. Früher oder später würde Hilfe kommen. Außerdem würde er ein neues Handy anfordern. Dafür musste Vattenfall blechen. Denn genau betrachtet war Vattenfall ihm jetzt ja einiges schuldig.

Barney wollte sich gerade auf den Weg machen, als er etwas Glänzendes entdeckte. Etwas ganz Kleines. Es war auf der Insel dort draußen zurückgeblieben. Er musste ganz genau hinsehen. Und er traute seinen Augen kaum.

Ihr Handy.

Die Frau musste es verloren haben. Es war aus ihrer Regenjackentasche gerutscht und dort liegen geblieben. Aber es lag irgendwie komisch da, nicht auf dem Stein, sondern ein Stück weiter oben, in einen Spalt gezwängt. Als hätte sie es mit Absicht dort hineingestellt.

Er erinnerte sich daran, wie sie es in der Hand gehalten hatte, er hatte gedacht, sie versuchte zu telefonieren. Aber sie hatte ebenso gut Fotos von ihm machen können. Oder ihn filmen. Massenhaft Fotos von ihm und dieser ersten Schlampe. Nicht gut. Ganz und gar nicht gut. Möglicherweise hatte sie auch irgendetwas geschrieben. Einen Text über einen Kerl abgespeichert, der mit Steinen nach ihr warf, jemand, der am Suorvadamm arbeitete. Würde das genügen? Zusammengenommen mit ein paar unscharfen Bildern, die sie aus der Ferne aufgezeichnet hatte. Er würde alles abstreiten. Aber es würde die Hölle werden, Vernehmungen und vielleicht Untersuchungshaft und jede Menge Gerede in der Stadt. Genau das war ihre Absicht gewesen, sie hatte ihm so arg schaden wollen, wie sie nur konnte. Ihm noch im Tod zusetzen.

Sein Kopf dröhnte, ihm war übel. Bestimmt hatte er eine Gehirnerschütterung. Er musste sich hinsetzen, er versuchte zu schlucken. Schleim und Blut füllten seinen Mund wie metallischer Kleister.

Mit ein wenig Glück konnte er es immer noch schaffen. Das Wasser musste nur den letzten Überrest des Dammes wegspülen, dann würde das Handy im Schlamm landen. Und dann wäre es geschafft. Vielleicht würde es in tausend Jahren von einem Archäologen wiedergefunden werden, einem Forscher, der vorsichtig die kleine Speicherkarte herauspflückte. Und damit ein längst vergangenes Drama aufdeckte, das dann im Museum präsentiert würde.

Aber wenn es nun auf dieser Insel bliebe? Wenn jemand es in die Hände bekäme …

Verdammt, wie durstig er war. Hätte er nur seine Thermoskanne mit Kaffee. Und könnte er nur die Zeit zurückdrehen. Wollt ihr Kaffee, Mädels? O ja, gern, oh, wie nett. Wenn sie es nur gesagt hätten. Dann würden sie immer noch leben.

50

SOFIA NÄHERTE SICH ihrem Haus am Fluss. Unter normalen Umständen hätte sie jetzt gespürt, wie der Stress des Tages von ihr abfiel und der Druck von ihren Schultern genommen wurde. Hier wurde sie nach den Verwundungen des Alltags wieder gesund. Hier fühlte sie die heilende Kraft des Wassers, wie es beruhigend über die Augenlider floss. Seine Kühle. Wie der Schatten eines Baumes in der Savanne, wo die Löwin ruhen konnte, bis die brennende Sonne hinter den Abendwolken abkühlte.

Das Fahrrad rollte den schmalen Weg zum Flussufer hinunter, sie bremste mit dem gesunden Bein ab. Das andere Bein war taub und wie eingerostet, sie wusste nicht, ob sie es jemals wieder würde strecken können. Das linke Auge war wie zu einer reifen Frucht angeschwollen, es nässte, und ihre Kleidung klebte auf der Haut. Langsam rollte sie über den Vorplatz und hielt an. Einen Moment lang blieb sie reglos stehen und lauschte dem Fluss. Mächtig und träge strömte er ein Stück unterhalb vorüber. Für einen Augenblick wollte sie gern hinuntergehen und das Ohr an die glänzende Wasserfläche legen wie an eine Bahnschiene. Aber allein vom Sattel zu steigen fiel ihr schwer. Es fühlte sich an, als würde ihr ein Meißel direkt in die Kniescheibe gehämmert. Stöhnend sank sie auf der Vortreppe zusammen, ihr war schwindlig und übel. Sie legte den Kopf auf die Planken, für einen Moment wurde ihr schwarz vor Augen, sie nahm den Geruch von Erde wahr. Dann weitete sich nach und nach ihr Blickfeld wieder, und sie konnte sich aufsetzen. Blut aus ihrem verletzten Auge klebte auf der Treppe, dicke, verschmierte Tropfen. Sie schob die steifen Finger in die Manteltasche. Da lagen eine Quittung und Lippenbalsam, das war alles. Ihre Schlüssel waren verschwunden.

Eilig tastete sie die anderen Taschen ab, obwohl sie wusste, dass es sinnlos war. Sie hatte die Hausschlüssel irgendwo auf dem Weg zwischen Luleå und Rasmyran verloren. Sofia wandte innerlich ihren Blick zurück nach Vistträsk, wo dieser Kerl versucht hatte, seinen Wagen aus dem Graben zu befreien, zurück zu der Straßensperre in Boden mit dem schneidigen Polizisten, weiter die Autoschlange entlang über Sävast zum Krankenhaus von Sunderbyn, wo ein Ritter Wache an seinem Motorrad hielt, vorbei an dem Kreisverkehr mit der Rostkugel und bis ins Zentrum von Luleå und Carlos' kleinem Laden, in dem Marina stand und die Regale sortierte.

Mutlos griff Sofia nach der Klinke. Die Tür war natürlich verschlossen. Sie drückte auf die Klingel und hörte von innen ein leises Dingdong.

»Mach auf, Evelina! Ich bin's, Mama!«

Sie klingelte noch einmal. Versuchte, Evelinas Anwesenheit zu erspüren, zu fühlen, ob ihre Tochter reglos und in ihre Decke eingewickelt dalag wie eine Kohlroulade. Ein Kokon aus dicht gesponnenem Schweigen.

»Evelina, ich bin's, Mama! Wir müssen hier weg!«

Keine Antwort. Vielleicht war sie ja doch in der Schule? Sofia zog ihr durchnässtes Handy heraus und sah, dass das Display nicht mehr leuchtete. Sie versuchte, das Gerät anzuschalten, aber nichts geschah. Frustriert schlug sie mit der Handfläche gegen den Türpfosten, dass das Haus vibrierte. Das müsste das Mädchen doch wecken? Wenn sie nicht öffnete, hieß das ja wohl, dass sie nicht da war. Dann musste sie nur sich selbst retten, mehr nicht.

Unschlüssig sah sie sich um. Eine letzte Runde um das Gebäude, dachte sie. Vielleicht saß Evelina ja auf der Terrasse?

Sie biss die Zähne zusammen und setzte sich in Bewegung. Scharfer Schmerz schoss durch ihr Bein, sie musste sich an der Hauswand abstützen. Langsam hinkte sie zur Flussseite hinüber. Ab und zu klopfte sie gegen die Wand und rief. Über ihr wurde Evelinas Giebelfenster sichtbar, die Gardine war vorgezogen. War sie heute Morgen gar nicht aufgestanden? Konnte sie wirklich noch dort liegen und auf die nächste Nacht warten? Wenn die Dunkelheit einsetzte, war das Schlimmste meistens ausgestanden, dann kam sie heruntergeschlichen und versuchte, etwas zu essen.

Sofia nahm eine Handvoll Erde aus den Rabatten und schleuderte sie gegen das Fenster. Es prasselte, die Scheibe bekam lehmige Flecken. Einige Sekunden verstrichen, und plötzlich schien die Gardine sich zu bewegen. Sofia spürte, wie ihr Herz einen Sprung machte.

»Evelina!«

Es hatte sich etwas bewegt. Oder doch nicht? Das Fenster spiegelte, es war schwer, dahinter irgendetwas zu erkennen. Sofia schlug wieder gegen die Wand, aber die Gardine bewegte sich nicht mehr. Sofia humpelte weiter, sie hätte vor Schmerzen heulen können. Taumelnd erreichte sie die Terrasse und kämpfte sich das letzte Stück hinauf. Auch die Terrassentür war abgeschlossen. Erschöpft ließ sie sich auf einen der weißen, nassen Plastikstühle sinken. Vor ihr lag der Luleälven. Im Regen sah er aus wie Metall, wie gebürsteter Stahl. Eine Weile saß sie da und sammelte sich und spürte, wie ihre Kräfte langsam zurückkehrten. Hier fühlte sie sich zu Hause. Nicht lange, dann würde sie aufstehen und einen Plastikstuhl durch die Scheibe der Terrassentür werfen. Gleich, gleich würde sie das tun. Sie würde die Treppe zum Obergeschoss hinaufkriechen bis in Evelinas Zimmer, bis an ihr schwarzes Bett.

»Evelina«, würde sie mit ihrer sanftesten Stimme sagen. »Mama ist heimgekommen.«

Und dann würde eine neue Reise beginnen. Etwas anderes, eine neue Geschichte. Sofia Pellebro schloss die Augen in dem leichten, kalten Regendunst. Es war so schön, endlich ausruhen zu dürfen. Einfach nur dazusitzen und den eigenen Atem zu spüren. Gleich würde der Kampf wieder beginnen, ein entschlossener Griff um den Stuhlrücken, ein paar kräftige Schwünge, dann würden Scherben fliegen. Aber jetzt noch nicht. Es war himmlisch, sich für eine Weile zurückzulehnen und zu fühlen, wie der Stress in den Fluss sickerte. Die Muskeln, die schwerer und lockerer wurden, der Schmerz, der zu einem leichten Summton im Hintergrund heruntergeschraubt wurde.

»Ich werde dich von hier wegtragen, Evelina. Wie ein kleines Lämmchen.«

Sie spürte, wie Licht sie durchströmte. Als würde es ein neuer Morgen. Evelina lag mit ihrem Schmollmund an ihrer vor Milch berstenden Brust, babywarm mit einem flaumigen Köpfchen und kurzen, winselnden Schluckgeräuschen. Das war für sie beide die glücklichste Zeit ihres Lebens gewesen, für Sofia und für Evelina. Derselbe warme Blutkreislauf. Rauschende, alles umspülende Liebe.

Da hörte Sofia das Geräusch. Sie schlug die Augen auf. Ihr erster Gedanke war, dass der Fluss sich verändert hatte. Fort war das Metall, stattdessen war dort eine Wunde. Gewalt, böse, raue Gischt. Die Wasseroberfläche stieg so schnell, dass es schien, als würde das Haus versinken, als rutschte es das Steilufer hinab. Sie stand viel zu plötzlich auf, das Knie knickte weg. Ohne sich irgendwo festhalten zu können, fiel sie auf den Terrassenboden. Verzweifelt versuchte sie, die Welt zu deuten, aber was sie vor sich sah, war kein Bild mehr. Da gab es keine Linien oder Konturen mehr, nur noch eine alles umstürzende, sich auftürmende Blindheit.

»Eveli…«

Dann wurde sie hochgerissen. Jetzt war der Lärm von Brettern zu hören, die barsten, das brutale Geräusch von gequältem Holz und dann das schwindelerregende Prickeln in der Magengrube, als sie fortgetragen wurde. Die Arme breiteten sich unwillkürlich aus, ein Reflex wie der eines Säuglings. Dann ging sie langsam entzwei. Ein kurzes Knacken, als die Knochen im Brustkorb und die Gliedmaßen brachen, als schlüge jemand sie windelweich, als schmetterte und bearbeitete man sie wie ein schmutziges Stück Stoff auf einem grausamen Waschbrett. Im Nu war sie weich und gefügig. Es wurde so viel einfacher, als alles in ihr flüssig wurde und aus ihr heraussickern konnte. Die Zellwände platzten wie zarte, zerbrechende Eierschalen, alles floss heraus, strömte und wurde zum Fluss. Sie wurde der Fluss. Der Fluss war alles, was blieb.

51

IRGENDWO AN DEN regenkranken Ufern des Luleälven legte ein Boot mit stotterndem Außenbordmotor an, und Menschen halfen Lovisa an Land.

Mittlerweile hatte Lydia bestimmt angefangen zu schreien, dachte Gunnar Larsson, als er den Gasgriff losließ. Ach, sollte sie doch verdammt noch mal schreien.

An einem anderen Uferstück kniete Vincent Laurin im Gras und blies Atemluft zwischen Hennys welke Lippen. Gleichzeitig, oben bei den Überresten des Suorvadamms, kamen zwei Männer mit einem Verbandskasten Barney Lundmark zu Hilfe. Er spürte, wie die schmerzstillenden Tabletten zu wirken begannen, während er still etwas Glänzendes dort draußen betrachtete.

Lena Sundh saß auf einer Lichtung und hatte plötzlich das Gefühl, dass sich in ihr etwas teilte.

Aus der Tiefe stieg wider alle Erwartungen ein Saab, der unter einem groben Baumstamm eingekeilt gewesen war. Durch das Seitenfenster aalte sich eine große Libellenlarve, ein triefendes Wesen, das sich mühsam aus seinem Kokon befreite und mit einem dumpfen Klatschen zu Boden fiel. Hier war Luft.

Kühle, frische Herbstluft. Adolf Pavval schüttelte die Arme, um sie wieder mit Blut zu versorgen. Wie um das Wasser aus seinen Flügeln zu schütteln. Als wollte er gleich losfliegen.

Wie ein breiter, schwerer Fächer stürzte der Luleälven in das stille Schärenmeer. Seine lehmbraune Lunge leerte sich in einem einzigen tiefen Atemzug. Schlamm, Schutt und modrige Pflanzenreste schwammen an der Bergnäsbrücke und an Sandön vorüber und sanken dann langsam auf den Meeresgrund.

In einem zerstörten Haus kroch Evelina Pellebro unter ihrer Decke hervor. Das Bett war triefnass und eiskalt. Sie konnte durch die gerade noch vorhandenen Wände hindurchsehen.

Mama, durchfuhr es sie.

Vorsichtig setzte sie einen Fuß zwischen die zerbrochenen Bohlen.

»Mama?«, rief sie mit schwacher Stimme.

Niemand antwortete.

Und da, genau in diesem Augenblick, hörte es auf zu regnen.